星の旅人

伊能忠敬と伝説の怪魚

小前亮

小峰書店

星の旅人

伊能忠敬と伝説の怪魚

目次

装画
槙えびし

装幀
城所潤・関口新平
JUN KIDOKORO DESIGN

カバー地図
国土地理院蔵
官板実測日本地図 蝦夷諸島(北海道)

一章

天文

1

寛政《かんせい》十二年閏《うるう》四月十九日（西暦《せいれき》一八〇〇年六月十一日）――。

江戸《えど》時代がはじまって、二百年近くがたっている。将軍は第十一代の家斉《いえなり》、子だくさんで有名な将軍だ。最終的に男子が二十六人、女子が二十七人、あわせて五十三人は、歴代の将軍の中で、もちろん最多である。

家斉は政治にはあまり興味がなく、側近に任せている。最初は、松平定信《まつだいらさだのぶ》が老中となって、財政の再建をめざす寛政の改革をおしすすめた。これはあまりに厳しかったために批判も多く、定信は地位を追われたが、幕府の倹約《けんやく》の方針はつづいている。

その幕府から許可を得て、伊能忠敬《いのうただたか》は江戸を出発しようとしていた。蝦夷地《えぞち》（今の北海道）への測量の旅である。

「だれも期待はしていないだろう。だが、わしはやりとげてみせる」

忠敬は静かに決意をかためていた。背筋をのばし、まっすぐ前を向いて、力強く一歩を踏《ふ》み出《だ》す。形のよい眉《まゆ》、するどい光を放つ目、かたく引き結んだくちびる、いずれも意志の強さをしめしている。

この年、忠敬は数えで五十六歳《さい》になる。ていねいにまげをゆった髪《かみ》には、白いものが交じっている。世間を離れて、のんびりと暮らしていてもいい年齢《ねんれい》である。しかし、忠敬は当主の地位を長男にゆずってからの第二の人生を、天文と測量の学問にささげていた。この旅は、その成果を見せる絶好の機会だ。

「親父《おやじ》、肩《かた》に力が入ってるぞ」

背後から若々《わかわか》しい声がかかった。忠敬の次男で、十五歳になる秀蔵《しゅうぞう》だ。

忠敬は一瞬《いっしゅん》、口もとをゆるめかけたが、すぐに厳しい表情をつくって振《ふ》り返《かえ》った。

「言葉づかいに気をつけるのだ。これから先は親子ではない。師匠《ししょう》と弟子だぞ」

「へい、師匠」

秀蔵はおどけて言ったが、無視されて苦笑した。やはり父は緊張《きんちょう》しているようだ。いつもなら、さらに小言がつづくところである。お調子者の秀蔵は、まじめな父にしかられるのには慣れている。

忠敬の一行は、秀蔵をふくめた弟子が三人、それに従者がふたりで、あわせて六人になる。道中ではさらに荷物運びなどの雑用係が加わる予定だ。

梅雨どきとあって、どんよりとした雲が空をおおっている。小雨が降ってきて、一行は笠《かさ》をかぶった。

最初の目的地は深川の富岡八幡宮《とみおかはちまんぐう》である。近所の神社で、旅の安全を祈願《きがん》するのだ。

富岡八幡宮は江戸の名所のひとつであり、門前には、団子や饅頭《まんじゅう》、かんざしやおもちゃを売る店が軒《のき》をつらねて、日中は大にぎわいとなる。だが、このときはまだ早朝とあって、人はまばらであった。

忠敬はずんずんと歩いて鳥居をくぐり、本殿《ほんでん》で手をあわせた。

「天候にめぐまれて、測量がうまくいきますように。全員が無事に江戸に戻《もど》れますように」

もとより、人事はつくすつもりだ。そこから先は運になる。

忠敬はつづいて、浅草の天文方、すなわち天文や暦《こよみ》をつかさどる役所に向かった。師匠の高橋至時《たかはしよしとき》に出立のあいさつをするためだ。

ところが、いくらも行かないうちに、忠敬はあっ、とさけんで足を止めた。

「薬入れを忘れた」

忠敬はのどが弱くて咳《せき》が出るので、いつも薬を持ち歩いている。長旅になるから、それらの薬に加えて、腹の薬や怪我《けが》をしたときのぬり薬なども持って行こうと整理をしていた。大箱は荷物に入れたのだが、懐《ふところ》におさめる薬入れを忘れてしまった。

幸先が悪いが、引き返すよりない。ため息をついたときである。

「師匠、薬入れなら、ここにありますぜ」

秀蔵が黒い小箱を投げてよこした。

「卓《たく》の上においてあったから、もしやと思って持ってきたんだ」

「すまんな」

受け取って、忠敬は再び歩きはじめた。浅草までは、毎日のように勉強に通っている歩きなれた道だ。

高橋至時は屋敷《やしき》の門の前で待っていた。十九歳年上の弟子、忠敬を見つけて、笑みを浮《う》かべる。

「そろそろ来るころだと思っていたぞ。あいにくの雨だが、この時期は仕方ないな」

「おかげさまで、この日を迎《むか》えられました」

忠敬は深く礼をした。

下総国《しもうさのくに》（今の千葉県）の佐原《さわら》で商売をしていた忠敬は、五年前に江戸に出てきた。そして、伝手をたよって、当代一の天文学者であった至時に弟子入りしたのだ。

「これからの一歩は、学問の進歩につながる。心して歩めよ」

はげましながら、至時は忠敬との日々を思い出していた。

「物好きなじいさんだな」

当初、至時がそう思ったのも無理はないだろう。至時は大坂の下級武士の家に生まれ、算術と天文学（暦学《れきがく》）を学んで、全国に名を知られるようになった英才である。江戸に呼ばれて天文方をひきいるようになったのは、改暦《かいれき》といって、暦を新しくする事業のためであった。

弟子はほかにもいるが、忠敬のように老齢《ろうれい》の者はいなかった。天文学を理解するには、西洋科学や算術などの知識が必要であって、簡単ではない。それに、息子のような年齢の師匠に教わるのも、抵抗《ていこう》があるだろう。早々に音をあげるにちがいない。

しかし、忠敬はいいほうに予想を裏切った。もともと、天文学に関係の深い測量の経験があり、算術の知識もあったようで、基本はできていた。打てばひびく、一を聞いて十を知る、というような天才ではなかったが、粘《ねば》り強《づよ》く勉強して理解する。難しい天体観測も、練習をくりかえして身につける。とにかく、学問に対する熱心な姿勢がすばらしい。

至時は忠敬に、「推歩先生《すいほ》」というあだなをつけた。「推歩」というのは、天文や天体観測のことである。それだけ優秀《ゆうしゅう》な弟子だったのだ。

三年前、至時は改暦の事業を終えた。新しい暦はまだ不完全で、自分では満足のいく出来ではなかったが、幕府の評価は高く、至時の名声はあがった。

次に至時が課題としたのは、緯度《いど》一度分の子午線の長さを知ることだった。子午線つまり経線は、北極点と南極点を結ぶ線のことである。子午線の長さがわかれば、地球の大きさがわかる。さらに各地の正確な緯度と経度が割り出せれば、暦がより正確になるのだ。

これを聞いて、忠敬が申し出た。

「私が測ってみせましょう」

忠敬の家と天文方は、正確な緯度がわかっている。その間の距離《きょり》を測れば、あとは計算で緯度一度分の長さがわかるのではないか。忠敬はそう考えて提案したのだが、至時は苦笑して答えた。

「そんな短い距離を測っても、正確な値は出ない。そうだな。江戸から蝦夷地くらいまでの距離を測れば、信頼《しんらい》できる数値が出るかもしれない」

「ならば、蝦夷地に行ってまいります」

忠敬が真剣《しんけん》に言ったものだから、至時はおどろいた。忠敬の年齢で、蝦夷地まで旅をするというのは、容易ではない。幕府は蝦夷地の開拓《かいたく》や測量に興味をもっているから、頼《たの》めば許可は出るだろうが……。

結局、至時は弟子の熱意にほだされて、蝦夷地行きを実現させるために力をつくした。そして、様々な障害を乗りこえて、出発までこぎつけたのである。

至時は忠敬の旅姿を上から下まで見た。

「忘れ物はないか」

はい、と答える忠敬の背後で、秀蔵が口をおさえている。笑いをこらえているようだ。

忠敬は忘れ物が多いのが玉にきずである。あるいは年のせいかもしれない。そう考えると、心配になってくる。

「とにかく、無事にな。何かあったら、文をよこすように」

至時は道に出て一行を見送った。忠敬隊に、大きな期待はかけられない。成果をあげるには、人員も装備も時間も不足しているからだ。無事に測量結果を持ち帰ってくれればよい。その積み重ねで、科学は前進するのだ。

本当なら、自分が行きたいが、肺病をわずらっていて、長旅に耐《た》えられそうにはない。忠敬をうらやましく思う至時であった。

地球はいつから丸かった？

地球上の地点は、緯度《いど》と経度であらわされます。緯度は赤道を〇度、北極と南極を九〇度とする南北の目盛《めも》り、経度はロンドンの旧グリニッジ天文台を通る本初子午線を〇度とし、その反対側が一八〇度になる東西の目盛りです。東京は東経一三九度、北緯三五度、札幌《さっぽろ》は東経一四一度、北緯四三度、那覇《なは》は東経一二七度、北緯二六度となります。

　これらの数値は地球が「丸い」こと（正確には楕円体《だえんたい》）を知っていなければ、導き出せません。では、人類はいつ、地

〖緯度《いど》と経度〗

地球上での位置を知るための目盛り。この２つの目盛りを使うことで、地球上のすべての位置をあらわせる。

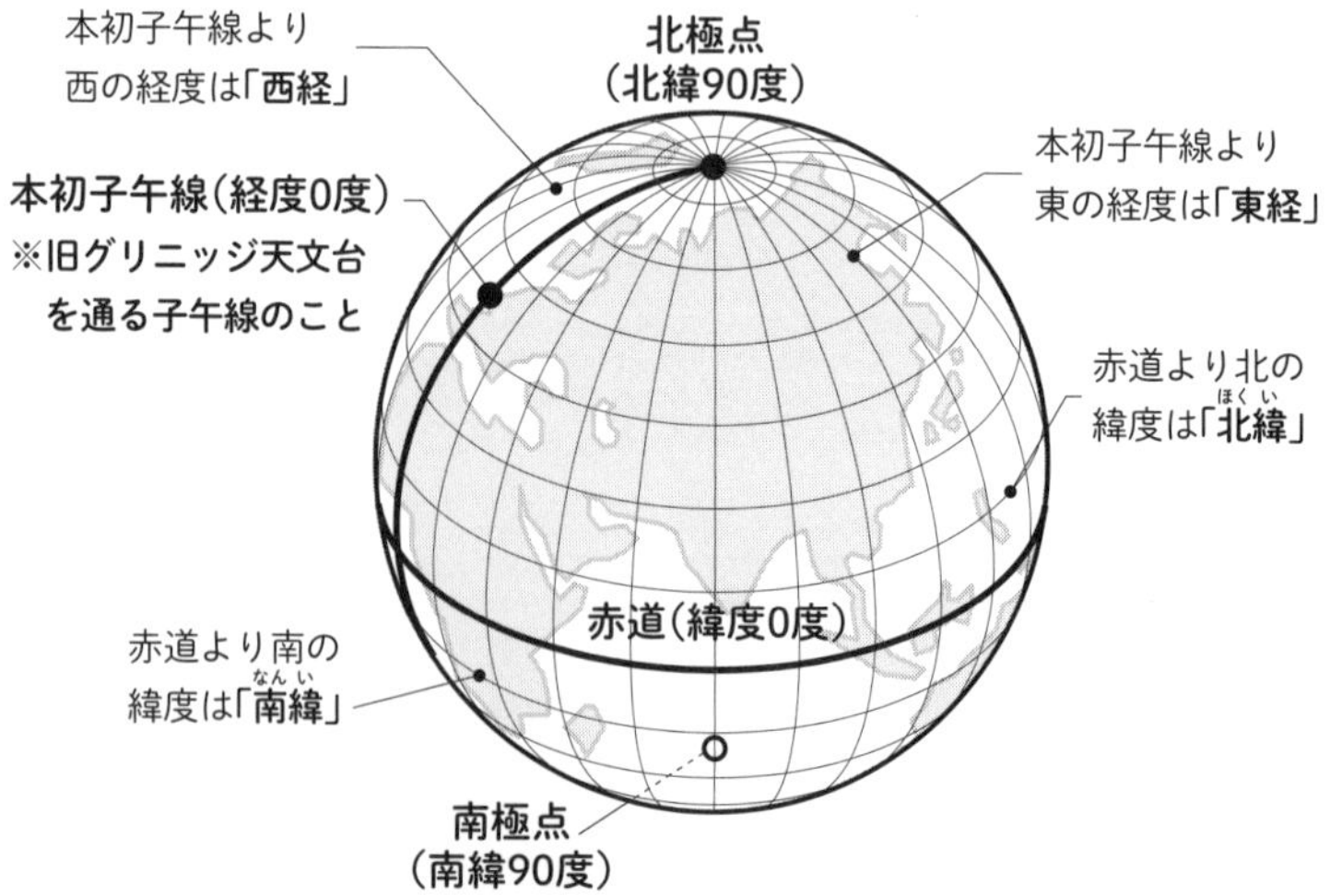

球が丸いことを知ったのでしょう。

　私たちの日常にも、地球が丸いことを知るヒントは隠《かく》されています。たとえば、水平線の向こうからやってくる船が、マストの上のほうから見えてくること。山に登ると、遠くまで見えること。遠く離《はな》れた場所では、見える星座がちがうこと。月食のとき、月に映る地球の影《かげ》が丸いこと。

　こうしたことから、古代ギリシアの人々は、すでに地球は丸いと考えていました。今から二千五百年くらい前のことです。この考えは古代ローマをへてインドやイスラム世界に伝わりました。九世紀のイスラムの学者たちは、緯度一度分の長さと地球の大きさをかなり正確に計

【"地球が丸い"を知るヒント】

沖《おき》から岸に入ってくる船は、上部から徐々《じょじょ》に下が見えてくる。もし地球が平らだったら、船全体がだんだん大きく見えるはず。

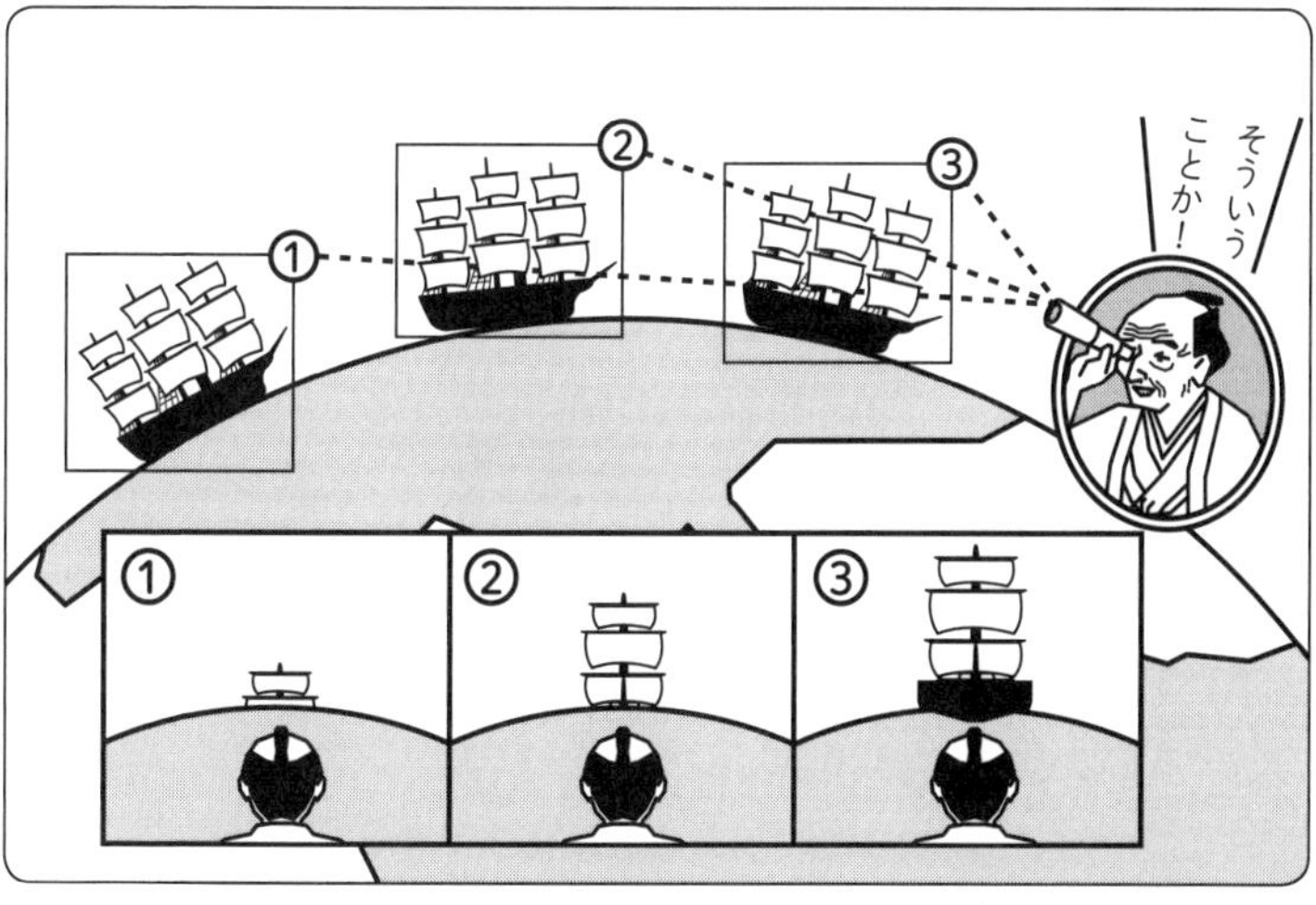

算しています。

　ヨーロッパでは、キリスト教の影響《えいきょう》が強かったため、一時、古代の科学知識は忘れられていましたが、十四世紀ごろから文化や科学、技術の発展がはじまります。そして、十六世紀はじめのマゼランらによる世界一周によって、地球が丸いことはほぼ確かめられました。

　中国や日本には、ヨーロッパ人の宣教師によって、地球が丸いことが伝えられました。日本では戦国時代のことで、織《お》田《だ》信長《のぶなが》は贈《おく》り物《もの》の地球儀《ちきゅうぎ》を見て、それをすぐに理解したといいます。

　江戸《えど》時代の天文学者たちは、地球が丸いことを知っていました。では、地球が太陽の周りを回っていること（地動説）

〖マゼランの世界一周〗

マゼランは1519年にスペイン国王の承認を得て、西回りの航海に出発。南アメリカ南端の海峡《かいきょう》（マゼラン海峡）をへて、太平洋を横ぎり、フィリピンに達した。先住民との戦いで命を落としたが、少数の部下が1522年に帰国を果たした。

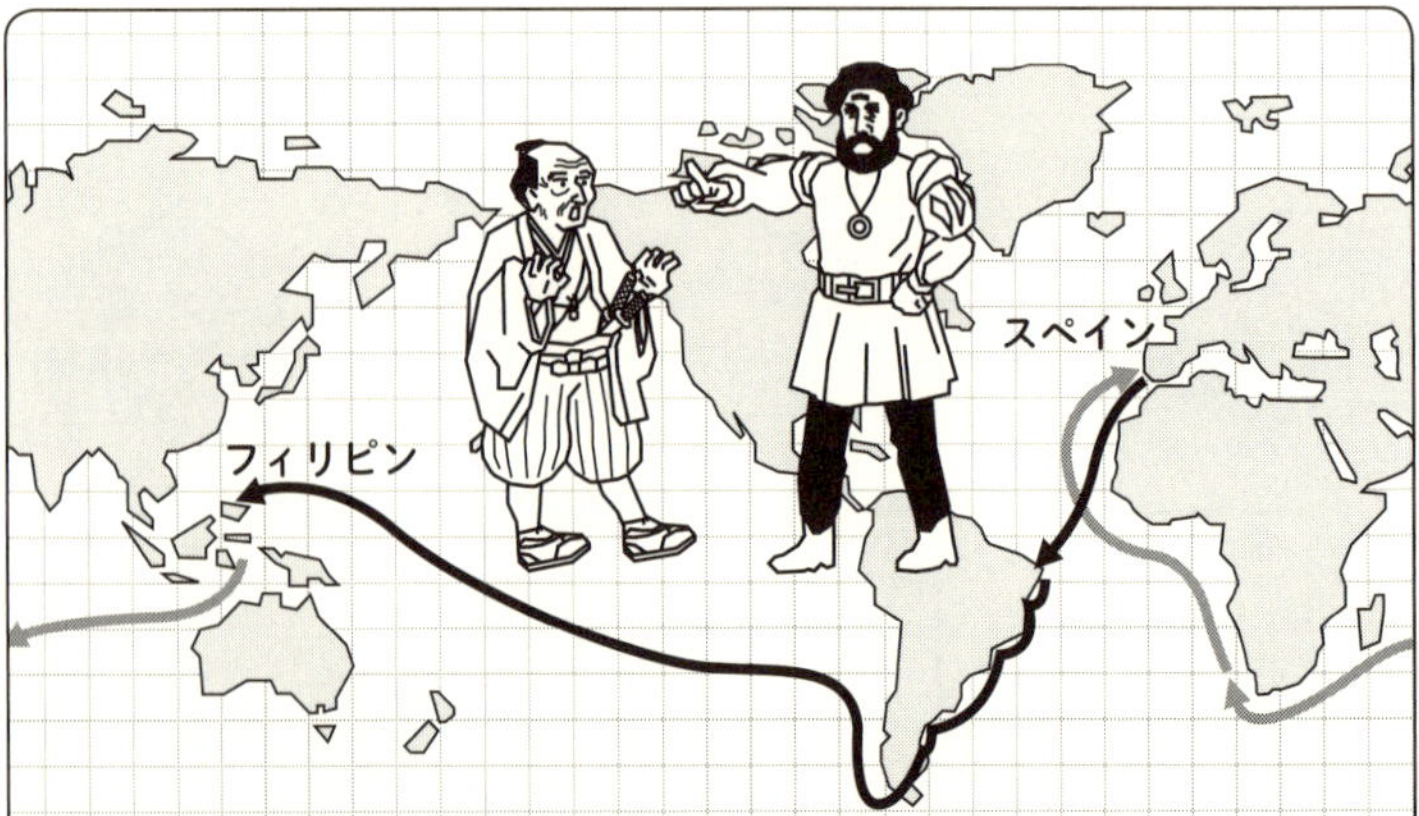

を知っていたのでしょうか。それとも、太陽やほかの星々が地球の周りを回っている（天動説）と考えていたのでしょうか。その点については、また別に解説します。

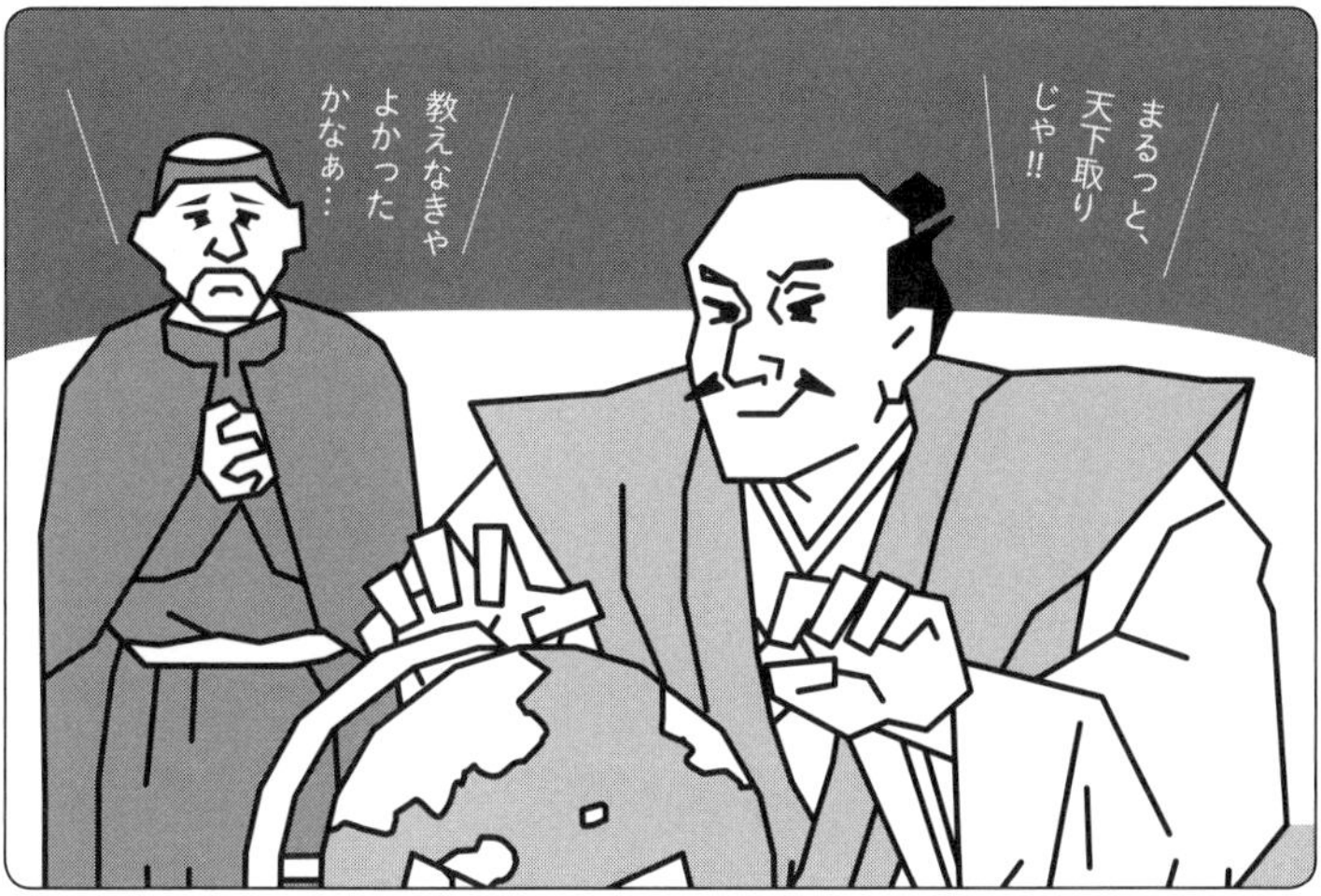

〖織田《おだ》信長《のぶなが》と地球儀《ちきゅうぎ》〗

1549年のキリスト教伝来以降《いこう》、多くの宣教師が日本にやってきた。そのひとりが、信長に地球儀を贈《おく》ったさいに、「地球が丸い」ことを説明した。

2

忠敬《ただたか》の一行は江戸《えど》を出て、奥州街道《おうしゅうかいどう》を北へ向かった。最初の宿場である千住《せんじゅ》に、舟《ふね》で運んだ荷物が届いている。それを受け取って、本格的に旅がはじまる。測量も千住からはじめる予定だ。

千住宿は、隅田川《すみだがわ》にかかる千住大橋を中心にひらけた町で、一万人近い人が住んでいる。江戸からは日帰りもできる距離《きょり》だが、ここに泊《と》まって朝旅立つ者も少なくない。逆に、江戸に入る前に、一泊して心身の調子を整える旅人も多い。

千住では、見送りに来た者たちが昼食の席を用意してくれていた。

忠敬は地元佐原《さわら》の有力者だったので、殿様《とのさま》の代理が来ている。商売をついでいる忠敬の長男、つまり秀蔵《しゅうぞう》の兄や、ほかの親戚《しんせき》の者たちも来ている。測量道具をつくる職人などもいた。それだけ、忠敬はしたわれているのだ。

「秀蔵よ、父上が無理をなさらぬよう、注意しておいてくれよ」

長男の景敬《かげたか》が声をひそめて言う。

「父上は隠居《いんきょ》の身だ。蝦夷地《えぞち》なんて遠いところまでは、とてもたどりつけないだろう」

景敬はこの旅をこころよく思っていないようだった。年齢《ねんれい》を考えれば、心配するのも当たり前であろう。この日、みなが集まった理由には、今生の別れになるかもしれない、という不安もあった。

「おれが何を言っても、親父は聞かねえよ。知ってるだろ」

「そりゃそうだがな」

兄弟の小声の会話は、忠敬の耳に届いていた。

「心配は無用だ。わしの身体のことはわしが一番わかっておる」

「いや、もちろんそうですよ。でも、親を思う子の気持ちもわかってください」

景敬が商人らしい如才《じょさい》のない笑みでなだめると、忠敬も笑顔で応じた。

「かわいい子と、うっとうしい親には旅をさせるものだ」

忠敬はゆっくりと立ちあがって、一同を見わたした。

「年寄りの冷や水などと笑う者もおるが、新しいことに挑《いど》むのに年齢は関係ない。わしは絶対にこの事業を成功させてみせる。帰るのを楽しみに待っていてくれ」

拍手《はくしゅ》がわきおこって、お開きとなった。

盛大な見送りを受けて、一行は千住を出発した。

「よし、測量をはじめるぞ。気を引きしめるのだ」

距離を測るには、いろいろな方法があるが、正確に測ろうとすると、様々な器具が必要になり、時間もかかる。しかし、忠敬隊には充分《じゅうぶん》な時間がなかった。幕府の許可をもらうのにてまどって、出発がずれこんだためである。寒冷な蝦夷地を測量するのは夏でなければ厳しい。だから、なるべく急がなくてはならない。

そこで、忠敬は街道では歩測で測ることにした。同じ歩幅《ほはば》で歩いて歩数を数え、距離を割り出す方法である。誤差は出るが、特別な道具は必要ない。

歩測係は同時にふたりか三人が交替《こうたい》でつとめる。必ず複数人で測って、平均を求めるのだ。数えまちがいのないよう、百ごとに指を折ったり、小石をにぎったりする。集中していなければならないので、意外に疲《つか》れる仕事だ。

忠敬の一歩は、約六九センチメートル。身長が約一六〇センチだから、ほぼ標準的な歩幅である。

秀蔵は忠敬より少し背が高く、若くて元気があるので、歩幅も大きい。最初の歩測係に任命されて、はりきって一歩を踏《ふ》み出《だ》した。とたんに、注意が飛んでくる。

「気を入れすぎだ。同じ歩幅で歩くのだぞ」

「わかったよ……じゃない、わかりました」

答えてしばらく進んだとき、声がかかった。

「伊能《いのう》様、お待ちください」

駆《か》けよってきたのは、十二歳《さい》くらいの少年であった。一行がおどろいて足を止めると、少年は土の上にひざをついて、忠敬に向かって頭を下げた。

「おれも蝦夷地に連れて行ってください」

忠敬は眉《まゆ》をひそめた。はじめて見る顔だったのだ。どうして忠敬のことを知っているのだろうか。

「だれかの知り合いか?」

振《ふ》り返《かえ》ってたずねると、一同はとまどいがちに顔を見あわせた。だれにも心当たりはない。

少年はさっと顔をあげた。目がくりっとしていて、顔つきはおさないが、表情は真剣《しんけん》そのものだ。

「おれは上林平次《うえばやしへいじ》といいます。父の彦左衛門《ひこざえもん》は、堀田《ほった》様の蝦夷測量隊に参加していました。でも、ひとりだけ帰ってこなかったのです。事故で死んだと聞きましたが、おれは信じてません。父をさがしに行きたいのです」

なるほど、とうなずいた者もいる。

実は幕府はこの前年にも、蝦夷地に測量隊を送っていた。東蝦夷まで、直通の航路を開拓《かいたく》するのが目的だったため、船で旅をした。隊長は天文方で働く堀田仁助《にすけ》といって、津和野藩《つわのはん》出身の武士だ。堀田隊の身内であれば、測量隊の予定や忠敬の顔を知っていても不思議ではない。

しかし、忠敬は首をひねった。

堀田隊が作成した地図や報告書には、忠敬も目を通している。天文方をひきいているのは、忠敬の師匠《ししょう》である高橋至時《よしとき》だから、堀田隊の成果や反省をもとに、忠敬の測量計画が立てられているのだ。それなのに、そのような事故があったとは聞いていなかった。

「平次よ、その話はどこから聞いたのだ」

「はい、堀田様のお弟子様にうかがいました」

ますますわからない。堀田仁助はまじめで仕事熱心な男だ。旅の途中《とちゅう》で起こった事件や事故を隠《かく》したりはしないだろう。もし幕府の指示で秘密にするなら、少年にも知らせないはずだ。記録に残すほどではない事故だったということか。

忠敬は少し迷った。

天文方に戻《もど》って、事情を確認するべきだろうか。いや、これ以上、時間を無駄《むだ》にはできない。堀田隊が事故にまきこまれていたなら大変だが、証拠《しょうこ》はないのだ。不確かな情報にふりまわされて、自分の仕事をおろそかにしてはなるまい。

「悪いが……」

すまなそうに告げかけたとき、秀蔵が声をあげた。

「連れて行ってやりましょうよ。面倒《めんどう》はおれがみるから」

「そんな簡単な話ではない」

忠敬はじろりと秀蔵をにらんだ。

「わしらはお上から手当てをもらって旅をするのだ……すずめの涙《なみだ》ではあるがな。勝手に人数を増やすわけにはいかぬ。だいたい、通行手形もないのに、どうやって関所を通るつもりだ」

奥州街道ではこの先、利根川を渡《わた》るところに関所がおかれている。いわゆる「入鉄砲《いりでっぽう》に出女」のほかは厳しくとりしまられることはないが、あやしい者は通れない。

「こいつひとりくらい、どうだってなるだろ」

秀蔵は少年に同情しているのであった。年上の口うるさい者ばかりなので、年下の仲間がほしいという気持ちもある。

お願いします、と少年が深く礼をする。忠敬は困りはててしまった。弱き者を助けるのは、彼《かれ》の信条である。佐原村で民の代表をつとめていたときは、飢饉《ききん》があるたびに家の財産を出して、貧しい百姓《ひゃくしょう》を救っていた。この少年も父が帰らずに苦しんでいるのだろう。できるかぎりのことはしてやりたいが、連れて行くのは難しい。

「では、わしが蝦夷地で事情を調べてこよう。それでよかろう」

「でも、おれは自分の目で確かめたいのです。父上は、絶対に生きて帰ると言っていたから……簡単に死ぬはずがないんです」

少年は必死で訴《うった》えた。大きな黒い瞳《ひとみ》に、涙のまくがかかっている。

「そういうことでしたら……」

忠敬の従者のひとりが、遠慮《えんりょ》がちに発言した。自分は足を痛めていて、蝦夷地まで歩き通す自信がない。代わりにこの子を連れて行ってやれないか。

しばし、沈黙《ちんもく》のとばりがおりた。期待に満ちた目が忠敬に集中する。

忠敬は自分の幼いころを思い出していた。母に死なれ、父に捨てられたと思ったあの日。自分はどこにいてもよそ者のような気がして、落ちつかなかった。学問をすれば、居場所が見つかると思って、ひたすらはげんだ。

少年の事情はまったく異なる。それでも、その必死さには共感できる。

忠敬はゆっくりと口を開いた。

「平次よ、読み書きはできるのであろうな」

「はい。そろばんも得意です。天文も父に習っていましたから、観測の手伝いもできます。

必ず、お役に立ちますから」

忠敬はふっと息をついて、一同に背を向けた。

「わしは見てのとおりの年寄りじゃ。物忘れもはげしい。長く仕える従者の顔を忘れてしまったかもしれん。入《い》れ替《か》わっても、気づかないだろうよ」

意味を飲みこむと、平次の顔に喜びがはじけた。秀蔵がその手をとって立たせる。

「よかったな、おれは秀蔵。これからよろしく」

「よろしくお願いします。がんばりますから、いろいろと教えてください」

笑いかけた秀蔵に、平次は笑みを返した。どこか陰のある笑みだ。それを見て、秀蔵ははっとした。平次は父が死んだと聞かされているのだ。これは父をさがしに行く旅だから、心から笑えるはずはない。

だが、沈《しず》んだ気持ちで旅をつづけるのもつらい。少しでも明るくしてやろう。生来、楽天的な秀蔵はそう考えた。

「こら、秀蔵、数を忘れてないだろうな」

師匠《ししょう》の厳しい指摘《してき》に、秀蔵は顔をしかめた。

「もちろん大丈夫《だいじょうぶ》、えーと、六、七……七二だ」

疑わしげな視線を無視して、秀蔵は再び歩きはじめる。

平次がすっとその横にならんだ。

忠敬《ただたか》はどんな子だったのか

伊能忠敬《いのうただたか》は、延享《えんきょう》二年（西暦《せいれき》一七四五年）、上総国《かずさのくに》小関村《こぜきむら》（現在《げんざい》の千葉県山《さん》武郡九十九里町《ぶぐんくじゅうくりまち》）で生まれました。幼名《ようめい》を三治郎《さんじろう》と言います。

父は神保貞恒《じんぼさだつね》という名でしたが、小関家に婿《むこ》に入っていましたので、忠敬は小関三治郎です。三治郎は上に兄と姉がいる三番目の子でした。

当時の九十九里浜《はま》は地引《じび》き網《あみ》漁で栄えていました。小関家は小関村の名主《なぬし》をつとめており、また漁師をたばねる網元だったとも伝えられていて、村を代表す

る名家でした。

豊かで活気ある村で、何の不自由もなく育っていた三治郎でしたが、数え七歳《さい》のときに運命が変わります。母が病気で亡くなったのです。

母親の死はもちろん悲しいものですが、当時の普通《ふつう》の家でしたら、子どもの運命を変えるような問題にはなりません。ところが、上総国には男女を問わず、長子が家をつぐ習わしがあり、小関家の当主は母でした。次の当主は母の弟、三治郎にとっての叔父《おじ》に決まりました。

この地方では、当主の女性が亡くなると、婿は実家に帰されるしきたりになっていました。父の貞恒は兄と姉を連れて、歩いて半日ほど北の小堤村《おんづみむら》に戻《もど》ります。

しかし、三治郎はそのまま残されました。父ひとりで三人の子どもを育てるのは難しいことから、幼い三治郎が残って教育を受けることになったのだと思われます。小関家は名家ですから、読み書きそろばんを学ぶ環境《かんきょう》としては、申し分ありません。ですが、母に先立たれ、父に去られた三治郎の気持ちはどうだったでしょう。

今の小学校一年生くらいの年で、三治郎は家族と別れてひとりぼっちになってしまいました。いじめられることはなくても、さびしかったにちがいありません。それでも、三治郎はよく勉強しました。

数え十一歳になったとき、父が迎《むか》えにきて、三治郎は神保家に移りました。こ

〖読み書きそろばん〗

庶民《しょみん》の間でも、教育への関心が高まり、都市や農村には多くの寺子屋が開かれ、読み書きそろばんなどの実用的な知識が教えられた。

ちらも村の名家ですが、父は婿に行って帰ってきた身ですから、敷地《しきち》のなかに小さな家をつくってもらってひっそりと暮《く》らしていました。やがて、父は分家して新しい家を建て、再婚《さいこん》します。

ところで、江戸《えど》時代は、武士も農民も商人も、後つぎ以外の男子は生きていくのが大変でした。家の仕事をつぐのはひとり、たいていが長男ですから、そのほかの子は別の仕事を見つけなければなりません。

地方の名家の次男坊《じなんぼう》ですと、僧侶《そうりょ》になるか、学問で身を立てるか、あるいは大きな町の商家に奉公《ほうこう》に出て商売人をめざすか……といった道がありました。

上総国は、江戸に近いこともあって、

〖後つぎでない男子の将来〗

家の仕事をつげるのは、長男ひとりだけということが多かったこの時代。それ以外の男子は、身を立てるための道を探さなければならなかった。

文化が発展しており、学問が盛んでした。三治郎は十代のもっとも伸《の》びる時期に、儒学《じゅがく》、漢学といった中国の学問から、算術、医学まで、様々な学問にふれて成長しました。とくに算術が得意で、おとなたちをうならせていたといいます。

　三治郎が受けた教育は、のちに大きな花を咲かせることになりますが、その前に、思わぬ道が開けました。

　宝暦《ほうれき》十二年（西暦一七六二年）、三治郎は佐原《さわら》の伊能家に求められて、婿養子《むこようし》として入ります。三治郎は数えで十八歳、相手のミチは二十二歳で子持ちの未亡人でしたが、伊能家は酒造りを中心に幅広《はばひろ》く商いをおこなっていた大店です。才能をみこまれ、そこの当主として望まれた

〘結婚《けっこん》して、伊能忠敬《いのうただたか》に〙

佐原《さわら》の名家、伊能家に娘婿《むすめむこ》として迎《むか》えられた三治郎《さんじろう》は、名を忠敬にあらためた。

わけであり、三治郎にとっては願ってもない話でした。
これより、神保三治郎は伊能忠敬と名乗るようになります。

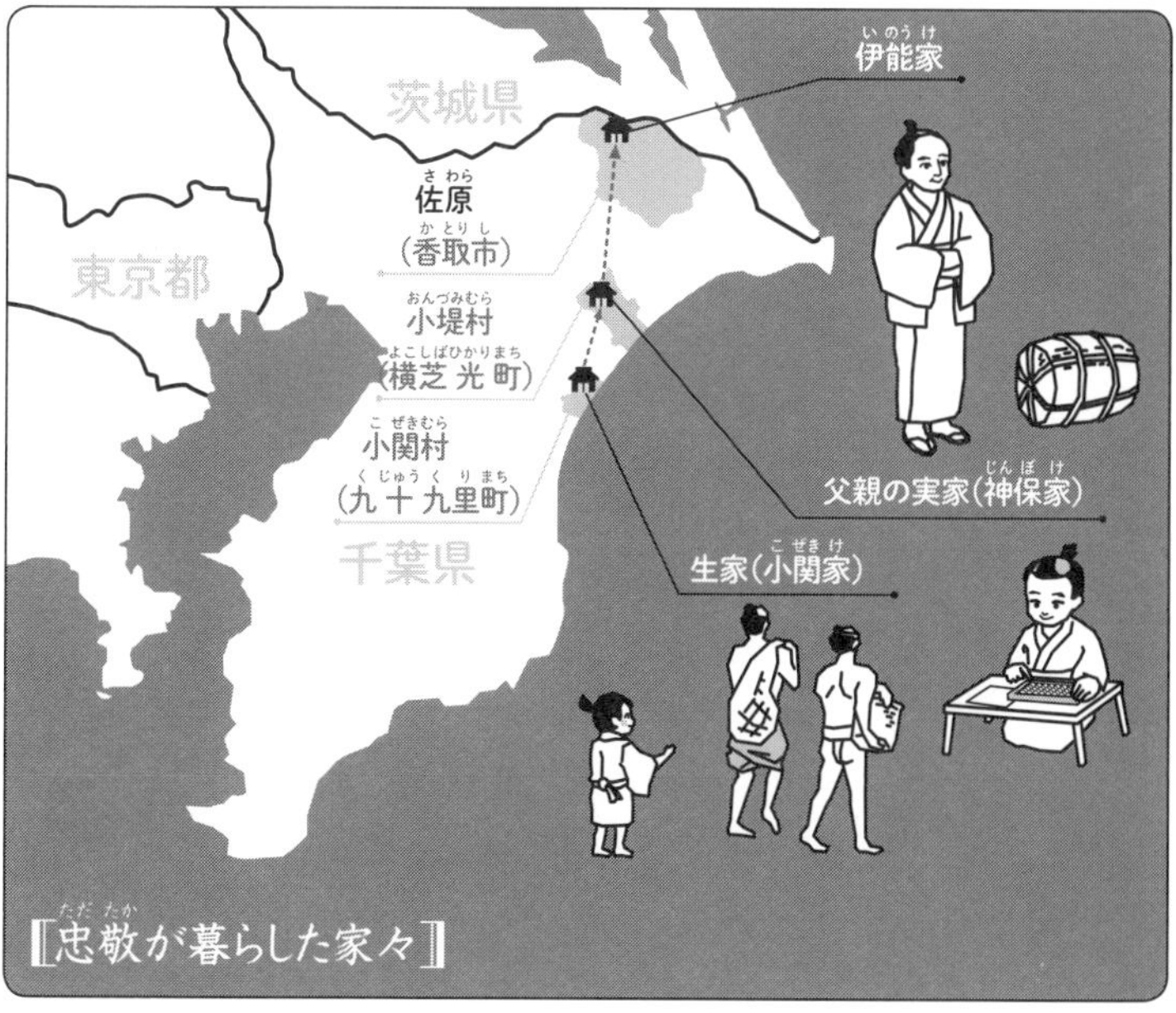

3

平次は毎晩、夢を見ずに眠《ねむ》っていた。床《とこ》につくと、頭のてっぺんから足の先まで、自分が一本の棒になったように感じ、目を閉じたと思ったら、もう朝が来ている。それだけ疲《つか》れ果《は》てていて、身体が重い。

でも、夢を見ないのはありがたかった。去年から、父の夢ばかり見ていたような気がするからだ。

夢の中の父は、暗闇《くらやみ》から手を伸《の》ばして助けを求めてきたり、振《ふ》り返《かえ》りつつ立ち去っていったりする。恐怖《きょうふ》は感じなかったが、もどかしい気持ちが強かった。それで、父は生きている、と思うようになった。

「親父は何を言いたかったのかな」

ぽつりとつぶやくと、秀蔵《しゅうぞう》が笑い飛ばした。

「それを確かめに行くんじゃねえか」

屈託《くったく》のない笑顔がまぶしく、うらやましい。

「夢は夢だ。見なくなったら、それでいいじゃねえか。気にしたってしょうがない。師《し》匠《しょう》の小言と同じだ」

「いや、それは気にしないと」

「そうか？」

秀蔵はつねに明るく、いくら怒《おこ》られてもめげない。だから、怒りやすいのだろう。忠敬《ただたか》は息子に対して口うるさいが、ほかの弟子に聞かせている面もあるように思う。

平次はまだ怒られる段階に達していない。天文や測量について、基礎《きそ》の知識はあったが、実際にやるとなると大違《おおちが》いだ。秀蔵に教えてもらいながら、予備の記録係をつとめたり、梵天《ぼんてん》持ちをしたりしている。

梵天というのは、棒の先に何枚もの細長い紙をつるした器具で、測量の目印にするものだ。

歩測で測れるのは、道の長さである。道が平地をまっすぐに通じていればよいが、実際には、街道といえども、曲がったり折れたり上ったり下ったりするものだ。二点間の距離《きょり》を測るには、曲がったときに角度を測り、坂では勾配《こうばい》を記録して、あとで計算しなければならない。

街道が曲がり角にさしかかったら、まず歩数を記録する。ついで曲がり角に杭《くい》を打ち、進む道の先に梵天を立てて、角度を測る。

曲がり角の角度を測るとは、すなわち方位を測ることである。真北に向かっていた道が真東に折れれば、角度は九〇度だ。

方位は持ち運び用の羅針盤《らしんばん》、つまり方位磁石で測る。杖《つえ》の先につけられた羅針盤は、かたむいた場所に立てても、水平を保つ。この杖を台座の上に立て、方位を読みとるのだ。読みとりは忠敬が目を細めておこなう。

曲がり角にさしかかるたびに、この作業が入る。それでいながら、一日に十里（約四〇キロ）も歩くのである。平次は足手まといになるのも、弱音をはくのも嫌《いや》だった。懸命《けんめい》に歩き、梵天を持って走った。

「もっと右」

「少し行きすぎだ」

「まっすぐ立てよ」

忠敬の指示は短くて細かい。平次が一度で理解できず、聞き返すのをためらっていると、秀蔵やほかの弟子が指示をくりかえしてくれる。

夕方になって宿に入るころには、足ががくがくして立っているのがやっとになる。

忠敬の気づかわしげな視線を感じる。秀蔵が陽気な声をかけてくる。

「大丈夫《だいじょうぶ》か？　酔《よ》っ払《ぱら》った犬みたいにふらふらしてるぞ」

犬が酔っ払ったりするのだろうか。疑問に思いつつ、平次は答える。

「これくらい、どうってことはありませんよ」

最初の日はたしかにつらくて、もう旅はやめようと思った。でも、平次には意地がある。自分で望んだことだから、音をあげるわけにはいかない。二日目もつらかったが、三日目は少し楽に感じられた。体中の筋肉が張っていて痛いが、耐《た》えられないほどではない。

「ならいいけどな」

秀蔵が平次の隣《となり》に腰《こし》をおろした。目は奥《おく》へと消える忠敬の後ろ姿を追っている。父が完全に見えなくなってから、秀蔵は顔を平次に向けた。

「なあ、おまえの親父さんはどんな人だった？」

「どうって……。普通《ふつう》だと思いますが」

秀蔵がにやりと笑う。

「ほら、おれの親父は普通じゃないから」

「そんなことないでしょう。おれの父も似た感じでしたよ」

秀蔵は大げさに目をみはったあと、ため息をついた。

「測量なんかやるのは、変人ばかりか」

「変人というか……」

平次は口ごもった。

秀蔵は気にせずに話しはじめる。

「親父はすごい人なんだ。佐原《さわら》では、商売で成功して村の顔役になって、みんなに頼《たよ》りにされてた。争いがあったら、話を聞いておさめる。ケチだけど、飢饉《ききん》になったら、蔵を開いて貧しい人を助ける。村を歩けば、手を合わせておがむ人もいるんだ」

「立派な方ですね」

忠敬が裕福《ゆうふく》だとは、平次も聞いていた。学びはじめてすぐに、高価な観測器具を買いそろえたものだから、金持ちの道楽だとからかわれていたという。だが、村人に尊敬されていたとは初耳であった。

「どうして、それで満足しないかなあ」

秀蔵は心から不思議そうである。

「縁側《えんがわ》にすわって中庭の梅なんかながめて、にこにこしてればいいのに、蝦夷地《えぞち》まで測量に行くなんて、正気のさたとは思えん。せめて、勉強するだけにしてほしいもんだ。つきあわされる身にもなってほしい」

「でも、秀蔵さんも冒険《ぼうけん》は好きでしょ」

何となく、そういう気がした。秀蔵は嫌々ついていくのではない。蝦夷地に行くのを楽しみにしている。

「そりゃあな。新しいものを見たり、知らない場所に行ったりするのは嫌いじゃない。でも、ちまちました作業は苦手なんだよな」

「親子なのに、ずいぶんちがいますね」

「ああ、おれに親父のまねはできない」

秀蔵は頭の後ろで腕《うで》を組んだ。

「おれも親父みたいにはなりたくないと思ってました」

秀蔵は平次をちらりと見ただけで、何も言わない。

「伊能《いのう》様みたいな偉《えら》い人じゃなかったんで」

平次の家は津和野藩《つわのはん》の下級武士であった。父は算術が少しできたので、堀田仁助《ほったにすけ》のもとで、天体観測や測量の手伝いをしていた。武士とは名ばかりの身分で、収入は少なく、生活は厳しかった。

「得意なことを生かして、地道に生きればよい」

父は日頃《ひごろ》からそう語っていた。平次は次男なので、父の地位すらつげない。算術で身を立てよ、と、父が一から教えてくれた。

父自身は、決して算術が得意ではなかったようだ。にぶいけれど、まじめにやるのだけが取り柄《とえ》だと、自分で言っていた。平次の勉強が進んでくると、質問に答えられないことが多くなったので、蝦夷地から帰ったら、新しい師匠をさがす約束をしていた。

その約束は、果たされていない。

黙《だま》っていると、涙《なみだ》がこぼれそうになって、平次は両手で目をおさえた。秀蔵が天井《てんじょう》をながめて口を開いた。

「偉い人かどうかなんて関係ねえよ。親父が好きだからさがしに行くんだろ」

「……」

答えられないでいる平次に、秀蔵が顔を向けた。

「すまん、つらいよな」

平次は目をおさえたまま、首を横に振った。

誤解だ。そんなつもりじゃないんだ。

どうして蝦夷地に行きたいのか。父の生死に関しては、何か秘密があるのだとは思う。でも、父が生きているなんて、ほとんど期待していない。行くのは自分のためだ。自分がこのまま、何者でもなくなってしまうのに耐えられない。

江戸《えど》時代は、身分制度でかためられた社会である。だが、身分を越《こ》えて出世したり、名をあげたりする例がないとはいえない。忠敬も生まれは百姓《ひゃくしょう》だったが、飢饉のときに困っている人々を助けた功績が評価されて、今は立派な武士である。高橋至時《たかはしよしとき》とともに天文方をひきいている間重富《はざましげとみ》は大坂の商人の息子《むすこ》だった。

学問の世界は実力が物を言う。貧乏《びんぼう》な下級武士であっても、才能があって、すぐれた師匠に学べば、大成するのも不可能ではない。

算術じゃなくても、天文学でも蘭学《らんがく》でも医学でもいい。自分は何だってこなせる。父の言葉は、前半だけ合っている。得意なことを生かして、はなばなしく生きるのだ。平次はそう思っていた。

兄が上役と相談した結果、平次は津和野に帰ってどこかの寺に入れられることになったらしい。藩のだれかが国元に帰るとき、平次も同行するのだという。母は平次が生まれてすぐに亡くなっている。国元には親戚《しんせき》がいるらしいが、会った記憶《きおく》はない。帰ってからの人生に希望を見出すのは難しかった。

父が生きていればいい。事故の状況《じょうきょう》も知らされず、遺品もないというのはおかしい。明かせない事情があるのだ。だが、それがわからなくてもかまわなかった。平次は天文方の関係者に、自分の力を認めてほしかった。そうすれば、運命がひらけるかもしれない。

でも、そんなことはまだ、秀蔵には言えなかった。

やさしくしてくれるのはありがたいが、それだけに黙っているしかない。平次は涙をぬぐった。

自分が忠敬の子に生まれたかった。

心の弱った部分が、そう思わせる。

「おい、飯だぞ」

呼びかけられて、平次はゆっくりと立ちあがった。

秀蔵の腹がくうう、と鳴った。呼びにきた弟子と、秀蔵が笑い合う。平次はかたちだけの笑みをつくった。

佐原《さわら》の発展と繁栄《はんえい》

伊能忠敬《いのうただたか》が暮らしていた佐原《さわら》の町は、今の千葉県香取市《かとりし》佐原にあたります。江《え》戸《ど》末期から昭和初期にかけての歴史的な街並みが保存されており、小野川沿いにたちならぶ木造の町屋は、当時の雰囲気《ふんいき》を今に残していて、風情を感じさせます。

その繁栄《はんえい》ぶりが「江戸まさり」「北総《ほくそう》の小江戸」などと称《しょう》された佐原は、どのような町だったのでしょうか。

佐原の辺りは川と海に近い良好な環《かん》境《きょう》にあったため、縄文《じょうもん》時代から人が住んでいました。そして、最初は香取神宮《じんぐう》の荘園《しょうえん》のなかに村落ができ、やがて商業

の町として人口を増やしていきます。

本格的な発展は、江戸時代に入ってからです。鍵《かぎ》となったのは水運でした。

江戸時代は米をはじめとする大量の物資が江戸に集まります。重いものを運ぶには、船がもっとも適しているので、東北地方から江戸に米などを運ぶため、東回り航路が開かれました。ところが、房《ぼう》総《そう》半島を回る航路は航海が難しく、風を待つのに時間がかかり、事故の危険もありました。

そこで、利根川などの河川や霞《かすみ》ケ浦《がうら》などの湖を利用した水運に目が向けられます。途中《とちゅう》までは沿岸を進み、那《な》珂《か》湊《みなと》や銚子《ちょうし》で川船に積《つ》み替《か》えて、米や木材などを江戸まで運びました。

〖佐原《さわら》の発展《はってん》〗
江戸《えど》時代の佐原は、農業と水運で栄えた、関東でも有数の大きな町だった。家の数が1,000軒《けん》を超《こ》え、5,000人以上の人々が暮らしていた。

　ところで、江戸時代のはじめまで、利根川は東京湾《とうきょうわん》に注いでいました。それを幕府が大規模な土木工事をおこなって、太平洋に向かって流れるように変えたのです。物流に利用するため、自然の堀《ほり》として江戸を守るため、さらに治水や新田開発のためなど、さまざまな理由があげられています。

　工事は難しく、何度か失敗もしましたが、利根川の本流はかつて常陸川《ひたちがわ》と呼ばれていた流れを通って銚子で太平洋に注ぎ、支流の江戸川が東京湾に注ぐようになりました。そのおかげで発展したのが、もともとこの流域で水運をおこなっていた佐原です。

　佐原は銚子とともに利根川水運の拠点《きょてん》

〖代表的な2つの航路《こうろ》〗

銚子内海江戸《ちょうしうちうみえど》まわり（右図）は、銚子より先は川を利用することですべて水運で進めるが、波が荒《あら》いところを経由する危険な航路。那珂湊内海江戸《なかみなとうちうみえど》まわり（左図）は、陸地を経由するため、より時間はかかるが、安全性の高い輸送経路だった。

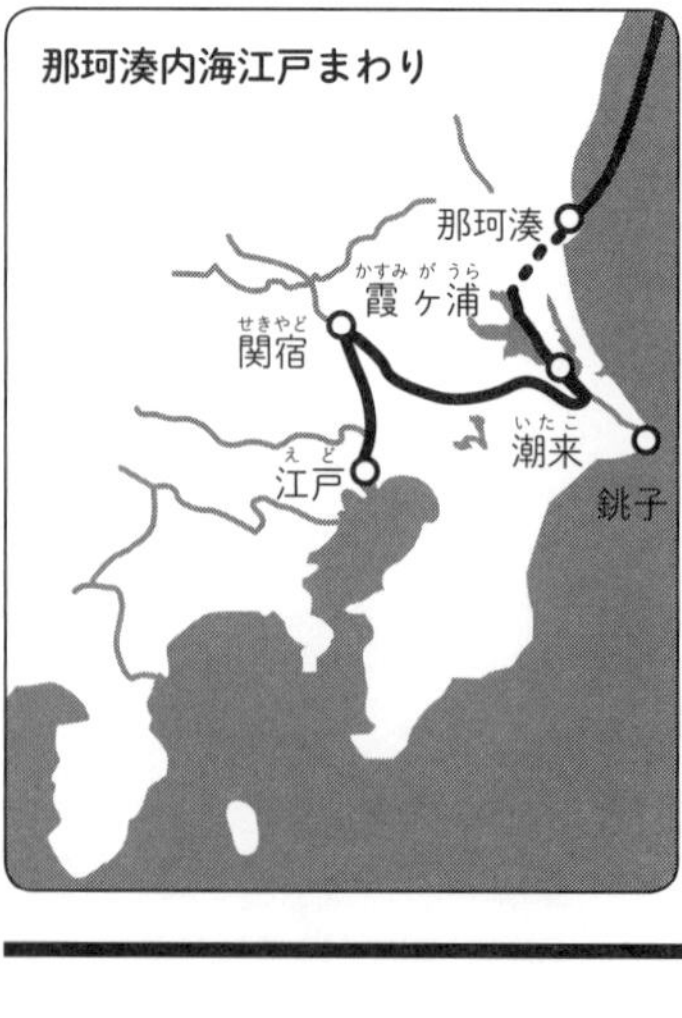

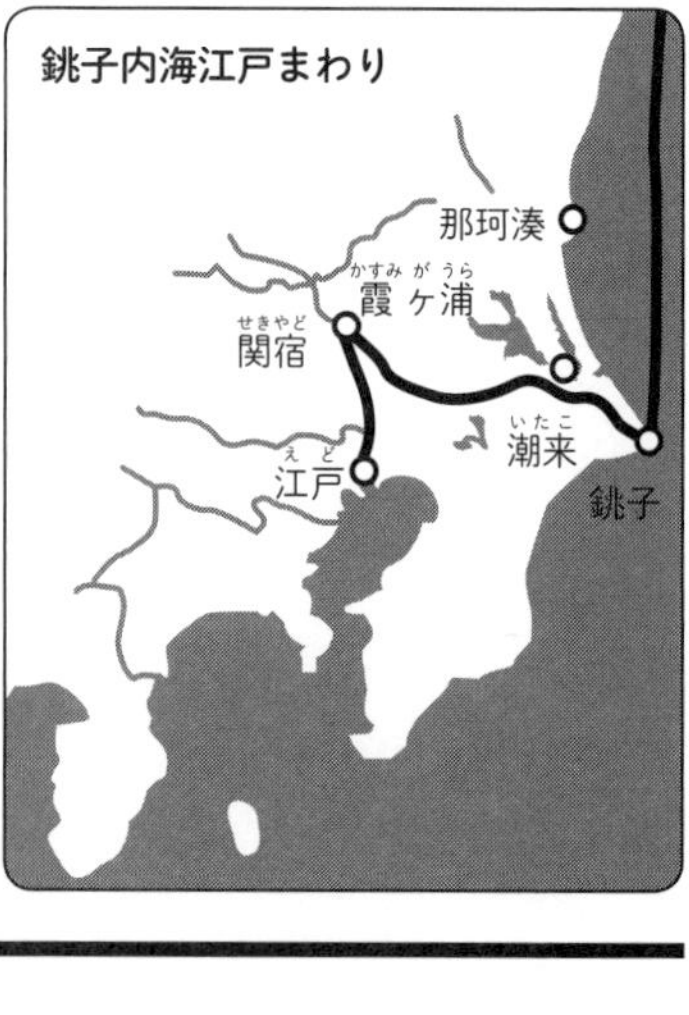

になりました。交易の中継《ちゅうけい》だけでなく、醤油《しょうゆ》や酒の醸造《じょうぞう》が盛んになり、新田開発もおこなわれて、人口が増えていきます。忠敬が伊能家に婿入《むこい》りしたときには、人口は五千人を超《こ》えていました。文化や芸術も栄え、俳人の小林一茶《こばやしいっさ》や画家の渡辺《わたなべ》崋山《かざん》、戯作者《げさくしゃ》の十返舎一九《じっぺんしゃいっく》など、江戸から多くの文化人が訪れていたといいます。

伊能家は酒造りを中心に、水運をふくめて手広く商売をやっていました。忠敬はその商売を引きついだのですが、明和八年（西暦《せいれき》一七七一年）から翌年にかけて、ある事件にまきこまれます。

当時の幕府は、老中の田沼意次《たぬまおきつぐ》が権力を握《にぎ》っていました。商業の重視と、わい

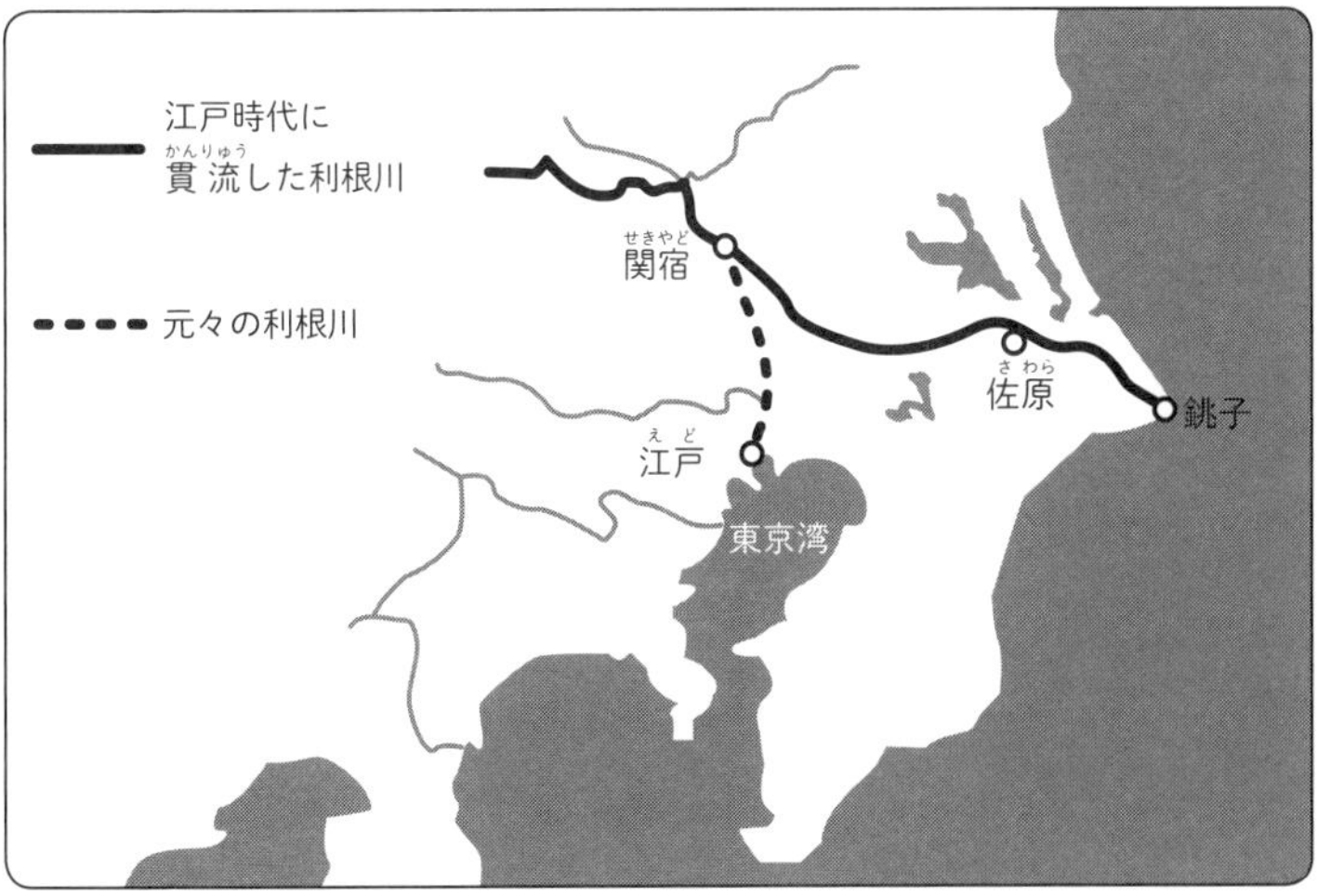

〚利根川《とねがわ》の大工事〛

江戸幕府《えどばくふ》は、東京湾《とうきょうわん》に注いでいた利根川の流れを、銚子《ちょうし》から太平洋《たいへいよう》へと移《うつ》し替《か》える事業に、約60年の歳月《さいげつ》を費やした。

ろ政治で有名な人です。田沼は佐原の水運業者に対して、幕府公認の河岸問屋《かしどんや》とするかわりに、運上金という税金のようなものを払《はら》えと言ってきました。

佐原の商人たちは、運上金を払いたくないので、「この町には河岸問屋などありません」と答えます。しかし、幕府に「それなら、佐原は利根川の水運に関わらないのだな」と応じられてあわてました。水運と切りはなされたら、佐原の商人たちはやっていけません。そこで、忠敬をはじめとする有力な商人四人が代表して公認の河岸問屋となり、運上金を払うことにしました。

しかし、四人のうちふたりが辞退し、忠敬はふたりで運上金を引き受けるはめ

[田沼意次《たぬまおきつぐ》]（1719年-1788年）

18世紀後半の政治家、老中。幕府の財政を建て直すために商業に着目。税制を整備したり、貿易を奨励《しょうれい》するなどの政策をおこなった。しかし、商人と役人の結びつきが強まったことで、わいろや不正が横行。さらに、天明《てんめい》の大飢饉《だいききん》がおこり、百姓一揆《ひゃくしょういっき》が続き、江戸や大坂《おおさか》でも大規模な打ちこわしが続発する中、老中をやめさせられた。

になります。おまけに、幕府は「話が二転三転するのはどういうことだ」と責めたててきます。文句をつけて運上金を増やそうという腹です。

「その方らが水運の商いをしていた証拠《しょうこ》を出せ」と幕府に言われ、忠敬は家の蔵をあさりました。そして、義理の祖父がまとめていた古い記録を提出して、何とか許可を得たのでした。

伊能家は多額の運上金を払うはめになりましたが、おかげで佐原の商人たちは水運の仕事をつづけることができました。村を代表して難しい幕府との交渉《こうしょう》を切《き》り抜《ぬ》けたことで、忠敬の評判は高まったのでした。

『佐原邑河岸一件《さわらむらかしいっけん》』

忠敬《ただたか》は河岸問屋《かしどんや》に関する一連の出来事を『佐原邑河岸一件』という文章にまとめた。義理の祖父が残した記録に助けられた忠敬は、記録することの大切さを学んだ。

4

平次は草の上にすわって、顔を天に向けていた。

晴れわたった夜空に、無数の星々がまたたいている。天をおおう布は、真っ黒ではない。かすかに紫色《むらさきいろ》を帯び、ところによっては赤みがかって広がっている。星々の光も、赤や青や黄と、様々な色がある。改めて星空をながめると、その美しさに呆然《ぼうぜん》となる。

星はただ輝《かがや》いているだけだと、幼いときは思っていた。

今の平次は、星座を知っている。恒星《こうせい》と惑星《わくせい》があることも知っている。星が動くことも知っている。父が教えてくれた知識だ。

平次は月の明るい夜が好きだった。月の光があれば、地面に文字や図を書いて計算ができた。油も紙も貴重品だから、無駄《むだ》づかいはできない。

遅《おそ》くまでひとりで勉強していると、父がこっそりと様子をうかがいにくる。一度、振《ふ》り返《かえ》った拍子《ひょうし》に目が合った。父が悲しそうな顔をしていたので、平次はすぐに目をそらした。

父は貧乏《びんぼう》を恥《は》じているのだと思った。

しかし、それは悪いことばかりではないと、平次は考えている。伊能家《いのうけ》のような環境《かんきょう》にもあこがれはするが、逆境のほうが勉強ははかどるような気がする。

富福な商家の隠居《いんきょ》や気楽な次男坊《じなんぼう》には負けたくない。そういう気持ちがあるから、がんばれる。恵《めぐ》まれた環境なら、努力する気になれないかもしれない。

空の星は、北極星を中心にして、ゆっくりと回っている。父が熱心に語った言葉を思い出す。

「あれが将軍様の星だ」

北極星はもっとも明るいわけではない。それでも、中心にあって動かない。

「中心に近いほど動く距離《きょり》は短く、遠いほど長くなる。わしらは遠いところにいるから、たくさん働かないといかん。地道にな」

その言葉が、平次をしばることはなかった。言われるほどに、下剋上《げこくじょう》をなしとげてやろうという気持ちになった。

「おい、そろそろだぞ」

秀蔵に呼ばれて、平次は立ちあがった。

伊能隊は、晴れた夜には必ず、天体観測をおこなう。天体観測は正確な現在位置を知る手段のひとつだ。海の上ではもちろん、陸上でも有効である。観測と測量を組み合わせて、誤差を減らそうというのが、忠敬《ただたか》の考えであった。もうひとつ、誤差を修正するために、富士山のように高くて目立つ山を見て、位置を確認する方法もおこなっている。

観測するのは、おもに恒星の南中時の高度である。南中というのは、正中ともいって、天体が真南にくるときのことだ。北極星は動かないから高度だけだが、こぐま座やカシオペア座などの目立つ星が、南中高度を測る対象となる。

北極星の高度が厳密に測れれば、それがすなわち緯度《いど》なのだが、旅先での観測には限界がある。観測の質を量でおぎなうのが、忠敬の方針であった。

「本当は太陽の南中も測りたいのだがなあ」

忠敬は口ぐせのように言っていた。太陽の南中観測は天体観測の基本であり、平次も父の観測を手伝った経験がある。高度ももちろん重要だが、太陽が南中する瞬間《しゅんかん》が正午で、時刻の基準となるので、できれば毎日観測したい。

江戸《えど》の忠敬の屋敷《やしき》には、本格的な天文台が備えられていて、影《かげ》の長さで太陽の高度を測る器具は、高さ約四メートル、長さ約八メートルもあるそうだ。忠敬は天文方に通う日も、昼には自宅に帰って、太陽を観測していたという。

そこまで厳密ではなくても、南中高度の観測には、平らで広い場所が必要になる。正午にあわせて、適切な場所で準備をしなければならず、急ぐ旅では難しい。

出発が遅れたのは、幕府とのやりとりが長引いたせいである。高橋至時《たかはしよしとき》を通じた忠敬の申し入れに対して、幕府の役人はむしろ親切であった。

「蝦夷地《えぞち》の地図か。先日も堀田仁助《ほったにすけ》につくらせたばかりだが、完璧《かんぺき》なものではない。いくつも地図をつくって突《つ》きあわせれば、より正確なものができるであろう。測量の方法が違《ちが》えば、なおよい。蝦夷地までは船で行くのがよかろう。そのほうが早いし、重い器具も運べる」

しかし、忠敬はそれでは困るのだった。

「陸路で行かせてください。道中も測量して行きたいのです」

「目的は蝦夷地の地図だろう。蝦夷地に行ってから測量すればよい。重要なのは海岸線の測量だ。船からの測量でもかまわないのだぞ」

「船からでは正確な測量はできません。それに、陸路でないと、蝦夷地までの距離が測れません」

「しかし、そなたが用意している器具を運ぶのに、陸路では厳しいのではないか」

「器具は分解できますから、馬と人がいれば運べます」

「駄目《だめ》だ。金がかかりすぎる」

これらは、手紙や人を介《かい》してのやりとりである。最後には、役人のほうがさじを投げた。

「そこまで言うなら、歩いて行くがいい。だが、充分《じゅうぶん》な旅費は出せぬぞ」

「かまいません。ありがとうございます」

そのようにしてまとまったため、今回の旅で幕府が負担する金はわずかである。忠敬が自分で用意した金は、百両（約一千二百万円）にものぼる。それでも、幕府が認めた六人は公用の安い価格で宿に泊《と》まれるし、荷物運びの馬や人も少しは出してもらえる。

その馬が運んでいたのが、天体観測に使う象限儀《しょうげんぎ》だ。土台に柱を立てて、分度器を半分にしたような形の角度を測る目盛りがすえつけてあり、さらに望遠鏡がついている。高さは約二メートル六〇センチ、組み立て式で、馬二頭で運ぶ代物だ。

南中高度の観測にあたっては、まず南北を精密に測定して、簡単な子午線儀《しごせんぎ》を設置する。子午線にそって柱を二本立て、綱《つな》を張ったものだ。この線上に恒星が達したときが南中である。

そのとき、象限儀の望遠鏡で恒星をとらえ、望遠鏡の角度を測る。この角度が、恒星の南中高度となる。象限儀は子午線に平行して設置し、また地面に垂直でなければ、正確な角度が測れない。

こうした器具の設置は、平次も手伝っている。馬からおろした部品を、秀蔵といっしょに運んで、指示どおりに組み立てる。最後は忠敬や兄弟子たちに確認してもらわねばならないが、役割を果たせるのはうれしい。

部品につけられた印を組み合わせながら、秀蔵が微笑《びしょう》する。

「うちの天文台だと、もっと大きなやつがあって、いちいち組み立てなくてもいいんだ。だけど、組み立てと分解は別に嫌《きら》いじゃない」

平次にもわかる気がした。たとえば、柱が台座にきっちりはまると、気持ちがいい。ただ、秀蔵のように勝手に望遠鏡をのぞいたり、柱で素振《すぶ》りをしたりして遊ぶことはできなかった。観測器具はおそろしく高価なのである。

だから、天気が悪い日は気を使う。観測器具を雨で濡《ぬ》らしたくはない。だけど、少しでも雲が晴れるなら観測したい。忠敬の指示が飛んだら、急いで準備して、終わったらすぐに片付けなければならない。

観測がはじまると、平次は灯りを持って見ているだけになる。

子午線儀の係が恒星の南中を知らせ、象限儀係のうち、ひとりは望遠鏡をのぞいて恒星をとらえ、もうひとりが目盛りを読みあげる。記録係はふたりが担当し、記入もれがないようにする。

張りつめた空気の中で、平次は真剣《しんけん》に作業を見つめていた。一挙手一投足を見逃《みのが》さぬよう集中して、息をするのも忘れそうになる。多いときには三十個もの星を観測する。星の名とおおまかな位置をおぼえるのも大変だ。

「平次、記録を手伝ってくれ」

この夜、急に命じられた。弟子のひとりが腹を下したためだという。秀蔵も、象限儀の目盛りを読む係を任されて、緊張《きんちょう》気味である。

平次は卓《たく》を置いたゴザにすわった。筆を持つ手がわずかにふるえる。隣《となり》にすわる年配の従者が苦笑した。

「たとえ失敗しても、私がちゃんと書いてるから大丈夫《だいじょうぶ》ですよ」

「お願いします」

体中を耳にして、恒星の名前と角度を聞きとり、紙に記していく。最初は順調だった。だが、恒星の名前は中国から伝わったものなので、漢字が難しい。耳で聞いただけでは、とっさにわからないことがある。

「次は……星」

聞きもらした。頭が真っ白になる。隣の従者の手もとをうかがったが、字を崩《くず》しすぎていてわからない。どうすればよいのか。

「……星、南中近し、今南中」

また聞こえなかった。あせりがつのる。冷《ひ》や汗《あせ》が出てくる。

「○○度△△分××秒」

秀蔵が高度を読みあげた。聞きとれない。筆が動かない。

しっかりしろ。

自分に言い聞かせると、あせりの雲が少し晴れた。

「……星、五六度二三分三七秒」

従者が復唱する声が聞こえた。聞こえたとおりに手を動かした。考えてみれば、星の名前がわからなくても、順番に記録すれば、用は足りる。

汗がすっと引いていった。

平次は何とか、役割を果たすことができた。従者の記録とつきあわせてみると、星の名前に抜《ぬ》けはあっても、数字のあやまりはなかった。

「うむ、よくやってくれた」

忠敬は平次のほっとした顔を見て、気まぐれを起こしたらしい。

「少し計算でもしてみるか」

「はい、やります」

考えるより先に、平次は答えていた。

観測が終わっても、みなの仕事は終わらない。一日の測量と天体観測の結果をまとめ、地図の下書きをする。平次はその作業に加われないため、先に寝《ね》るのを許されていた。その時間を使って、計算の練習をしないか、ということだ。力を試してやろうという意図もあるかもしれない。

出された課題は、地図の作成に関する計算だった。たとえば、ある宿場から別の宿場までの街道の長さと曲がり角の角度をしめして、宿場間の直線距離《きょり》を求める問題である。先ほど測った恒星の南中高度から、緯度を求める問題もあった。

ちらりとのぞいた秀蔵が、大げさに後ずさった。

「うわ、目がつぶれそうだ」

「そうですか。これくらいは基本ですよ」

強がりではなかった。ただ、つい自慢《じまん》げに言ってしまうのが、年相応に未熟なところだろう。

計算しやすいように数字を選んであったので、あっというまに解き終えた。忠敬の作業が一段落するのを待って、確認してもらう。

「ふむ」

忠敬は答えをざっと見て、ひとつうなずいた。

「どうやらわしは、おまえさんをみくびっていたのかもしれんな。よくできておる」

「よかった……」

平次は思わず笑みをもらしていた。本当にうれしかった。心につかえていたものが、すっと引っこんだ気がした。

「でも、おれはもっとやれます」

「うむ、期待しておるぞ。しかし、計算が実に丹念《たんねん》だな。よい師匠《ししょう》に恵《めぐ》まれたとみえる。算術はお父上に習ったのか」

「は、はい」

父を褒《ほ》められて、平次は我に返った。現実が戻《もど》ってきて、口調を重くする。だが、誇《ほこ》らしい気持ちも心の奥《おく》にあった。

「江戸に手紙を書いておいた。手がかりが見つかるとよいな」

「ありがとうございます」

礼を言って、平次は部屋に戻り、床《とこ》についた。
計算が丹念……忠敬の言葉が思い出されていた。

江戸《えど》時代の時刻

午前午後、おやつ、丑三《うしみ》つ時《どき》。これらは昔の時刻の表し方に由来する言葉です。

現代は多くの人が時計を持っていて、正確な時間がわかります。時差があるので、世界のどこでも同じ時刻ではありませんが、一時間はどこにいっても一時間です。これを定時法と言います。

一方、江戸時代は不定時法がとられていました。今の約二時間を一刻というのですが、この長さは季節によってちがうのです。

まず、夜明けと日暮れを基準にして、一日を昼と夜に分けます。そして、それ

【不定時法】

1日を昼と夜に分けてそれぞれを等分する方法。日の出から日没《にちぼつ》までを昼、日没から日の出までを夜として、それぞれを6等分して時を定めた。

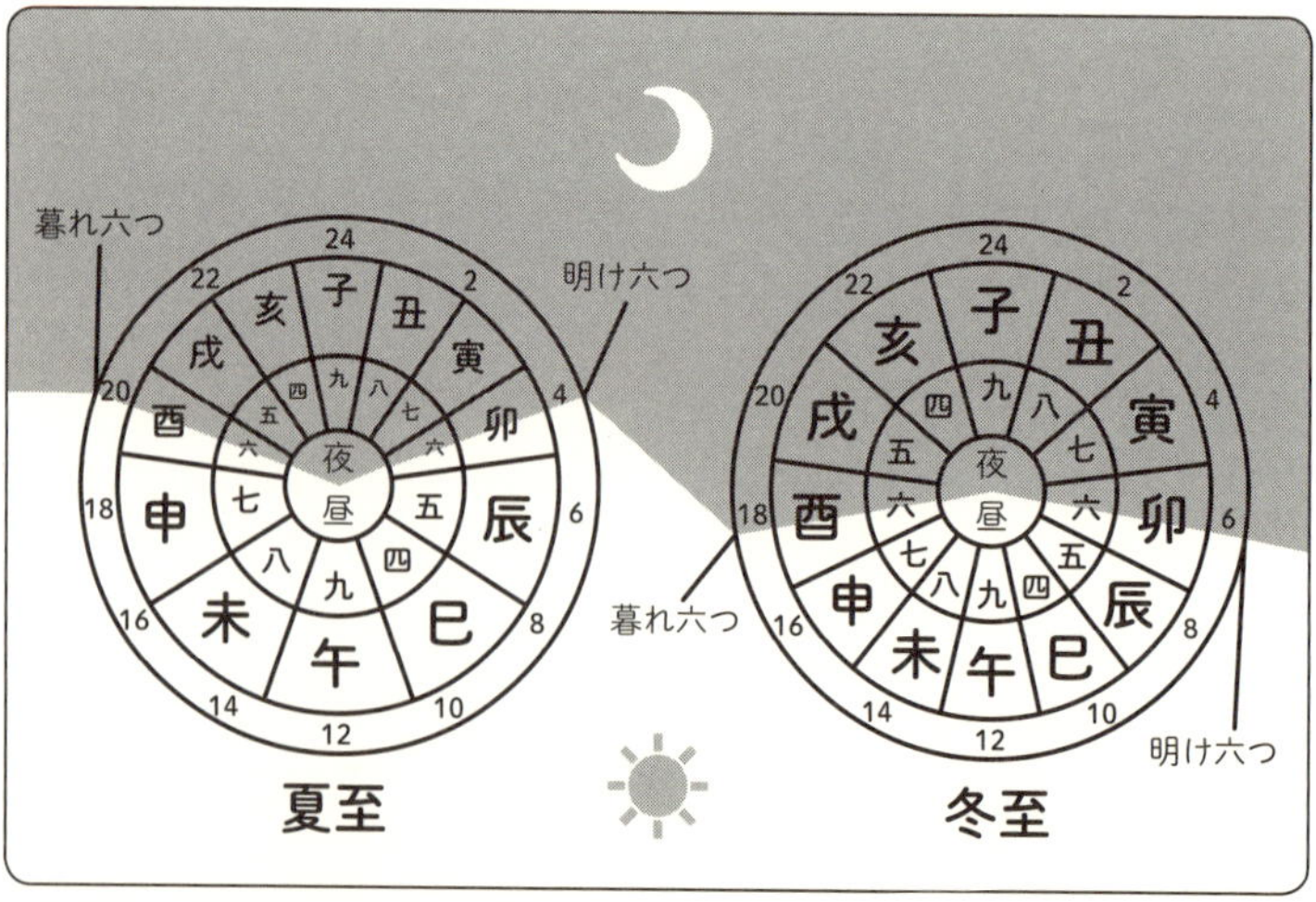

ぞれを六等分します。これが一刻になります。昼は夏に長く、冬に短くなりますから、昼の一刻は夏長く、冬短く、夜の一刻はその逆になります。今の感覚で考えると不便ですが、日の出とともに起き、暗くなったら寝《ね》る生活だと、そのほうがしっくりくるのかもしれません。

それぞれの時刻の呼び方ですが、これがまた複雑です。

まず、夜明けが明け六つ、日暮れが暮れ六つです。だいたい六時ごろですから、これはおぼえやすいところなのですが、ここから数字が減っていきます。明け六つの次は朝五つ、朝四つ、そして正午ごろは三つ……ではなくて昼九つです。次が昼八つ、これがおやつの語源です。さ

〚一刻の長さ〛

不定時法では、等分した１単位を「一刻」と呼んだ。１日のうちでも昼と夜の一刻は長さがちがい、しかも昼夜の長さが季節によって変わるため、常に変化していた。

らに夕七つ、暮れ六つで日が暮れて、夜は夜五つ、夜四つ、暁《あかつき》九つでまた九に戻《もど》ります。そして暁八つ、暁七つ、明け六つなのです。並べて書くと、六つ、五つ、四つ、九つ、八つ、七つ、六つ、五つ、四つ、九つ、八つ、七つです。この呼び方は、時刻を知らせるために鳴らした太鼓《たいこ》や鐘《かね》の数によると言います。

もうひとつ、時刻を十二支であらわす方法もあります。江戸時代は不定時法にあてはめていましたが、もともとは一日を十二等分したもので、定時法になります。この呼び方は平安時代から使われていました。

真夜中の十二時ごろが子《ね》の刻《こく》、次いで丑《うし》の刻、寅《とら》、卯《う》、辰《たつ》、巳《み》……とつづきま

【時刻の呼び方】

時刻を数であらわす場合、九つから四つまで数字が減っていく。この呼び方から「おやつ」という言葉や、そばの勘定《かんじょう》をごまかそうとする落語、「時そば」などが生まれた。

す。一刻はふたつに区切られ、前の半分は初刻、後ろの半分は正刻と言いました。深夜十二時は子の正刻、昼の十二時は午《うま》の正刻つまり正午です。もうおわかりのとおり、午前午後の午は午《うま》の刻《こく》という意味です。

丑三つ時というのは、丑の刻（午前一時〜午前三時）を四等分した三つめですから、午前二時から二時半のことです。丑《うし》の刻参《こくまい》りという言葉もありますね。

では、江戸時代の人々はどうやって時刻を知っていたのでしょうか。

西洋の機械式時計が日本にもたらされたのは、戦国時代とされています。ぜんまいやおもりの力で動かすものです。江戸時代の職人たちはこれらを改良して、

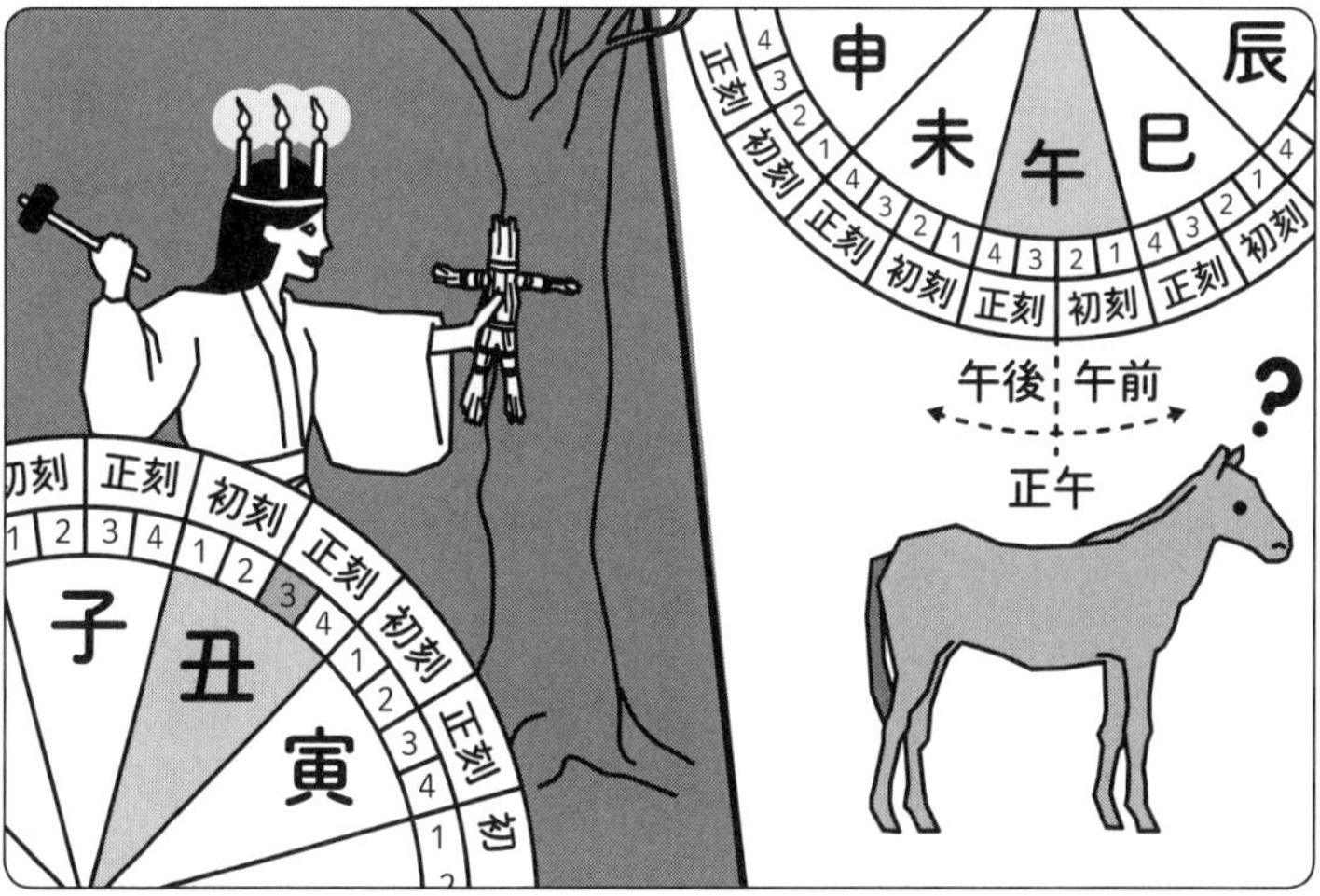

【十二支であらわす時刻】

時刻は数だけでなく、十二支でもあらわされていた。現在でも午前、午後などの文字に使われる「午《うま》」や、丑三《うしみ》つ時《どき》、丑《うし》の刻参《こくまい》りなどの言葉が残っている。

不定時法に合った和時計を作り出しました。しかし、こうした時計は大変に高価ですから、大名やお金持ちの商人しか持っていません。一般《いっぱん》の町人は、一刻ごとに鳴らされる鐘の音で時刻を知りました。

まず、「捨《す》て鐘《がね》」といって、三度、鐘が鳴らされます。今から時報の鐘を打つ、という合図です。それから、刻の数だけ鐘が鳴ります。鐘をつく間隔《かんかく》をだんだんと早くすることで、途中《とちゅう》から聞いても時刻がわかるようになっていました。

こうした時報の仕組みは、江戸からはじまって、全国に広がっていきました。とくに商家では、時報にしたがって、規則正しい生活を送っていたようです。

旅人のためには、紙製の携帯《けいたい》日時計が

【時《とき》の鐘《かね》】

江戸《えど》の町では、江戸城《じょう》を囲むように数カ所の「時の鐘」が設置された。時計を持たない庶民《しょみん》は、日本橋本石町《ほんこくちょう》の鐘や、寺で鳴らす時の鐘で時刻を知った。

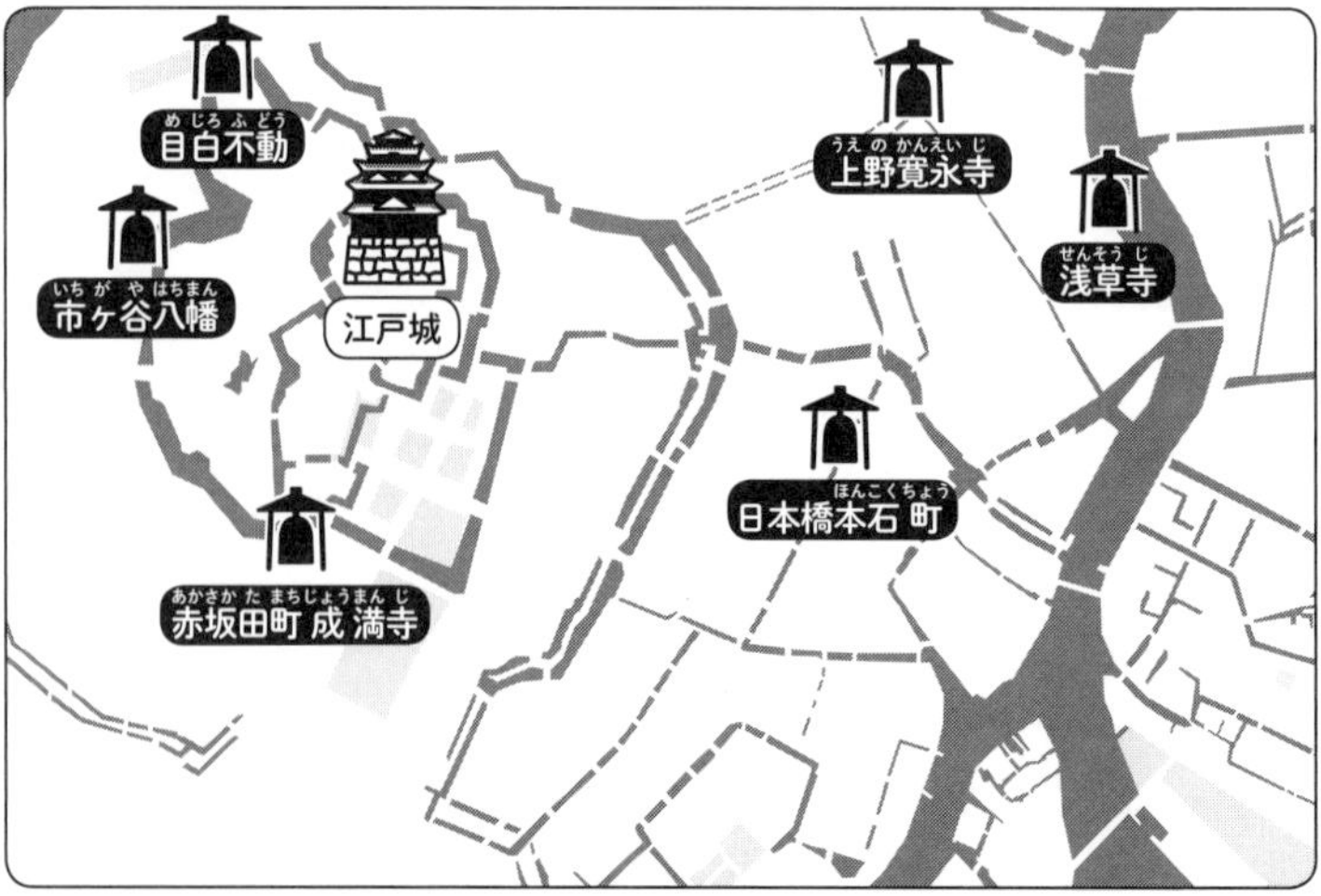

ありました。日付にあわせた台紙に紙の柱を立て、影《かげ》の長さから時刻を読みとります。晴れていれば、という条件つきですが、野山を歩いていても時刻がわかったのです。

もっとも、これらの日常に使う時計は、誤差が大きく、今のように正確な時間は計れませんでした。

天体の運行（天体観測）、位置（測量）、時刻には、それぞれ深い関わりがあります。どれかふたつがわかれば、残りのひとつが割り出せるのです。ただ、江戸時代の技術では、一分一秒まで正確に計るのは難しいことでした。ゆえに、忠敬《ただたか》はなるべく多く測ってつき合わせ、誤差を減らそうとしていたのです。

【紙の日時計】

時《とき》の鐘《かね》が聞こえない場所で、手軽に時刻を知る手段として用いられた。紙を水平に持ち、その月の短冊を立てて、太陽に向けて使用した。

5

高橋至時《たかはしよしとき》は、難しい顔で考えこんでいた。

書見台の上には研究している中国の暦学書《れきがくしょ》が、そしてひざの上には、弟子からの手紙が広げられている。

「これはどういう意味であろうな」

つぶやいたのは、書物の内容についてであった。ひとつ、かぶりをふって、手紙のほうに目を落とす。

忠敬《ただたか》は筆まめで、旅の状況《じょうきょう》をきちんと報告してくれるのだが、今回の内容は、至時をとまどわせるものだった。上林彦左衛門《ひこざえもん》の事故の件については、簡単な報告を受けていたが、特別な背景があるのだろうか。だとすると、幕府に伝えて判断をあおがねばならないかもしれない。

至時は弟子のひとりに声をかけた。

「仁助《にすけ》を呼んできてくれ。蝦夷地《えぞち》について、聞きたいことがある」

しばらくして、忠敬と同年配の実直そうな男がやってきた。あいさつのあとで、不安げにたずねる。

「伊能殿《いのうどの》に何かあったのでしょうか」

「うむ、少々気になることがあってな……」

父をさがして蝦夷地に向かった少年について、至時が語ると、仁助は悲しげに目を伏《ふ》せた。

「彦左衛門はまじめでよく働く男でした。申し訳ないことをしたと思っております」

「たしか、崖《がけ》から落ちたと聞いたが、それはまちがいないな」

「はい、厚岸《あっけし》までまもなくのところでした」

海岸沿いの測量をしているとき、記録していた紙が風で飛んでしまった。彦左衛門はそれを追いかけて、崖の端《はし》まで行った。やぶに引っかかっている紙を見つけ、手を伸《の》ばしたところ、足を踏《ふ》みはずしたという。

「危ないからやめろ、とみなが言ったのですが、ああいう性格なので、無理をしてしまったのですな」

「その……あれだ、遺体は確認したのか」

「いいえ。縄《なわ》をつないで下をのぞかせましたが、見つかりませんでした。ただ、海までかなりの高さがあり、下は岩場でしたから、厳しいかと。大声で呼びかけましたが、返事はありませんでした」

至時はうなずいた。そういう状況《じょうきょう》であれば、身内は生きていると信じたくなるだろう。ただ、上林彦左衛門は死んだものとして、相続の話は進んでいるという。そこでも、問題は出ていない。

堀田《ほった》仁助は、もう二十年近く天文方で働いている。新しい暦《こよみ》をつくる際には、寝《ね》る間も惜《お》しんで仕事をしており、能力も仕事ぶりも評価は高かった。師匠《ししょう》は別にいて、至時が教えをさずけることはないが、信頼《しんらい》はしていた。うそをついているとも、何かを隠《かく》しているとも思えない。

「ほかにおかしいこと、気になることはなかったか」

「ございません」

仁助はきっぱりと答えたが、表情は暗い。責任感の強い男だから、部下を死なせたことを悔《く》いているのだろう。

仁助の任務は、蝦夷地の東南部まで、直通の航路を開拓《かいたく》することであった。これまでのように沿岸をつたっていけば安全だが、時間がかかりすぎるため、宮古《みやこ》の港（今の岩手県）からまっすぐ蝦夷地をめざす航路を引きたいと、幕府は考えていた。

行きで見事に任務を果たした仁助は、測量をおこないながら、松前まで陸路をたどり、津軽海峡《つがるかいきょう》を渡《わた》ったあと、陸路で帰ってきた。忠敬と同様に、東北地方でも測量をしたかったためである。

しかし、幕府のお偉方《えらがた》は、この点がお気《き》に召《め》さなかったらしい。目的を考えて、船で帰るべきだったというのだ。そのせいもあって、仁助の報告書は簡単なものになっている。

忠敬が最初から陸路にこだわったのは、仁助の反省をふまえてでもあった。

「その上林の息子のこと、いかがいたそうか」

たずねると、仁助はしばし考えてから言った。

「今さら帰らせるのもかわいそうです。伊能殿には迷惑《めいわく》でしょうが、そのまま同行させていただけないでしょうか。上林は、息子には算術の才があると言っておりました。将来、役に立つかもしれませぬ」

「そうだな。そのように返事をしておこう」

至時は仁助を下がらせると、自分も立ちあがった。中庭に出て、空をながめる。灰色の雲が厚く、低い位置まで下りてきていた。まもなく、雨が降ってくるだろう。今日の観測はできそうにない。

頭の中に、ぼんやりとした蝦夷地の地図が浮《う》かんだ。

幕府が蝦夷地に関心を持っているのは、ロシア帝国《ていこく》をおそれているからだ。近年、ロシアの船が、蝦夷の各地に姿を見せている。通商を求める使者もやって来たが、外国との貿易を制限している幕府は、これを断った。

ロシアは通商といいながら、蝦夷地を領土にしようと狙《ねら》っているのではないか。幕府はそう考えて、警戒《けいかい》と調査を進めていた。蝦夷地の測量も、その政策のひとつだ。

そして、幕府の政策にかこつけて、測量という学問的な事業をおこなうのが、至時ら天文方の計画であった。

何となく、嫌《いや》な予感がする。

至時は思ったが、口には出さなかった。予感を気にするなど、科学的な態度ではないと考えたのだった。

天動説と地動説

地球は宇宙の中心で静止しており、太陽や月などの天体が地球の周りを回っているという考えを天動説、または地球中心説といいます。反対に、地球が自転しながら、太陽の周りを回っているという考えを地動説、または太陽中心説といいます。

古代から中世にかけては、天動説が主流になっていました。人間は地球から宇宙を見ているのですから、まずはそう考えるのが自然でしょう。

ただし、天動説は地球が中心にちがいない、というような心理的、あるいは宗

〚天動説〛

5つの惑星《わくせい》と太陽と月などが、宇宙の中心である地球の周りを回っているとする説。プトレマイオスによって学説がまとめられた。

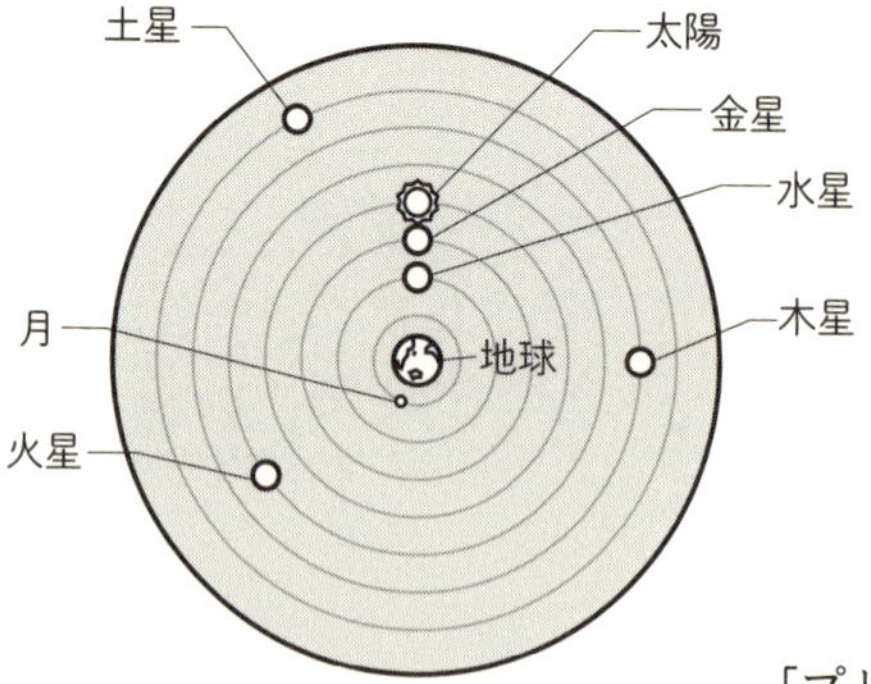

［プトレマイオス］
（生没年不詳《せいぼつねんふしょう》）

2世紀ごろ活躍《かつやく》したギリシアの天文学者。天文学研究を体系的にまとめ、天動説を完成させた。

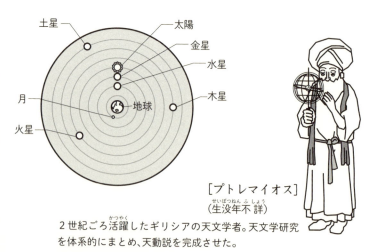

教的な理由だけで広まったのではありません。ギリシアのプトレマイオスという学者が、観測の結果をうまく説明できるように学説をまとめたからです。

古代にも地動説を主張した天才はいましたが、観測技術や知識に限界があったため、説得力のある理論にはなりませんでした。

天動説の優勢は長くつづきましたが、十六世紀になって、コペルニクスが地動説を発表したことにより、潮目が変わってきます。観測の精度が高まるにつれて、天動説はつじつまを合わせるため、非常に複雑になってきていました。地動説のほうが、現象をよりシンプルに説明できたのです。

【地動説】

宇宙の中心は地球ではなく太陽であり、天体は太陽を中心に水星、金星、地球、火星、木星、土星の順に円軌道《えんきどう》を描《えが》いているとする考え方。

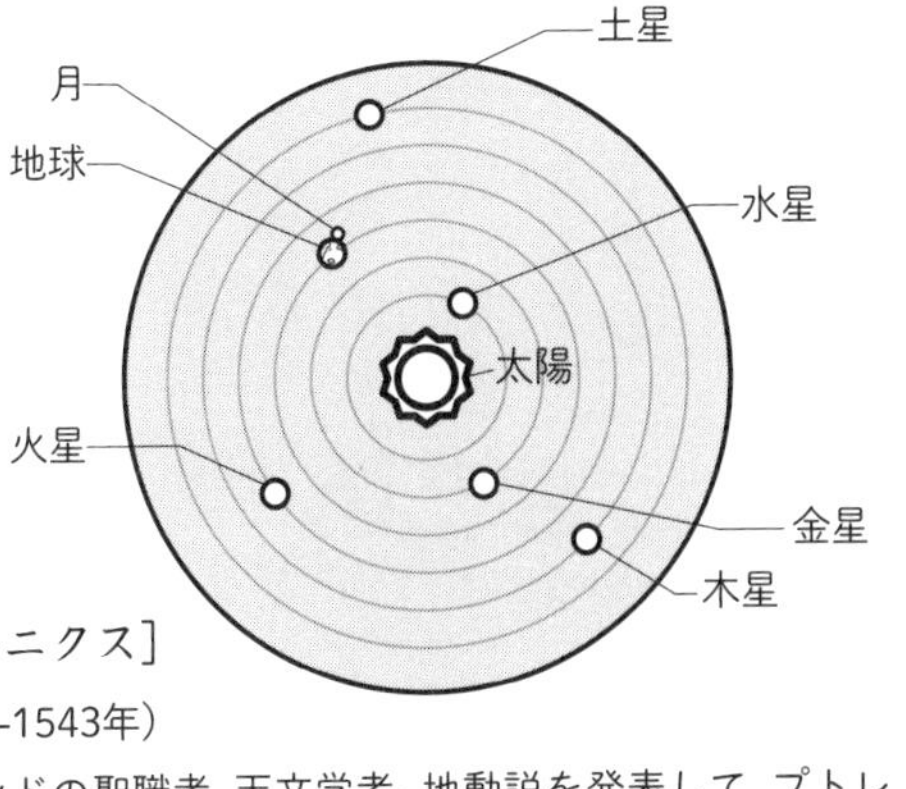

［コペルニクス］

（1473年-1543年）

ポーランドの聖職者、天文学者。地動説を発表して、プトレマイオスの天動説が定説となっていた中世の考え方をくつがえした。

つづいて、ガリレオ・ガリレイが登場します。ガリレオは慣性の法則を導き、また望遠鏡を使った観測で、木星の衛星や金星の満ち欠けなどを発見して、地動説の証拠《しょうこ》をかためました。しかし、彼《かれ》はカトリック教会と対立して、宗教裁判で有罪とされてしまいます。そのとき、ガリレオが言ったとされる言葉が、「それでも地球は動いている」でした。

教会を敵《てき》に回しても、地動説の勢いはとまりません。ケプラーが、惑星《わくせい》は楕円《だえん》を描《えが》いて回っているという説をとなえ、さらにニュートンが万有引力を発見したことで、地動説が正しいことは、多くの学者に理解されるようになりました。

引力や慣性がどうして地動説に関係し

『天動説から地動説へ』

◉プトレマイオスが学説を体系化したことにより、天動説の考え方が、中世社会の主流になる

◉コペルニクスが地動説をとなえる

◉ガリレオ・ガリレイが天体の動きを観測するなどして、地動説を裏づけた

[ガリレオ・ガリレイ]
(1564年-1642年)

てくるかというと、地動説に対する代表的な疑問――地球が回っているのに、なぜ地球上のものは宇宙に飛びださないのか、ジャンプしたら同じ位置に落ちるのか――に答えられるからです。

では、地動説は日本にはいつごろ入ってきたのでしょうか。

コペルニクスの地動説が紹介《しょうかい》されたのは、十八世紀の後半です。オランダ語の書物や、漢文に翻訳《ほんやく》された洋書を通じて、西洋の科学的知識がたくさん入ってきた時代でした。

高橋至時《たかはしよしとき》も地動説を理解しており、著書でその考え方を説明しています。しかし、自分の理論に全面的に取り入れはしませんでした。科学的に正しいかどうか

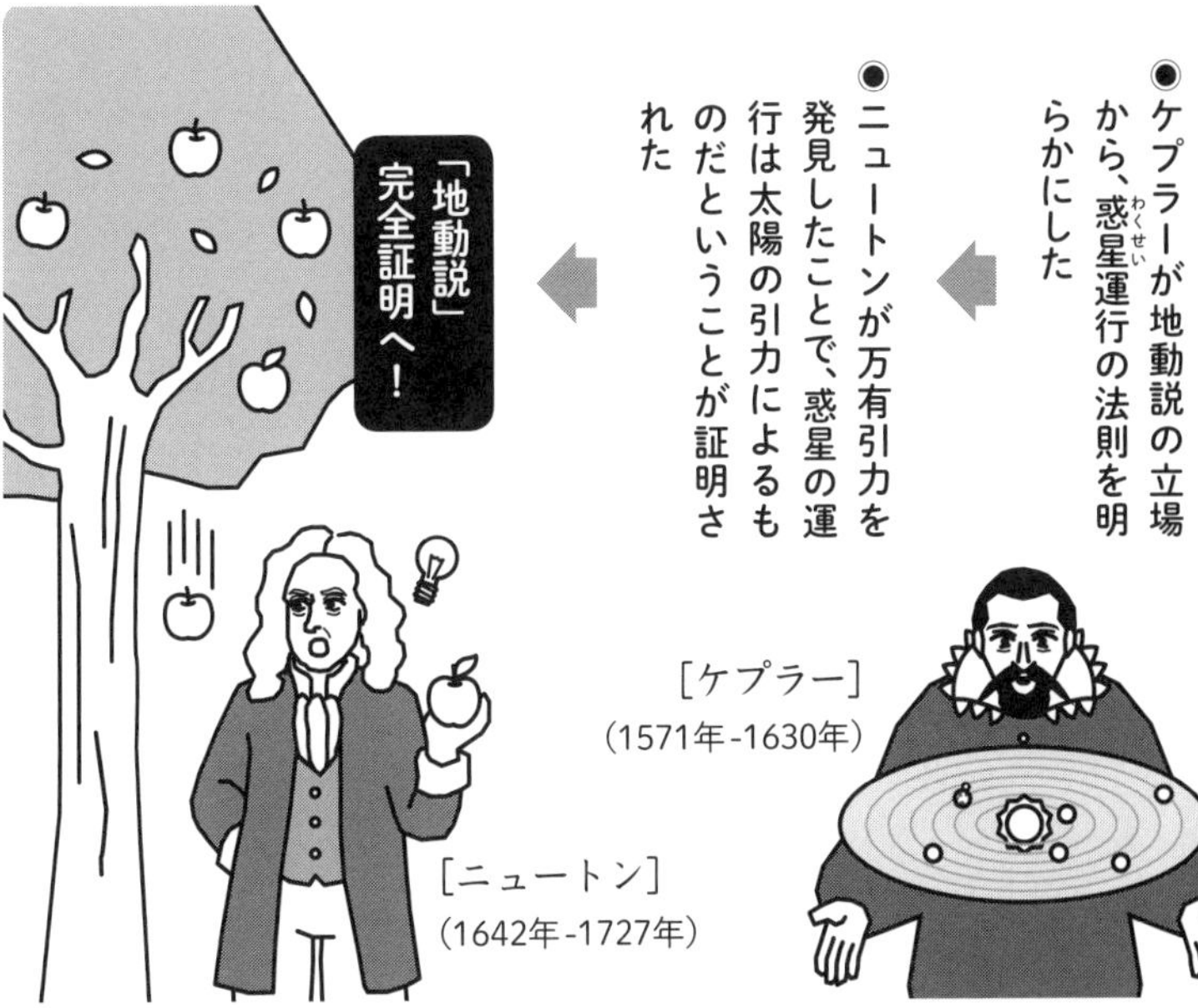
◉ケプラーが地動説の立場から、惑星《わくせい》運行の法則を明らかにした
◉ニュートンが万有引力を発見したことで、惑星の運行は太陽の引力によるものだということが証明された
「地動説」完全証明へ！
[ケプラー]
(1571年-1630年)
[ニュートン]
(1642年-1727年)

の前に、波紋《はもん》を呼ぶことを怖《おそ》れたからだそうです。

　自分たちが中心だという考え方からは、なかなか抜《ぬ》け出《だ》せないものです。それを否定《ひてい》して、客観的にものを見るのが科学です。

　コペルニクス、ガリレオ、ケプラー、ニュートンなどがもたらした変革を科学革命といいます。この時期から、科学は爆発的《ばくはつてき》な発展をとげるようになりました。その基礎《きそ》には、実験や観測によって、理論の正しさを証明するという手法があります。

　頭で考えるだけではなく、目で見る、手足を動かす。それはまさに忠敬《ただたか》の方針でもありました。

〚科学革命〛

実験や観測にもとづく自然科学の研究が急速に進んだ。各分野にすぐれた成果が生まれ、人々の価値観や考え方を大きく変えていった。

二章

測量

1

伊能忠敬《いのうただたか》の測量隊一行は、奥州街道《おうしゅうかいどう》を北へと進んでいる。歩測をしながらの旅である。ふたりの歩測係は、一歩一歩を数えながら、同じ歩幅《ほはば》で歩く。

上林平次は訓練を積んでいないため、歩測係を任されることはない。荷物を持ったり、馬をひいたりするのが役割だ。歩測のじゃまをしてはいけないので、だまって歩く。よけいなことを考えないよう、風景をながめたり、すれちがう人を観察したりする。

江戸《えど》から離《はな》れて何日か歩くと、だんだんと緑が増えてくる。

はじめて森の中を歩いたときは心がふるえた。鳥が高い声でさえずり、木の葉が風にゆれてさらさらと鳴る。木もれ日がきらきらと輝《かがや》いて、街道に影《かげ》を落とす。

平次は津和野《つわの》の生まれだが、物心ついたときにはすでに江戸に住んでいた。江戸の町では、神社や寺などでしか、木は見られない。江戸の周りや、主要な街道沿いの山は、ほとんどの木が切《き》り倒《たお》されて、はげ山になっている。

この時代は、家や道具をつくるのも木、燃料も木なので、江戸のような人口の多い町では、大量の木材を消費する。運ぶのに便利な近くの山には、もう木が生えていないのだ。江戸の人々が使う木材は、奥州や信州などで切り出され、川や海をたどって運ばれてくる。大きくて重い木材は、輸送も一苦労だ。

だから、平次は森を見て感動するのだ。前を歩く秀蔵《しゅうぞう》も、森ではきょろきょろと視線を動かしている。前だけを見てさっさと歩く忠敬とは対照的だ。

奥州街道は意外と人通りが多い。

参勤交代をはじめとして、藩《はん》の用事で江戸との間を往復する武士たち。タバコや紅花などの特産品を江戸に運ぶ商人たち。そして、松島や平泉《ひらいずみ》、あるいは江戸や伊勢《いせ》をめざして旅をする庶民《しょみん》。

盛岡《もりおか》あたりまでは、どの宿場町も旅人でにぎわっていた。

忠敬も、二十年以上前、妻を連れて奥州へ旅をしたことがあるという。つまり、奥州街道ははじめてではない。食事のときに教えてくれたところによると、忠敬が旅をしたころよりも人の往来は増えているそうだ。

「幕府が蝦夷地《えぞち》の経営に力を入れているのはまちがいないようだ」

好物の豆腐《とうふ》をつつきながら、忠敬は語った。

「蝦夷地に送りこまれる武士の人数も増えているし、偉《えら》い人が行くようになった。わしらにはもう関係ないが、商売の種もたくさんありそうだな」

「もうけ話があるなら、おれに教えてくれよ」

秀蔵がすかさず反応すると、忠敬は眉《まゆ》をひそめた。

「おまえはほかにすることがあろう」

「でも、人には向き不向きがあると思うんだよね」

測量は向いてない、と秀蔵は自分で分析《ぶんせき》しているのだ。

「ほら、おれはおおざっぱだから」

「そういう奴《やつ》は商人にも向かん」

一言のもとにしりぞけられて、秀蔵は頭をかいた。笑いがわきおこって、平次もつられて笑みを浮《う》かべる。食事の時間を盛りあげるのは、いつも秀蔵だ。厳格な忠敬も、ついほおをゆるめている。

梅雨のさなかでもあって、曇《くも》り空がつづいていた。あまり観測ができないので、忠敬は不満のようだ。それでも、とにかく早く蝦夷地へと、一行は歩みを進めていく。

陸奥国《むつのくに》（今の青森県、岩手県、宮城県《みやぎけん》、福島県）に入って、三日目のことだった。

平次の疲労《ひろう》は頂点に達していた。前日遅《おそ》くまで、地図の下書きを見て勉強していたのがひびいたのかもしれない。

歩いているうちに、頭がぼうっとしてきた。ふわふわして、足もとがおぼつかない。雲の上を歩いているようだ。

「平次！」

秀蔵の声にはっとした。

そのときにはもう、平次は足を踏《ふ》みはずして、斜面《しゃめん》を滑《すべ》り落《お》ちていた。悲鳴をあげたように思う。手足が動かず、どうすることもできなかった。

斜面の下は池になっている。それがわかったときには、すでに冷たさを感じていた。

足の下に何もない。沈《しず》んでいく。

平次はめちゃくちゃに手足を動かした。背負っている包みには、昨日までの測量記録の一部が入っているのだ。これを濡《ぬ》らすわけにはいかない。

顔まで水につかって、息ができなくなった。ようやく、手が包みをつかんだ。とにかく上へと放り投げる。

「落ちつけ！　大丈夫《だいじょうぶ》だから、顔をあげろ」

声が聞こえた。川で遊んだことはある。自分は泳げる。

そう思ったとき、顔が水面に出た。息ができる。足がついた。泥《どろ》ですべるが、立っていられる。深くはない。水はせいぜい腰《こし》までだ。

「今行くから、待ってろ」

秀蔵が斜面を下りてくる。手に持っているのは、測量に使う縄《なわ》だ。

「おれは自分であがれます。それより、荷物は？」

「あそこだ。あとでとるよ」

秀蔵が指さす先、木の枝に包みが引っかかっている。平次は蒼白《そうはく》になった。包みの角から、ぽたぽたと水滴《すいてき》が落ちている。濡らしてしまったのだ。

「すみません……」

平次は泥を足でかくようにして、岸にあがった。体が重いのは、着物がぐっしょりと濡れているからだけではない。大切な記録を駄目《だめ》にしてしまった。取り返しのつかない失敗だ。

「けがはないか」

忠敬が厳しい口調で問う。

「おれは大丈夫ですが……」

平次は消え入りそうな声で答えた。秀蔵の手をかりて斜面をあがり、街道にすわりこむ。そのあいだに、包みは回収されていた。

「心配はいらぬ。記録は油紙でおおっているから、少しくらい濡れても読めなくなったりはしない」

忠敬は微笑《びしょう》したが、平次の目には、無理に笑っているようにしか見えなかった。

「そうそう、下図もあるからな。気にしなくてもいい。それより、川をさがして、体と着物を洗おう」

「おれなら、このままでかまいません。遅れたらまずいですし、歩測のじゃまになるでしょう」

平次はそう言うと、歯を食いしばって歩きはじめた。

「お、おい」

あわてて追いかけようとした秀蔵の肩《かた》に、忠敬が手をおく。

「今は放っておけ」

一行は旅を再開し、予定よりやや遅れて、その日の宿にたどりついた。

平次は井戸《いど》の水で体を洗って、人心地ついた。手足のいたるところにすり傷があって、血がにじんでいる。青あざもできていた。だが、痛いのは心である。

秀蔵がやってきて、井戸水をくんだ。ぐびりと飲んで、こぶしで口をぬぐう。

「たいしたことじゃないから、気にするなよ。記録もほとんど読めたんだし」

「ほとんど？」

平次は聞きとがめた。秀蔵があわてて口をおさえる。だが、次の瞬間《しゅんかん》には、おどけたように笑った。

「だから、気にするなって。予備もあるし、きっと帰りも測らされる。これっぽっちも問題はない。あの細かい親父だって、文句は言ってなかったぞ」

「それは、師匠《ししょう》がおやさしいからで」

言おうとすると、秀蔵がぐっと顔を近づけてきた。

「そんなわけないだろ。おれが一番よく知ってる」

だったら、自分は子ども扱《あつか》いされているのだ。心の痛みは増すばかりであった。責めてくれたほうがよかった。秀蔵だったら、怒鳴《どな》られていたにちがいない。

このままではやるせない。何としても、この失敗を取り返したい。むりやり同行して、あげく足手まといになるなど、耐《た》えられない。平次はくちびるをかみしめた。役に立つところを見せて、もう一度評価してもらうのだ。

少年は雪辱《せつじょく》を胸に誓《ちか》っていた。

忠敬《ただたか》と天明大飢饉《てんめいだいききん》

伊能家《いのうけ》の当主となった忠敬《ただたか》は、経営に才能を発揮して、商売の手を広げました。酒造りを基盤《きばん》に、人をやとっての米づくり、水運事業、土地や蔵を貸す不動産事業、さらに江戸《えど》に進出して薪《まき》や炭を売る事業もいとなんでいました。そうして稼《かせ》いだお金は、武家に貸したり、米相場に投資したりして、増やしていきます。

しかし、名主や村方後見といった役職についていた忠敬は、自分のことばかり考えているわけにはいきません。

一七八〇年代は、災害や異常気象がつづいて、困難な時代でした。現代も異常

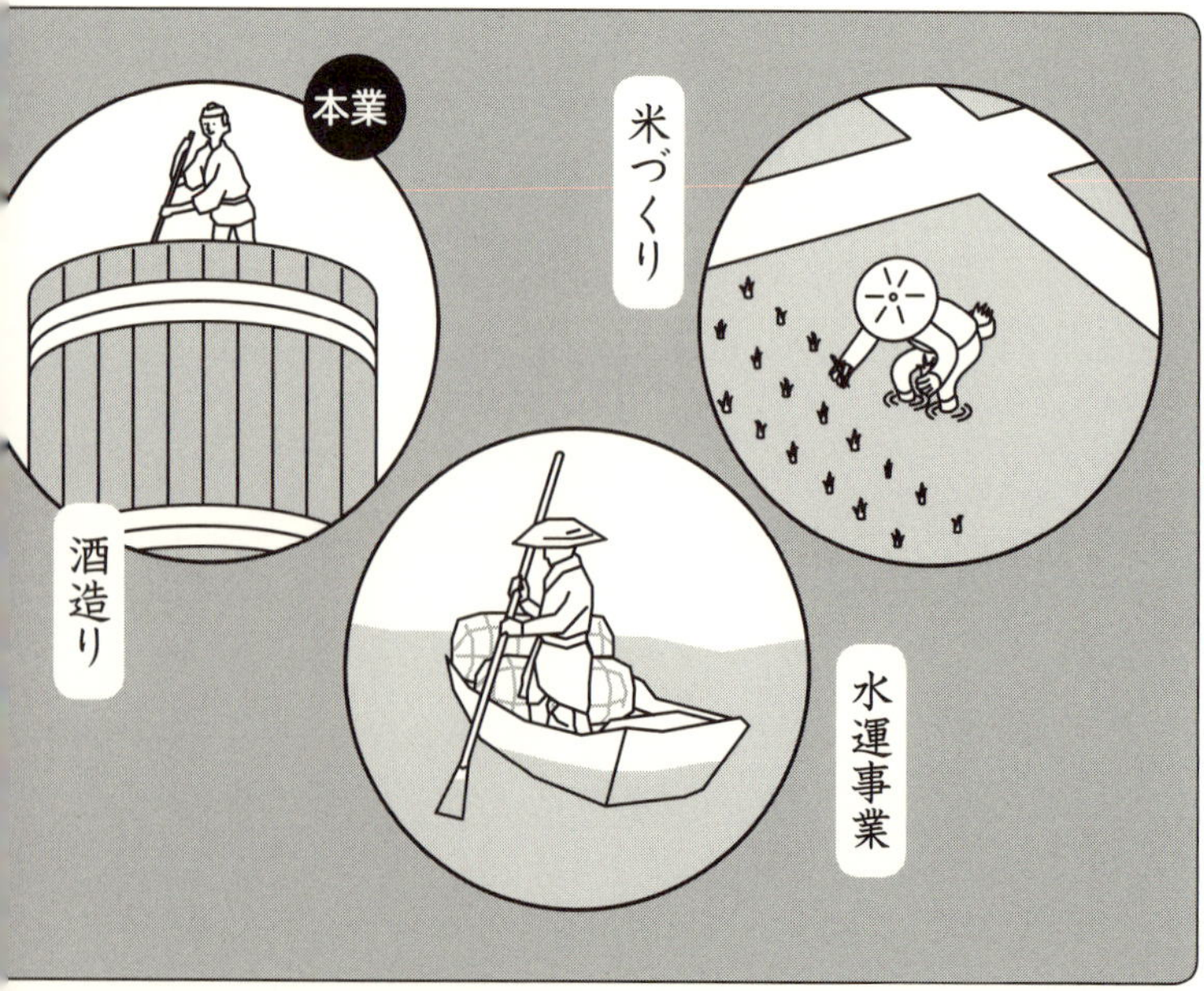

気象がさわがれますが、対策の手段は様々にあります。品種改良によって農作物は強くなっていますし、ビニールハウスもあれば、水を供給する設備も整っています。

ですが、江戸時代はそうはいきません。自然に頼《たよ》る農法ですから、雨が多かったり少なかったり、気温が高かったり低かったりすると、収穫量《しゅうかくりょう》に大きな影響《えいきょう》が出ます。食べるもののない、飢饉《ききん》につながるのです。

天明《てんめい》の飢饉（西暦《せいれき》一七八二年～八七年）は、江戸時代最大の飢饉とされています。東日本、とくに東北地方の被害《ひがい》が大きく、数万人が飢《う》え死《じ》にしました。

長くつづいた飢饉の原因のひとつが、

【忠敬《ただたか》が手がけた事業】

天明三年（西暦一七八三年）に起こった浅間山《あさまやま》の大噴火《だいふんか》です。大量の火山灰が関東一円に降りそそいだだけでなく、噴火で山が崩《くず》れ、大量の土砂が流れ落ちて、洪水《こうずい》を引き起こしました。

佐原《さわら》でも、灰によって農作物が多大な被害を受け、また度重なる利根川の洪水で水運事業も打撃《だげき》をこうむって、人々の生活は苦しくなりました。

この危機にさいして、忠敬は領主と交渉《こうしょう》して年貢《ねんぐ》を免除《めんじょ》してもらったり、幕府の命令で利根川の堤防《ていぼう》を直す工事の指揮をとったり、と大活躍《だいかつやく》しました。

さらに、天明五年（西暦一七八五年）には、関東地方の不作を見こして、大坂で大量の米を買い付けます。しかし、予

【天明《てんめい》の大飢饉《だいききん》】

1782年（天明２年）から1787年（天明７年）に東北、関東地方を中心におこった大飢饉。浅間山《あさまやま》の噴火《ふんか》や、水害、気候不順などが重なり大凶作《だいきょうさく》となった。

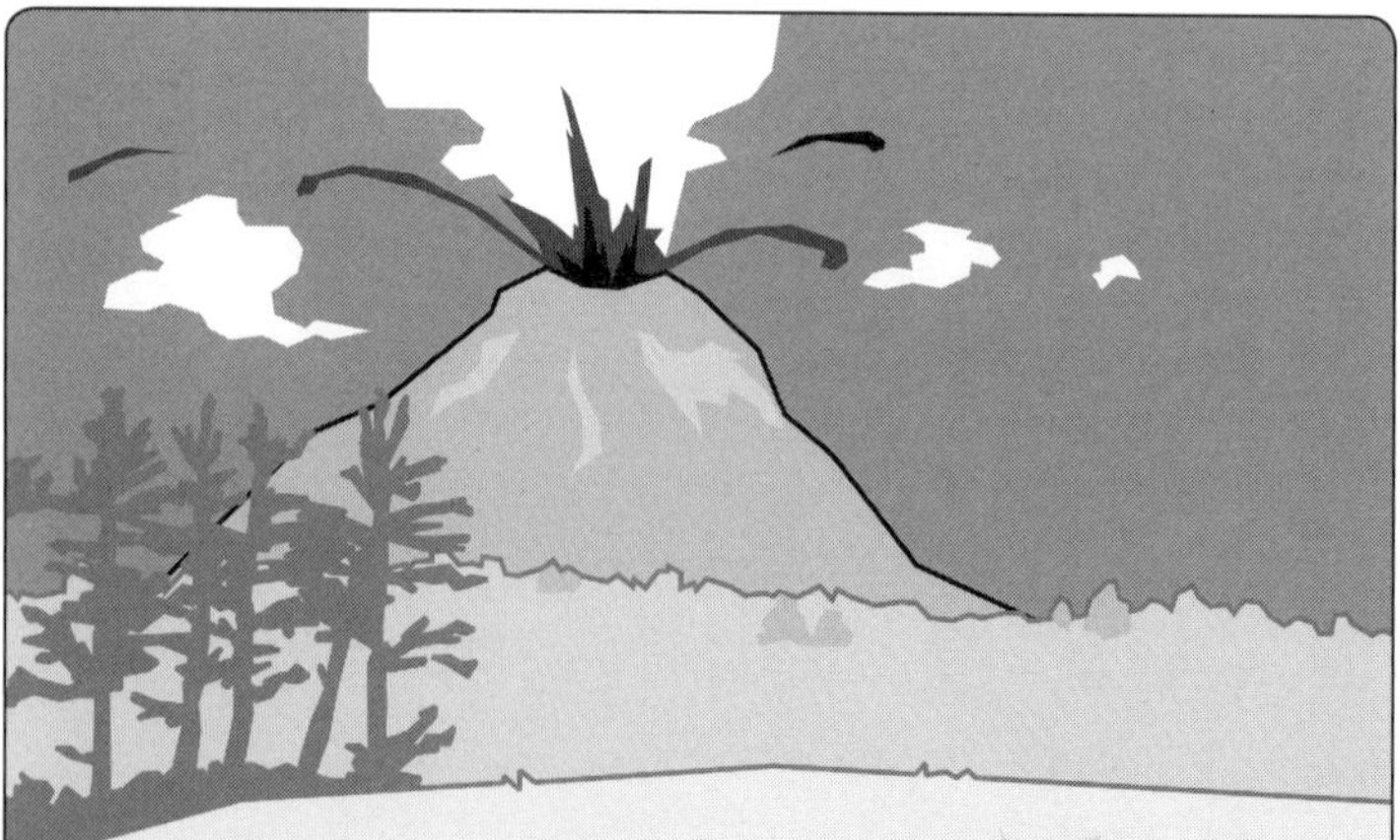

想に反して、すぐには米の価格はあがらず、忠敬は多額の損をかかえました。傷が広がらないうちに処分してしまったほうがいい、という親族の助言にもかかわらず、忠敬は米を持ちつづけます。

すると翌年、大凶作《だいきょうさく》が発生し、米の価格は急上昇《きゅうじょうしょう》しました。忠敬はまず、貧しい人たち、餓えている人たちに米を分《わ》け与《あた》え、残りを売《う》り払《はら》って、大きなもうけを得ました。

おかげで、佐原の村では、ひとりも餓《が》死者《ししゃ》が出なかったと言います。米の買い付けは大成功に終わったのです。忠敬が数え四十二歳《さい》のときでした。

充分《じゅうぶん》な資産をきずき、名声も得た忠敬は、隠居《いんきょ》して好きな勉強をしたいと考え

【村人を助ける忠敬《ただたか》】

忠敬の活躍《かつやく》により、佐原《さわら》ではひとりの餓死者《がししゃ》も出さずに飢饉《ききん》をのりきった。

るようになります。けれど、村の人々も領主も、頼《たよ》りになる忠敬をなかなか手放そうとはしませんでした。

隠居が認められたのは、寛政《かんせい》六年（一七九四年）、数え五十歳のときでした。

〚隠居《いんきょ》し、学問の道へ〛

忠敬《ただたか》は家を長男にゆずって隠居し、学問の道に進むことを決意。江戸《えど》に移り住み、幕府の天文方をつとめていた高橋至時に弟子入りした。このとき、忠敬は数えで51歳《さい》、至時は32歳。忠敬は19歳年下の先生から教えを受けることになった。

［高橋至時《たかはしよしとき》］
（1764年-1804年）
江戸《えど》時代の天文学者。幕府天文方として改暦《かいれき》事業に取り組む。暦《こよみ》の改定後は、忠敬の測量事業を支援《しえん》。しかし、病のために数え41歳で亡くなった。

2

寛政《かんせい》十二年五月十日（西暦《せいれき》一八〇〇年七月一日）、忠敬《ただたか》の一行は、津軽《つがる》半島の最北端《さいほくたん》、三厩宿《みんまや》に到着《とうちゃく》した。ここから津軽海峡《かいきょう》を船で渡《わた》って、対岸の箱館に向かう。江戸《えど》を出発してから、ここまで二十日間、かなりの速度で歩いた。平次は足のまめを何度もつぶしている。ぞうりを何足とりかえたかは、数えていない。

「いよいよだな。わくわくしてきたぞ」

秀蔵《しゅうぞう》は元気いっぱいだが、平次は上の空で聞いていた。何か役に立ちたい、そればかり考えている。

箱館への船は津軽藩《はん》が出していて、幕府の御用《ごよう》の者たちは相乗りで渡る。しかし、航海に向かない東風が吹《ふ》きつづけていて、なかなか出航できない。せっかく急いできたのに、何日も足止めを食ってしまった。

四日目は朝から晴れており、風もやんでいた。これなら渡れるかと思ったら、まったくの無風になってしまったので、船が進めないという。一行は空を見上げてため息をつくばかりだ。

「気分転換《てんかん》に岬《みさき》まで行こう。蝦夷地《えぞち》が見えるらしいぞ」

秀蔵がさそってくれたが、平次は断った。

「ちょっと頭が痛くて……すみません」

「それならしょうがない。おまえは休むのも仕事だ。蝦夷地に渡ってからは、もっときつくなるだろうから、体力を回復させておかないとな」

秀蔵はほかの弟子たちと出かけていった。忠敬は藩の役人や船頭と相談するとかで、港に出張っている。平次は宿にひとりで残された。

絶好の機会だ。

平次はかねてからの計画を実行に移した。別にたいそうなことではない。汚《よご》してしまった記録を解読して清書するつもりなのだ。

濡《ぬ》れた記録はかわかして、箱にまとめてある。開けてみると、泥《どろ》のにおいがした。放っておいたら、どんどん状態が悪くなるだろう。早めに書き写すべきだが、時間がないのだ。

平次は筆を手に取った。

紙は貴重なので、無駄《むだ》づかいはできない。なるべく字をつめて書く。泥汚れがひどいところは、まず筆を小刀に持ちかえて、汚れをていねいにはぎとる。日にすかすようにして、下の文字と数字を読みとり、写していく。

曇《くも》り空ではあったが、太陽がときどき顔を出しており、明るい日だったので、作業ははかどった。気持ちの良い風が入ってくるので、汗《あせ》もすぐにかわく。

しかし、どうしても読めない数字もある。そういうときは、予備の記録や下図とつきあわせて確認した。簡単ではないが、計算すれば答えは出るので、やりがいがある。夢中になって書き写し、計算で空きをうめた。予備の記録をそのまま写したところもあれば、もっともらしい数字をあてはめたところもある。とにかく、空白は残さなかった。

あまりに集中していたので、どれだけ時間がたったのかわからない。ただ、だれかが帰ってくる前に、すべて写し終えていた。

平次は汚れた記録を箱に戻《もど》し、書き写したほうはもとの記録の束に加えておいた。わざわざ報告するつもりはない。自分がやったとは知られなくてもよかった。この満足感があれば充分《じゅうぶん》だ。

「おい、平次」

秀蔵の呼ぶ声がする。戻ってきたようだ。

「干物をもらってきたぞ。食うか？」

「はい、いただきます」

勢いよく答えたものだから、秀蔵が目をみはった。

「頭痛は治ったか。よし、じゃあ、七輪を借りてきて、さっそく焼くぞ」

平次が片付けを終えて庭に出ると、魚を焼く香《こう》ばしいにおいがただよってきた。魚の名前はわからないが、あじに似ていて、いかにもおいしそうだ。

平次はつばを飲みこんでたずねた。

「蝦夷地は見えたんですか」

「おう、曇ってたから、くっきりとはいかないが、ちゃんと見えたぞ。別にこっちと様子は変わらないけど、行ってみたらちがうのかなあ」

「大きなクマがいるらしいですね」

秀蔵は笑いながら身をちぢめた。

「おれは動物が嫌《きら》いなんだよ。昔、犬にかまれたことがあってな」

「山に入らなければ出てきませんよ。測量は海岸沿いだから大丈夫《だいじょうぶ》でしょう」

そうだな、と言って、秀蔵は焼きたての干物をちぎった。半分を平次によこす。

熱々の干物は、涙《なみだ》が出るほどおいしかった。


五日が過ぎても、六日が過ぎても、船は出なかった。毎朝、出港できないと記された書き付けがまわってくる。それでも港に行くと、船頭たちが申し訳なさそうに首を横に振《ふ》るのだという。この時期、海峡を渡るのに都合のいい風は、あまり吹かないのだそうだ。

秀蔵ひとりが明るくふるまっているが、雰囲気《ふんいき》は重苦しくなっていた。このようなことになるのなら、急いでくることもなかった。口には出さなくても、みながそう思っている。

その夜、忠敬はひどく機嫌《きげん》が悪そうだった。普段《ふだん》からいかめしい表情をしているが、輪をかけて眉間《みけん》のしわが深くなり、口もとに力が入っている。

宿の座敷《ざしき》で、味気ない食事が終わると、忠敬が一同を引きとめて切り出した。

「おまえたちに聞きたいことがある」

氷のように張りつめた声だった。平次はびくりとして顔をあげた。

「記録を写したのはだれだ」

明らかに怒《おこ》っている。平次はとっさに返事ができなかった。目を合わせられず、うつむいてしまう。

「読みとれない数字を勝手に書きこむなど、言語道断だ。計算で求めた数字を当てはめるなら、実際に測量する意味などない。何のために歩いてきたと思っているのだ」

「……！」

無言の衝撃《しょうげき》につらぬかれて、平次の顔から血の気が引いた。ひざの上で握《にぎ》りしめたこぶしが白くなって、血管が浮《う》きあがっている。

どうやら、大変なまちがいをしてしまったようだ。空白で残しておけばよかったのか。しかし、それでは失われた記録は永久に戻らない。これまでの歩測がなかったことになってしまうではないか。

「そのような考えの者を隊に残しておくわけにはいかない」

重々しい声は町奉行《まちぶぎょう》の裁きを告げるかのようだった。平次は身をかたくした。名乗り出てあやまらなければ、と思うが、のどがひりついて、言葉が出ない。

「申し訳ございません！」

秀蔵の声がひびいた。

「平次がしょげていたので、何とかしてやろうと思って……。全部元通りにしてやりたかったんです。すみませんでした」

土下座する秀蔵を、忠敬はじろりとにらんだ。

「おまえには学問をする意味を教えたつもりだったが、無駄《むだ》だったようだな」

「出来の悪い息子《むすこ》ですみません。帰れと言うなら、帰ります」

「では、帰ってもらおう」

売り言葉に買い言葉である。まるで親子げんかだが、平次は客観的に見られる状況《じょうきょう》ではない。悪いのは自分で、秀蔵はかばってくれているのだ。

しかし、平次は凍《こお》りついたままだった。目はささくれだった畳《たたみ》に吸いつけられている。耳は親子の会話を聞きながら、頭には入ってこない。口は開くが、舌が動かない。自分が自分でないようだった。

「荷物を整理しておくのだぞ」

言いおいて、忠敬は立ちあがった。二階の部屋へと引きあげていく。弟子たちがあとにつづいて、秀蔵と平次が残された。

秀蔵がにじりよってきて、平次の頭に手をおいた。髪《かみ》をくしゃくしゃにして笑う。

「そういうわけだから、あとは任せたぞ」

ようやく呪縛《じゅばく》がとけた。平次は畳に額をすりつけるように頭をさげた。

「ごめんなさい、すみません。おれが悪いんです。あやまってきますから」

「別にいいよ」

秀蔵は強引に平次の頭をあげさせた。

「もともと蝦夷地になんか行きたくなかったからな。クマもシカもキツネも、見たくないから」

「でも、おれのために、そんな……」

平次は胸の奥《おく》が熱くなってくるのを感じた。とめるまもなく、涙《なみだ》があふれてくる。ほおを濡らし、あごを濡らして流れ落ちる。

「おまえは親父をさがすんだろ。自分のやるべきことをやれ。おれだって、帰ったら好きなことをやるさ」

「好きなことって？」

秀蔵はちょっと迷った。

「測量じゃないことだ。とにかく、おまえは蝦夷地に行け。わかったな」

もう一度、平次の髪をかきまわして、秀蔵は立ちあがった。

「あ、待って」

制止をふりきって、秀蔵は庭のほうへ出て行った。

平次はすわりこんだまま、涙をぬぐっていた。どうすればよいのかわからない。秀蔵は本当に帰るつもりなのか。それを望んでいるのだろうか。いや、そんなはずはない。蝦夷地に渡るのを楽しみにしていたではないか。

夕食の膳《ぜん》が片付けられたのにも気づかず、平次は考えこんでいた。

江戸《えど》の町人文化

忠敬《ただたか》が地図づくりで全国を回っていたころ、江戸《えど》では、町人を担い手とする新しい文化が花開いていました。これを、文化（西暦《せいれき》一八〇四年～一八年）、文政《ぶんせい》（西暦一八一八年～三〇年）というふたつの元号をとって、化政《かせい》文化と言います。天明《てんめい》の飢饉《ききん》が一段落すると、平和で豊かな時代になり、庶民《しょみん》が元気になりました。文字を読める人が多くなり、旅が盛んになり、身分を超《こ》えた文化人のつきあいも出てきます。町人を中心とするその活力が生んだ、生活に根ざした娯楽《ごらく》文化が、この時代の特徴《とくちょう》です。少し下品な面

〚江戸《えど》を中心に栄えた町人文化〛

当時三美人《とうじさんびじん》／喜多川歌麿《きたがわうたまろ》

[浮世絵《うきよえ》]

人気役者や観光地の風景を描《えが》いた版画。1枚の原画から大量に刷ることができるので、値段が手ごろで、庶民《しょみん》に親しまれた。

富嶽三十六景《ふがくさんじゅうろっけい》 神奈川沖浪裏《かながわおきなみうら》／葛飾北斎《かつしかほくさい》

もあるけれど、形よりも実をとる、エネルギッシュでおもしろい文化でした。

浮世絵《うきよえ》の流行はこのころです。美人画の喜多川歌麿《きたがわうたまろ》、名所絵の葛飾北斎《かつしかほくさい》（『富《ふ》嶽三十六景《がくさんじゅうろっけい》』）や歌川広重《うたがわひろしげ》（『東海道五《とうかいどうご》十三次《じゅうさんつぎ》』）が活躍《かつやく》しました。こうした名所絵は、物見遊山に行ける裕福《ゆうふく》な人にはガイドブックとして、そうでない人には想像で旅を楽しむ助けとして、人気を博しました。

浮世絵は明治になって徐々《じょじょ》にすたれていきますが、海外では高く評価され、ゴッホやマネといった著名な画家に大きな影響《えいきょう》を与《あた》えました。現在でも、欧米《おうべい》の美術館に多くの作品が残されています。

その浮世絵がつけられた絵本も多く出

名所江戸百景《めいしょえどひゃっけい》　亀戸梅屋舗《かめいどうめやしき》／歌川広重《うたがわひろしげ》

東海道五十三次《とうかいどうごじゅうさんつぎ》　日本橋朝之景《にほんばしあさのけい》／歌川広重《うたがわひろしげ》

版されました。黄表紙といって、山東《さんとう》京伝《きょうでん》という作家が有名です。黄表紙は漫《まん》画《が》の原型のひとつとされています。

『南総里見八犬伝《なんそうさとみはっけんでん》』などを生んだ曲亭馬《きょくていば》琴《きん》は、日本で初めての職業作家（作家としての収入だけで生活していた）だと言われていますが、山東京伝に弟子入りを求めて断られた経験があります。もっとも、弟子にはしなくても、山東は馬琴と親しくつきあっていました。

『東海道中膝栗毛《とうかいどうちゅうひざくりげ》』の十返舎一九《じっぺんしゃいっく》も、当時の流行作家でした。非常に多作であり、三百以上の作品を世に出して、主に庶民から支持されました。『東海道中膝栗毛』は、弥次郎兵衛《やじろべえ》と喜多八《きたはち》の珍道中《ちんどうちゅう》を描《えが》いたユーモラスな旅物語です。毎年の

[『南総里見八犬伝《なんそうさとみはっけんでん》』／曲亭馬琴《きょくていばきん》]

仁《じん》、義《ぎ》、礼《れい》、智《ち》、信《しん》、忠《ちゅう》、孝《こう》、悌《てい》の玉をもった八犬士が、ほろびかけていた里見家を再《さい》興《こう》するために力を合わせて戦う長編小説。

[『東海道中膝栗毛《とうかいどうちゅうひざくりげ》』／十返舎一九《じっぺんしゃいっく》]

もともとは武士だった一九が、読み物作家となり、書いた物語。人々の人気を集め、一九は一躍《いちやく》、大ベストセラー作家となった。

ように出版され、続編もふくめると、二十年にわたって書きつがれました。

韻文《いんぶん》のほうでは、言葉遊びや政治批判を含《ふく》んだ川柳《せんりゅう》がはやり、俳人としては、小林一茶《こばやしいっさ》が親しみやすい句を多く残しました。「やせ蛙《がえる》まけるな一茶これにあり」「雀《すずめ》の子そこのけそこのけ御馬《おうま》が通る」などがよく知られています。

文学と結びついて、歌舞伎《かぶき》も大ブームとなりました。役者の人気が高まり、肖像《しょうぞう》を描いた役者絵が飛ぶように売れました。

こうして見ると、漫画だったり、旅だったり、お芝居《しばい》だったりと、娯楽が現代につながっているのがわかります。

また、時代劇や落語などでイメージさ

[歌舞伎《かぶき》]

400年以上の歴史をもつ、芝居《しばい》、踊《おど》り、音楽からなる日本の伝統芸能。出雲《いずも》の阿国《おくに》による「かぶき踊り」がルーツといわれている。

[俳句]

季語を含む「5・7・5」の17字からなる日本独自の定型詩。「俳《はい》諧《かい》の句」という言葉が略されて「俳句」と呼ばれるようになった。

れる江戸時代は、おおむねこのあたりの時代になります。それは単に現代に近いからだけではなく、町人文化が発展して江戸の町が一番にぎやかだったこと、作品を通じて当時の様子がよくわかること、などの理由によります。

こうした文化は、江戸から地方へと広がっていきました。忠敬が歩いていたのは、このような時代です。

3

平次は忠敬《ただたか》と向かい合って正座していた。

やはり、名乗り出ないわけにはいかないと思ったのだ。秀蔵《しゅうぞう》のやさしさに甘《あま》えていては、いつまでたっても子どものままである。人を犠牲《ぎせい》にして、自分の利益を追求したら、必ず後悔《こうかい》する。

行灯の弱々しいあかりが、せまい座敷《ざしき》をぼうっと照らしている。忠敬の表情はわからないが、きっと厳しい顔つきにちがいない。

「すみませんでした。記録を写したのは私です。秀蔵さんは私をかばってくれただけで、まったく悪くないのです」

そう告げると、忠敬はふうっと、息をついた。

「字を見ればわかる」

「ではなぜ……」

秀蔵を叱《しか》ったのか。あの場で平次を問いつめればよかったではないか。

しかし、平次は問いを飲みこんだ。たずねる資格はないと思った。

忠敬は少し間をおいてから、口を開いた。

「おまえは学問を何と心得ておるのだ」

質問に怒《いか》りは感じられなかったが、すぐに答えることはできなかった。出世の手段、と正直に答えたら、見捨てられるに決まっている。

淡《あわ》い灯りがかすかにゆれた。

「身を立てる手段か」

見抜《みぬ》かれている。仕方なく、平次はうなずいた。

「うむ、わしもかつてはそうであった。おまえと同じような年のころだな」

平次は少し顔をあげた。今はちがうのだろうか。無言の問いに、忠敬が答える。

「今は多少なりとも学問がわかって、より真剣《しんけん》に向き合っておる。人は、金を持った年寄りが道楽でやっている、と言うがな」

「おれも真剣です」

それだけは言っておきたかった。学問を軽んじているつもりはない。

「その点は否定せんよ。だが、方向がまちがっておる」

忠敬は手厳しく断定した。

「あらかじめ用意した答えを導くために、都合のいい数字をあてはめる。それは学問においては絶対にやってはならないことだ。予想と観測結果がちがうことなど、いくらでもある。それがどうしてか考える。学問はそこからはじまるのだ」

言いたいことはわかる。でも今回は、それほど重要な問題ではなかったはずだ。どうしても言い訳したくなってしまうが、平次はこらえた。

ところが、忠敬は平次の頭の中を読んでいた。

「一事が万事だよ。小さなことだから、ほかに影響《えいきょう》がないから……そう言って、いいかげんなことをしていたら、悪いくせがついてしまう。基本をおろそかにせず、コツコツと努力するのが肝心《かんじん》だ。父上から教えられなかったか」

「……教わりました」

平次は自分が恥《は》ずかしくなっていた。失敗を取り返そう、褒《ほ》めてもらおう、とばかり考えて、大切なことを忘れていたのだ。

「読みとれないところはそのまま空白にしておけばよかったのですね」

「そうだ。ひとつでもでっちあげたら、記録全体が信用のおけぬものとなってしまう」

自分のしでかしたことをようやく理解して、平次は畳《たたみ》に額をすりつけた。

「本当に申し訳ございませんでした。このまま江戸《えど》に、そして津和野《つわの》に帰ります」

本心であった。もうここにいてはいけない、と思った。父のことは秀蔵に頼《たの》んで、自分は一からやりなおすしかない。

「それでよいのか」

「え？」

思わず、口にしていた。

「それでよいのか、と聞いておる」

「よくはないのですが……」

とまどいながら、平次は答えた。

「あいつは学問には向いておらん」

話が飛んだ。あいつとは、秀蔵のことだろう。

「頭は悪くないが、まじめさがない。おまえをかばったのは、帰りたくてのことかもしれぬ。それでも、おまえに見所がなければ、あんなことはしないだろう」

忠敬はかすかに笑みを浮《う》かべたようだった。

「わしはまだあいつを信じておる。ゆえに、今回は不問にしよう」

「あ、ありがとうございます」

すわったまま飛びあがりそうな勢いで、平次は言った。

「ただし、今回だけだぞ」

忠敬はもう、笑みを引っこめている。

「蝦夷地《えぞち》の測量は大切な任務だ。二度と同じあやまちをくりかえしてはならぬ」

「はい。肝《きも》に銘《めい》じます」

平次は心の奥《おく》が温かくなってくるのを感じていた。父がいなくなってから、多くの人がやさしくしてくれる。それは同情からくるものだ。

しかし、今度はちがう。秀蔵も忠敬も、平次の熱意を認めてくれたのだ。やり方はまちがっていた。学問に対する気持ちも、褒められたものではない。でも、それを反省して前に進め、と言ってもらえた。

「おれ、がんばります。まだ未熟で、失敗も多いけど、できることを地道にしっかりやります」

「そうだ。失敗をおそれるなよ。失敗から学べばいいのだ」

一向に学ばない者もいるがな、と、忠敬は口の中でつぶやいた。

平次は気づいてたずねた。

「秀蔵さんはどうなるのでしょうか。本当は蝦夷地に行きたがっていたんです。おれが言えることじゃありませんが、いっしょに行かせてもらうわけにはいきませんか」

「あいつが望むなら、追い出しはせん。手が足りぬからな」

ほっとした。秀蔵のためにも、自分のためにも。

忠敬は立ちあがって、平次を手招きした。

「みなが寝静《ねしず》まってから、星が出るとはな」

つぶやきながら外へ出ると、忠敬は空を指さした。流れの速い雲のあいだに、ちらちらと星がまたたいている。

「いくら手を伸《の》ばしても、天の星にはとどかぬ。だが、頭で道理を考え、手足を動かして測量すれば、地を歩いていても星にとどくかもしれぬ。それが学問だ」

そう語った忠敬は、振《ふ》り返《かえ》って、照れたように表情を崩《くず》した。

「わしがこんなことを言うのは、まだ早いな。十年ばかり地べたをはいずれば、格好がつくかもしれぬが」

言葉のひとつひとつにとてつもない重みを感じて、平次はかたくなっていた。自分は広大な学問の世界の、入り口をちらりとのぞいただけである。踏《ふ》みこむ覚悟《かくご》ができているのか、まだ自信がない。

蝦夷地に行けば、それが手に入るだろうか。

ふいに、父の言葉を思い出した。

「はるか昔、西洋の偉《えら》い学者が言ったそうだ。『学問に王道なし』。近道をしようとすると、必ずしっぺ返しをくらうぞ」

そのときは聞き流していた言葉の意味が、今実感された。数をかぞえながら、一歩ずつ歩いていくことで、たどりつける場所がある。自分もそこへ行きたいと思った。
人の思いをよそに、星はただ輝《かがや》いている。

蘭学《らんがく》の発展と解体新書

蘭学《らんがく》というのは、江戸《えど》時代にオランダを通じて入ってきた西洋の学問のことです。八代将軍《しょうぐん》・吉宗《よしむね》が、外国の知識や技術を取り入れようとして、オランダ語の書物の輸入を認め、学者たちにオランダ語を学ばせたことからはじまりました。

最初の蘭学者のひとりに、サツマイモを広めたことで有名な青木昆陽《あおきこんよう》がいます。青木昆陽は商人の息子に生まれましたが、儒学《じゅがく》や法制度を学んで、学者として有名になりました。そして、吉宗の腹心であった大岡忠相《おおおかただすけ》に取り立てられ、武士と

[青木昆陽《あおきこんよう》]
(1698年-1769年)
江戸《えど》中期の儒学者《じゅがくしゃ》、蘭学者《らんがくしゃ》。サツマイモの栽培《さいばい》を広めるために力を尽《つ》くした。また、将軍吉《しょうぐんよし》宗《むね》の命令でオランダ語を学び、のちに前野良沢《まえのりょうたく》らに教えた。

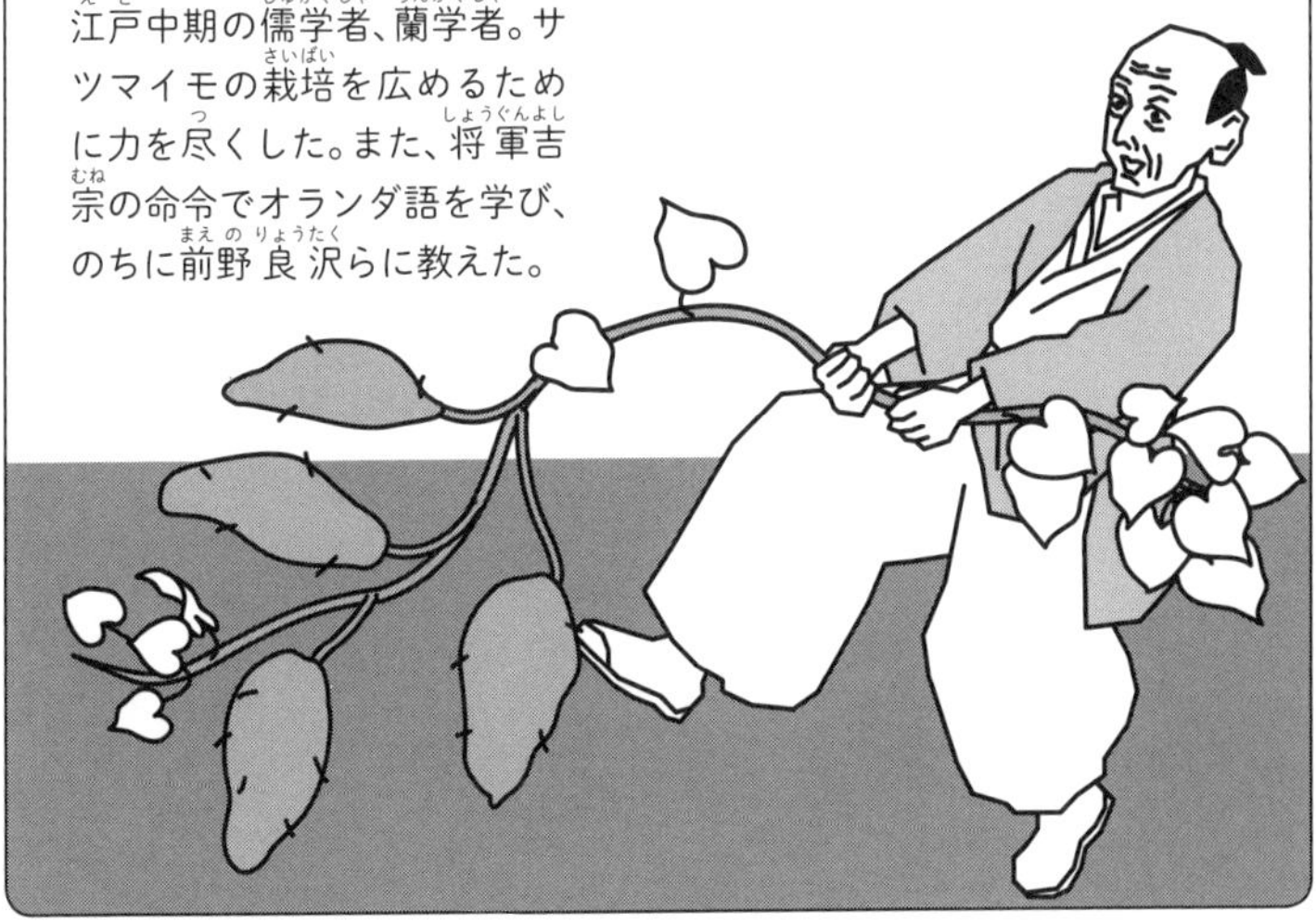

なって、古文書の研究などをおこない、成果をあげたことから、オランダ語を学ぶよう命じられたのです。

　その青木昆陽の教えを受けたのが、蘭学者の筆頭にもあげられる前野良沢《まえのりょうたく》です。前野は福岡藩士《ふくおかはんし》の家に生まれ、中津《なかつ》藩医《はんい》の家に養子に行きました。藩医として江戸で活動しながら蘭学を学び、長崎《ながさき》へ遊学もしています。

　前野良沢の最大の業績といえば、やはり『ターヘル・アナトミア』の翻訳《ほんやく》でしょう。この書物はもともとドイツの解《かい》剖書《ぼうしょ》で、それをオランダ語に訳したものでした。前野は同じ医師の杉田玄白《すぎたげんぱく》らとともに、この難事業にいどみました。

　当時、杉田は西洋医学の知識はありま

[前野良沢《まえのりょうたく》]

(1723年-1803年)

江戸《えど》中期の医師、蘭学者《らんがくしゃ》。中津《なかつ》藩医《はんい》であったが、40歳《さい》を過ぎてから蘭学を志し、オランダ語を学ぶ。『ターヘル・アナトミア』翻訳《ほんやく》の中心的な役割をはたす。

したが、オランダ語は読めなかったので、翻訳は前野が中心となって進めました。江戸にはオランダ人もオランダ語の通訳もいませんし、辞書もありません。前野がオランダ語が読めるといっても、語いはかぎられています。翻訳作業は、暗闇《くらやみ》の中を手探りで進むようなものでした。

四年間の苦労の末、安永《あんえい》三年（西暦《せいれき》一七七四年）、『ターヘル・アナトミア』を翻訳した『解体新書《かいたいしんしょ》』が出版されました。漢文で書かれ、多くの図をつけた実用的な書物です。誤訳が多いことはみなわかっていましたが、医学の発展のために、早く世に出すことを優先しました。

『解体新書』は大変な評判となって、医学と蘭学を大きく前進させました。この

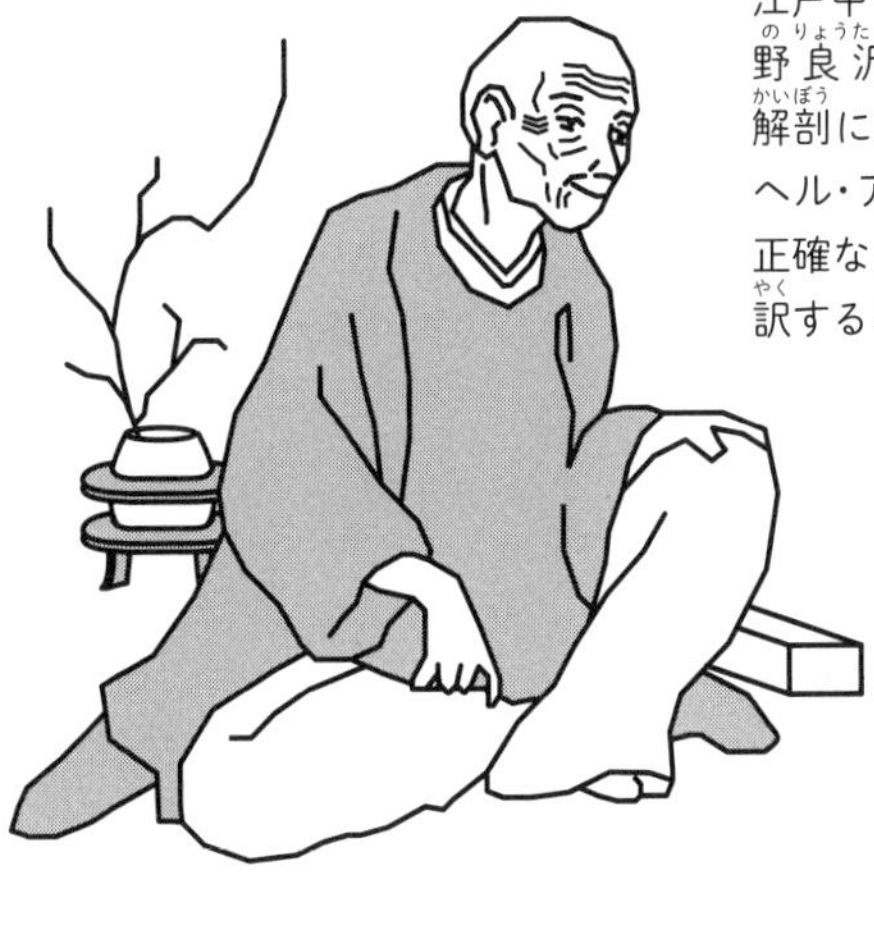

[杉田玄白《すぎたげんぱく》]
（1733年-1817年）
江戸《えど》中・後期の医師、蘭学者《らんがくしゃ》。前《まえ》野良沢《のりょうたく》らとともに罪人の遺体《いたい》解剖《かいぼう》に立ち会ったさい、『ターヘル・アナトミア』の解剖図が正確なことを知り、日本語に翻《ほん》訳《やく》することを決意した。

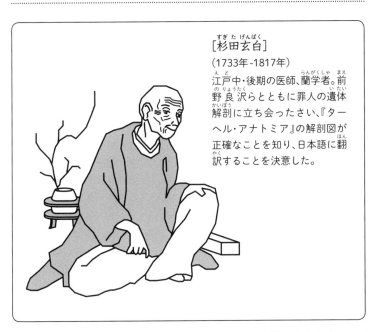

ときつくられた「神経」「軟骨《なんこつ》」「動脈」などの言葉は、今でも重要な医学用語となっています。

ただ、『解体新書』の著者は杉田玄白とされていて、前野は自分の名を表には出しませんでした。翻訳に満足できなかったからだと思われます。

前野はその後、語学、天文、歴史、地理など、様々な内容の書物を翻訳して、多くの知識を伝えました。『解体新書』翻訳の中心であったことが世間に知られたのは、死後十二年ほどたってからです。文化十二年（西暦一八一五年）、杉田が『蘭学事始《らんがくことはじめ》』を発表して、前野の業績を明らかにしたのでした。

なお、『解体新書』には、多芸多才で

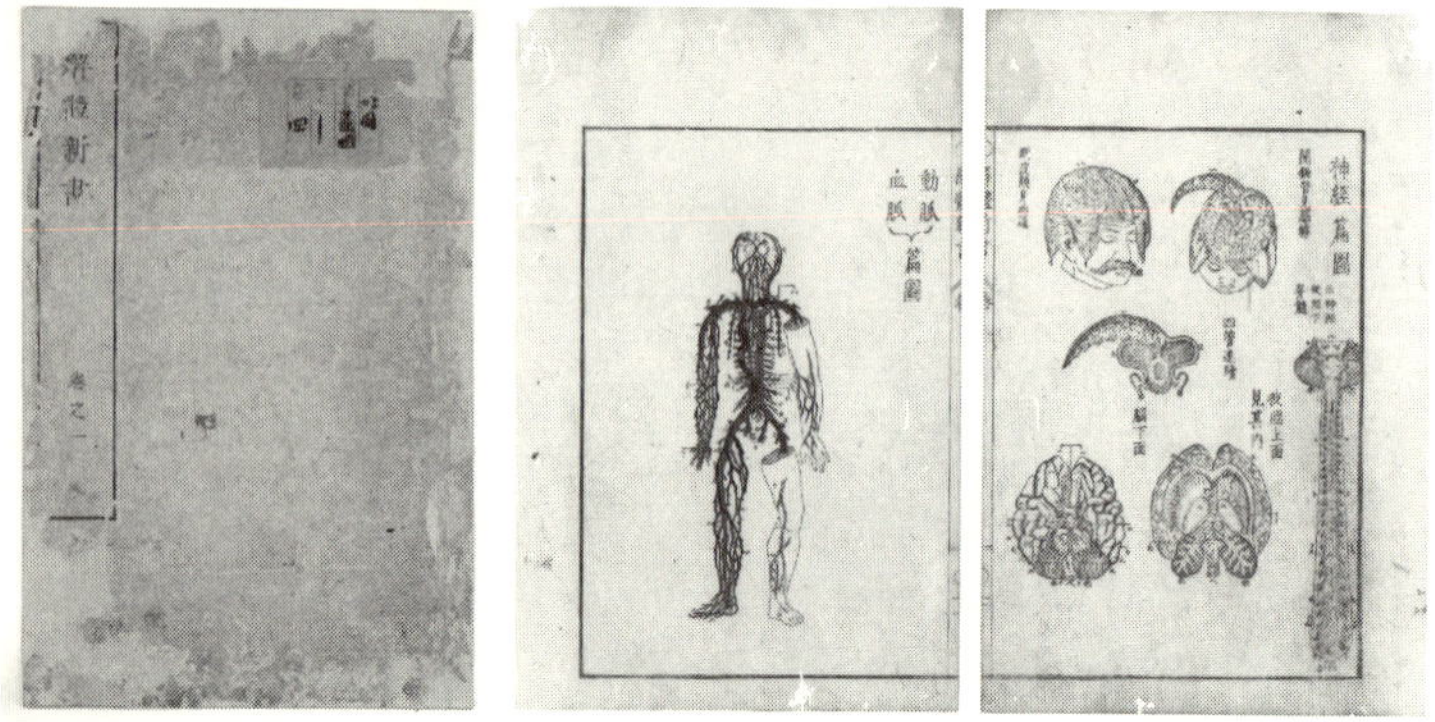

〖解体新書《かいたいしんしょ》〗

杉田玄白《すぎたげんぱく》らが『解体新書』を翻訳《ほんやく》・出版したことで、医学の進歩とともに、オランダ語で西洋の文化を学ぶ蘭学《らんがく》の基礎《きそ》がきずかれた。**『解体新書』／東京医科歯科大学図書館所蔵**

知られる平賀源内《ひらがげんない》も関わっています。蘭学者として杉田玄白と仲がよかった源内は、杉田が図を描《か》いてくれる者をさがしていると聞いて、小田野直武《おだのなおたけ》という人を紹介《しょうかい》しました。源内自身が洋画の技法を教えた弟子です。小田野の技術のおかげで、『解体新書』に精密な絵図がのることになりました。

伊能忠敬《いのうただたか》の後半生は、蘭学が急速に発展した時期と重なります。天文学の最新知識もオランダ語を通じてもたらされました。師匠《ししょう》の高橋至時《たかはしよしとき》はオランダ語が苦手だったそうですが、それでもオランダ語の暦学書《れきがくしょ》を読み解いています。忠敬も蘭学の恩恵《おんけい》を大いに受けていました。

[平賀源内《ひらがげんない》]

(1728年-1779年)

青年時代に長崎《ながさき》で、西洋の学問をはば広く学び、のちに温度計や摩擦《まさつ》で静電気をおこすエレキテルという装置などをつくった。さらに、油絵や人形浄瑠璃《じょうるり》の脚本《きゃくほん》なども残している。

[小田野直武《おだのなおたけ》]

(1749年-1780年)

江戸《えど》時代後期の画家。秋田《あきた》藩士《はんし》。秋田に滞在《たいざい》していた源内に才能を認められ、弟子に。その後、江戸で洋画の技法を学んだ。

4

平次は秀蔵《しゅうぞう》にもあやまった。井戸《いど》で水をくみながら、事情を話して、最後につけくわえた。

「それと、ありがとう。秀蔵さんがかばってくれたから、許す気になったって」

「ふーん、なんでおれがかばうと、許せるんだろ」

さあ、と平次はとぼけた。そこまで言うのは野暮だと思う。

「いっしょに、蝦夷地《えぞち》に行きますよね」

「まあ、それはいいんだが、船はいつになったら出るんだろうな。この調子だと、行ったはいいが、すぐに時間切れで引き返す、なんてことになりかねないぞ」

それは困る。平次は顔をしかめた。空と海をながめ、吹《ふ》き流《なが》しを見てため息をつくのが、一行の日課になっている。

蝦夷地の寒さは厳しく、秋のうちに雪が降り出すこともあるという。荷物にかぎりがある伊能《いのう》隊は、寒さを防ぐ装備を持ってきていない。蝦夷地を旅できるのは、せいぜい九月までだろう。

土を踏《ふ》む音がして、忠敬《ただたか》が姿をあらわした。港から帰ってきたのだ。

「こんなところで油を売ってないで、勉強したらどうだ」

「そう言うと思ったぜ」

秀蔵の反応を無視して、忠敬は平次の前に立った。

「江戸《えど》の高橋様から文が届いてな。お父上について、調べていただいた結果が書かれておった」

平次はつばを飲みこんだ。

「何とありましたか」

崖《がけ》から落ちて行方がわからなくなったこと、状況《じょうきょう》から生存は絶望的であることを、忠敬は淡々《たんたん》と語った。

平次が堀田仁助《ほったにすけ》の弟子から聞いた話と、ほぼ変わらない。そう言うと、忠敬は少し意外そうに目を細めた。

「それでも、生きているかもしれない、と思ったのだな」

「はい。もし駄目《だめ》なら、せめて形見になるものを見つけたい、と。あとは、もしかしたら秘密があるのかとも考えまして……」

忠敬のするどい視線につらぬかれて、平次は心を見透《みす》かされたような気がした。一番の動機は、自分の能力を見せたい、という思いであった。しかし、そういう自分が浅はかであったことを、平次は知っている。

「でも、今は測量と天体観測を学びたい気持ちが強いです」

それは本心である。忠敬はうなずいた。

「うむ、つらい事実を受けとめるときにも、学問は力になろう」

ふたりが話しているあいだに、秀蔵がこっそり逃《に》げ出《だ》そうとしていた。目のはしに息子をとらえて、忠敬が声をかける。

「秀蔵よ、みなを集めてくれ。少しいい知らせがある」

「お、船が出るのか」

「まだわからぬが、準備をせよとの触《ふ》れがあった」

よし、とばかりに、秀蔵が駆《か》け出《だ》し、仲間たちに伝えてまわった。もとより、いつでも出立できるように、荷物はまとめてある。力をあわせて、重い測量器具を運び、一行は船に乗りこんだ。

ところが、である。

船が桟橋《さんばし》を離《はな》れたとたんに、東風が強くなってきた。船頭がすかさず、船を戻《もど》すように命じる。それからしばらく待ったが、やがて、客は船を下りるようにと指示があった。

「またしても足止めか……」

忠敬は肩《かた》を落とした。

その翌々日《よくよくじつ》の朝、港から帰ってきた忠敬が、一行を集めた。

「今度こそ、渡《わた》れるのか。この前みたいなのはごめんだぞ」

秀蔵がたずねた。風は強くはないが、東から吹《ふ》いているように思われる。忠敬の表情は冴《さ》えない。

「船は出るが、箱館につけるのは難しいようだ」

あせりをつのらせる忠敬を見かねて、船頭が出港を提案してくれたのだという。対岸の吉岡《よしおか》に渡ることはおそらく可能だが、そこから箱館に行くには、さらに風待ちが必要になるという。状況によっては、歩いて行ったほうが早いかもしれない。

「わしはそれでも渡るべきだと思うが、みなはどうだ」

反対する者はいなかった。もう待つのはこりごりである。多少の危険や困難があっても、動いたほうがましだ。

こうして、五月十九日、伊能隊は津軽海峡《つがるかいきょう》に船を出した。

船は千石船《せんごくぶね》と呼ばれる帆船《はんせん》である。木綿の帆《ほ》に風をはらんで進むが、強い横風を受けているので、進路が安定しない。おまけに波も高くて、上下左右にゆれっぱなしだ。

出港していくらもたたないうちに、平次は気持ちが悪くなった。川船に乗ったことはあるが、狭《せま》い海峡といっても、海を渡るのははじめての経験だ。最初はわくわくしていたが、船がゆれるにつれて、怖《こわ》くなってきた。そして、吐《は》き気《け》がとまらない。

「吐くなら海にしてくれよ」

いかつい顔の船頭がしゃがれ声を飛ばした。

「ただし、落ちたら助けられねえから、気をつけろよ」

「ひでえ話だ」

秀蔵が文句を言ったが、その声は弱々しい。忠敬も苦しんでいるようで、青ざめた顔でへたりこんでいる。

平次は甲板《かんぱん》に転がって、ひたすら耐《た》えた。

長いようで短い時間が過ぎ、ちょうど昼ごろ、船は吉岡の港に着いた。津軽海峡の西側のせまいところを渡ったことになる。ここから少し西に行けば、蝦夷地開拓《かいたく》の出発地となった松前、北東に行けば箱館である。

桟橋《さんばし》でゆれている船から、平次はふらつきながら下りた。地に足をつけても、しばらくゆれているような気がした。しかし、のびをして、大きく深呼吸すると、気持ちの悪さはうそのように消えた。ほかの者たちも、すっきりした顔をしている。

その様子を見て、船頭と水夫たちがひとしきり笑った。

「これだけ東の風が強いと、あぶなかっしくて箱館には行けねえ。今日はここに泊《と》まるんだな」

「こんなにゆれるんだったら、歩いたほうがましだな」

秀蔵の言葉に、うなずく者が多い。

「船が出せるほどの風なら、そんなにゆれねえよ。まあ、明日の様子しだいだな」

その日は吉岡に宿をとり、翌朝である。風は少し弱まったようだが、相変わらず東から吹きつけてくる。

船頭の見立ては慎重《しんちょう》であった。

「このまま弱まれば出せるが、まだ難しいな」

一行の顔色を見て、忠敬が決断を下した。

「ならば、昼まで待とう。そこで無理なら、歩く」

平次と秀蔵は顔を見あわせた。船酔《ふなよ》いに耐えるのがいいか、疲《つか》れても歩くのがいいか。

「おれは船だな」

「おれは絶対歩きです」

軍配は平次にあがった。結局、風はやまず、一行は歩測しながら歩いていくことになったのである。

風に恵《めぐ》まれれば一日で行けるところ、三日をかけて歩いて、箱館にたどりついた。この町に、蝦夷地をとりしきる幕府の役所があって、江戸から送りこまれた役人が働いている。ロシア船が姿をあらわすようになっているため、役人の数も増えていて、緊張《きんちょう》した雰囲気《ふんいき》がただよっていた。

ここが、蝦夷地測量の出発地になる。

「いよいよだな」

秀蔵が平次の背中を強くたたいた。一瞬《いっしゅん》、息がつまって、平次はうらめしげな目を兄貴分に向けた。秀蔵が微笑《ほほえ》む。

「今から張りつめているようじゃ、道中、もたないぞ」

たしかにそうである。だが、出発のときくらい、気合いを入れたいではないか。

しかし、出発の日まで、一行はまたしても待たされることになるのである。

江戸《えど》時代の蝦夷地《えぞち》

北海道には、古くからアイヌと呼ばれる民族が住んでいました。アイヌは生物学的には縄文人《じょうもんじん》と関係が深いのですが、独自《どくじ》の言語や文化を持ち、狩猟《しゅりょう》、採集、交易をおこなって生活していました。明治政府の政策によって、日本語や日本文化への同化が進みましたが、現在でもアイヌであることに誇《ほこ》りをもって暮らしている人がいます。

和人（大和《やまと》民族）の本格的な蝦夷地《えぞち》進出は、室町《むろまち》時代にはじまりました。蠣崎《かきざき》氏がアイヌとの交易と戦いをくりかえしながら、渡島《おしま》半島（箱館《はこだて》や松前《まつまえ》）に勢力

【アイヌと松前藩《まつまえはん》の交易】

蝦夷地《えぞち》の支配を認められた松前藩は、アイヌの人たちとの取引を独占《どくせん》して、わずかな米などを大量の海産物などと交換《こうかん》して、大きな利益をあげた。

を広げました。

　蠣崎氏は最初は豊臣秀吉《とよとみひでよし》に、次に徳川《とくがわ》家康《いえやす》に蝦夷地の支配権を認められ、松前氏を名乗ります。蝦夷地は米がつくれませんでしたので、松前藩《はん》に石高はありません。独占《どくせん》を許されたアイヌとの交易が、収入の柱でした。松前藩の家臣は米のかわりに、交易の権利をもらって、収入を得ていたのです。

　アイヌとの交易では、和人はニシン、鮭《さけ》、昆布《こんぶ》などの海産物や毛皮を買い、鉄《てつ》製品《せいひん》や布製品、米、酒、茶などを売りました。交易は厳しく管理され、アイヌにとって不利な条件でおこなわれていました。

　寛文《かんぶん》九年（西暦《せいれき》一六六九年）、こうし

た交易の不平等を背景に、アイヌと和人の大規模な武力衝突《ぶりょくしょうとつ》が起こりました。これを、アイヌの指導者の名をとって、シャクシャインの戦いと呼びます。

戦いは、鉄砲《てっぽう》などの武器をそろえた松前藩が優勢でした。松前藩は親和人派のアイヌを味方につけ、シャクシャインを孤立《こりつ》させます。そして、偽《いつわ》りの和睦《わぼく》を申しこんでシャクシャインを呼び出し、だまし討ちで殺しました。

この結果、松前藩によるアイヌ支配は強化されますが、一方で、交易の条件を見直すなどの歩みよりもおこなわれました。

十八世紀前後には、松前藩の家臣たち、そして藩も、商人に交易の権利を与《あた》えて

『シャクシャインの戦い』

1669年、アイヌの指導者の１人、シャクシャインは弓や刀を持って集まったアイヌの人たちとともに、松前藩《まつまえはん》の交易船をおそった。しかし、武力で勝る松前藩に次第に追いつめられ、話し合いに応じたシャクシャインはだまし討ちにあう。敗れたアイヌの人たちは藩に服従させられた。

商売をさせ、上納金《じょうのうきん》を受けとるようになります。商人たちは、アイヌや出稼《でかせ》ぎの和人をやとって、大規模な漁業をはじめました。海沿いに、松前藩の支配地域が広がっていきます。さらに、林業や砂金取りのための開拓《かいたく》も進みました。

しかし、ロシアの影《かげ》も迫《せま》ってきます。ロシア船がたびたび蝦夷地を訪れるようになると、幕府は蝦夷地の多くを松前藩からとりあげて、直接支配する領地としました。そして、探検隊や測量隊を送りこんで、支配をかためようと図ったのです。

その後、ロシアの脅威《きょうい》が薄《うす》れると、幕府は支配権を松前藩に戻《もど》しました。嘉永《かえい》七年（西暦一八五四年）の日米和親条約《にちべいわしんじょうやく》

【蝦夷地《えぞち》が幕府の直接支配に】

ロシアの南下政策を警戒《けいかい》した幕府は、1799年に東蝦夷地と呼ばれる北海道太平洋側などを、1807年に西蝦夷地と呼ばれる北海道日本海側などを相次いで直轄《ちょっかつ》地《ち》とした。

では、箱館が開港され、外国人が入ってくるようになりました。

明治維新《いしん》の後、榎本武揚《えのもとたけあき》ひきいる幕府の残党は箱館に逃《のが》れ、五稜郭《ごりょうかく》を拠点《きょてん》に抵《てい》抗《こう》をつづけました。明治二年（西暦一八六九年）、旧幕府軍は敗れ、蝦夷地は明治政府の支配下に入って、北海道と称《しょう》されます。

そこから、新たな北海道開拓の歴史がはじまるのです。

〚日米和親条約《にちべいわしんじょうやく》〛

ペリー来航の翌年、1854年に日本とアメリカの間で日米和親条約が結ばれ、下田と箱館《はこだて》の２港が開港された。また1855年には、日露《にちろ》和親条約も結ばれ、ロシアとの国境が定められた。

三章

蝦《え》夷《ぞ》地《ち》

1

寛政《かんせい》十二年五月二十八日（西暦《せいれき》一八〇〇年七月十九日）、上林平次は箱館山《はこだてやま》に登って、空と海と大地が織りなす絶景をながめていた。

藍色《あいいろ》の海にはさまれた細くて茶色い陸地に、役所の建物や商人の屋敷《やしき》、大小の長屋が点在している。空は快く晴れわたっていて、海より淡《あわ》い青が美しい。はるか北には、白い雲の衣をまとった山嶺《さんれい》が連なっている。

これほど見事な景色を、平次ははじめて見た。伊能忠敬《いのうただたか》も秀蔵《しゅうぞう》も、測量の合間に、感動のため息をついている。

箱館滞在《たいざい》は、もう六日目になっていた。またしても足止めをくらって、一行はいらいらしていたが、この日の晴天がささくれだった心をいやしてくれた。翌日には出発できそうなことも、一行の表情を明るくしている。

箱館では、役所での手続きに時間をとられていた。忠敬の測量は、幕府の事業ということになっているので、宿には公用の価格で泊《と》まれるし、荷物運びの人と馬を出してもらえる。だが、そのためには、役所に話を通して、あらかじめ道中の宿場に連絡《れんらく》しておかなければならなかった。

奥州街道《おうしゅうかいどう》の旅では、荷物運びの人が三人、馬が二頭、各宿で安く提供されていた。これらは宿場町の負担になる。しかし、蝦夷地《えぞち》の村では、そこまで出す余裕《よゆう》はないとのことで、人三人、馬一頭の約束になっていた。足りない分は、自分で金を出して集めなければならない。

どの時代、どこの国でも、役所の手続きには手間がかかる。へたに急かして機嫌《きげん》をそこねるわけにもいかず、忠敬も礼をつくして待つほかない。

それ以外にも、悪いことが重なっていた。まず、大方位盤《だいほういばん》という測量器具の部品がなくなってしまった。どうやら、荷物運びにやとった者が、どこかに箱を置き忘れたらしい。三厩《みんまや》で船積みするときにはあったので、船から下ろすときか、箱館までの道中でなくしたようだ。

平次は秀蔵とともに器具の確認をしていて、これに気づいた。

「ど、どうしましょう。まずいですよね」

平次は真っ青になったが、秀蔵は落ちついていた。

「まあ、大丈夫《だいじょうぶ》だろう。親父は大方位盤はあまり好きじゃないんだ。大事なものなら、人任せにしない」

さすがに秀蔵は忠敬をよく見ている。報告を受けた忠敬は、怒《おこ》ることも気を落とすこともなかった。

「仕方ない。大方位盤は箱館に置いていこう。なくしたものは、あとで届けてもらうよう手配する」

「よろしいのでしょうか」

心配する平次に向けて、忠敬はわずかに口もとをゆるめた。

「さらに荷物を減らしたいと思っていたところだ。ちょうどよかったと考えよう」

方位盤は山などの遠い目標物の方位を観測する器具で、方位の書かれた円盤と、望遠鏡を組み合わせたものだ。大きさは大中小とある。忠敬は師匠《ししょう》の高橋至時《たかはしよしとき》のすすめで、大方位盤を持ってきていたが、実際に使ってみると、運ぶ苦労に見合うだけの正確さは得られない。至時には悪いが、小方位盤で充分《じゅうぶん》だ。

忠敬が席を立つと、秀蔵がささやいた。

「もしして、わざとかな」

「まさか」

平次は首を振《ふ》ったが、思い返してみると、船を下りるときに積み荷を確認したのは忠敬である。はっと目をみはると、秀蔵がにやりと笑った。

「な、ありえるだろ」

わざと忘れてきたのだとしたら、忠敬はまじめ一辺倒《いっぺんとう》の人ではない。商売人として成功したのだから、それくらいのしたたかさは身につけていて当然かもしれない。

もうひとつの出来事にも、忠敬の性格があらわれていた。

箱館に着いた三日後に、忠敬の従者が病を理由に帰りたいと申し出たのである。

「どこが悪いのだ。わしも少しは医術の心得があるが、重い病は手に負えぬ。医師をさがそう」

小柄《こがら》な初老の従者は、ひざまずいて小さくなっている。

「いいえ、このところ熱っぽくて、身体が重いのです。死ぬような病ではないと思いますが、旦那様《だんなさま》のお役に立てるかどうか……」

どうやら、つらい旅に音をあげたようだ。忠敬はしばらく従者の様子を観察していたが、やがてうなずいた。

「わかった。これまでの給金と路銀を渡《わた》すから、次の船で帰るがよい」

「へえ、ありがとうございます」

従者は涙《なみだ》ながらに礼を言って、三厩行きの船に乗りこんだ。

「あいかわらず、格好つけだな」

秀蔵は皮肉な言い方で、忠敬の行動を称賛《しょうさん》した。帰すだけならまだしも、充分《じゅうぶん》な金を渡すのはさすがである。これで一行は、忠敬、秀蔵、平次と兄弟子ふたりの五人になった。残される者たちの仕事は増えるが、この先、途中《とちゅう》で脱落者《だつらくしゃ》を出すよりは、最初から士気の高い者だけで行くほうがいい。

数々の障害を乗りこえて、二十九日、伊能隊はようやく箱館を出発した。蝦夷地の南部を測量しながら進み、国後島《くなしりとう》まで往復する予定である。

この日も晴れていて、幸先の良い門出となった。

「これより、間縄《けんなわ》での測量をおこなう。秀蔵も平次も頼《たの》むぞ」

「はい」

平次があまりに大きな声で返事をしたものだから、馬がおどろいていないた。一同の笑い声がそれにつづいた。

間縄というのは、距離《きょり》を測るための印がつけられた麻縄《あさなわ》のことである。棒を立てて同じ高さでぴんと張れば、歩測よりずっと正確な距離が測れる。川幅《かわはば》を測るときなどにも重宝する道具だ。

平次は間縄を張る棒を立てたり、記録をつけたりと、けんめいに働いた。何しろ人手が減っているので、ひとりひとりが今まで以上に仕事をしなければならない。棒を立てて測ったあと、棒を持って次の地点まで走ることもある。

箱館では寒いくらいに感じた日もあったが、この日はかなり暑かった。平次は額に汗《あせ》の玉を浮《う》かべて、走り回った。

だが、途中《とちゅう》で平次も、これはまずいのではないか、と思いはじめた。

とにかく時間がかかるのだ。歩測ならまっすぐの道は歩くだけで、曲がるところで角度を測ればよい。しかし、間縄はすべての行程で測って記録して、をくりかえすので、なかなか進まない。

日がかたむいてきたとき、予定の半分にも達していなかった。

「どうしたものかな」

忠敬が眉《まゆ》をひそめて、空をあおいだ。

「あ、おれ、もっとがんばりますから」

平次はあわてて言った。遅《おく》れているのは、間縄の扱《あつか》いに慣れていない自分のせいだと思ったのだ。

「別におまえのせいではないわい」

忠敬は頭のなかで、何やら計算しているようだ。奥州街道は歩測で測って、蝦夷地では間縄を用いる。その方針は、高橋至時と相談して決めたものだ。もともとの方針を固く守って、期限内で行けるところまで行くか。それとも、正確さを犠牲《ぎせい》にして、目的地への到達《とうたつ》を優先するか。

難しい選択《せんたく》である。

「間縄で測りながらだと、襟裳《えりも》あたりで引き返すことになるやもしれぬ。いや、さらに道が悪くなることを考えると、もっと手前か……それで目的が達せられるだろうか」

忠敬の本当の目的は、緯度《いど》一度分の距離を知ることだ。それには、正確な測量が必要になる。歩測だけでは、信用に足る数字は出ない。

だが、幕府から与《あた》えられた任務は、あくまで蝦夷地の測量、しかも「試み」だ。試しに測量させてみる、といった意味合いである。途中《とちゅう》で引き返しては、陸路で帰った堀田仁助《ほったにすけ》と同様に、幕府の評価は低くなるだろう。それでは、次につながらない。

考えこんでいる忠敬の周りを、弟子たちが囲むかたちになった。

「おーい、師匠《ししょう》、そろそろ決めてくれよ」

秀蔵がせかすと、忠敬はじろりとにらんだ。

「うるさい。今、決めたところだ」

「お、どっちだ。ちなみに、おれは……」

平次は秀蔵の着物を引っ張った。今はよけいなことを言わないほうがいい。

「ここからはまた、歩測で行く」

忠敬は苦渋《くじゅう》の表情で告げた。

幕府のお役目を優先するという決断だ。道中は歩測でも、天体観測と組み合わせれば、完璧《かんぺき》ではなくても、有益な地図はつくれる。復路は道を知っているので、より正確に歩測ができるだろう。今回、一定の成果を得られれば、またあらためて測量に来る機会があるかもしれない。

「それに、間縄がどこまで保つかという問題もある」

忠敬が手にしている間縄は、早くも一部がすり切れていた。途中で切れてしまう可能性が高い。

「縄が弱いなら、次は、鎖を使ってみるのはどうでしょう」

平次が提案すると、忠敬は目を見開いた。

「ふむ、縄だと水を吸って伸《の》びちぢみする問題もあるが、鉄の鎖ならそれもないな。しかし、鉄は重すぎる。細くて軽いものがつくれればあるいは……」

「そういうのは宿に着いてから考えよう。遅《おく》れてるんだろ」

秀蔵が先に歩き出した。大声で歩数を数えている。

忠敬はばつが悪そうに左右を見やってから、手ぶりで指示を送った。弟子たちは顔を見合わせて笑いをこらえてから、歩測をはじめた。

意外に病弱だった忠敬《ただたか》

伊能忠敬《いのうただたか》は数え五十六歳《さい》から十五年にわたって測量をおこない、ほぼ日本全国を歩き通して、地図を作成しました。歩いた距離《きょり》は三万八千キロを超《こ》えます。地球一周に近い距離です。

そう聞くと、きわめて建康で体力のある人をイメージしますが、実際の忠敬は、ごく普通《ふつう》の体格で、どちらかといえば病弱な人でした。

忠敬の着物から推定すると、身長は約一六〇センチ程度ですから、当時としては標準的です。とくにやせても太っても

【忠敬《ただたか》の歩行距離《きょり》】

忠敬が測量で歩いた距離は、北は北海道から南は鹿児島県屋久島《かごしまけんやくしま》まで38,000キロを超《こ》える。地球の外周が40,077キロだから、地球をおよそひと回りしたことになる。

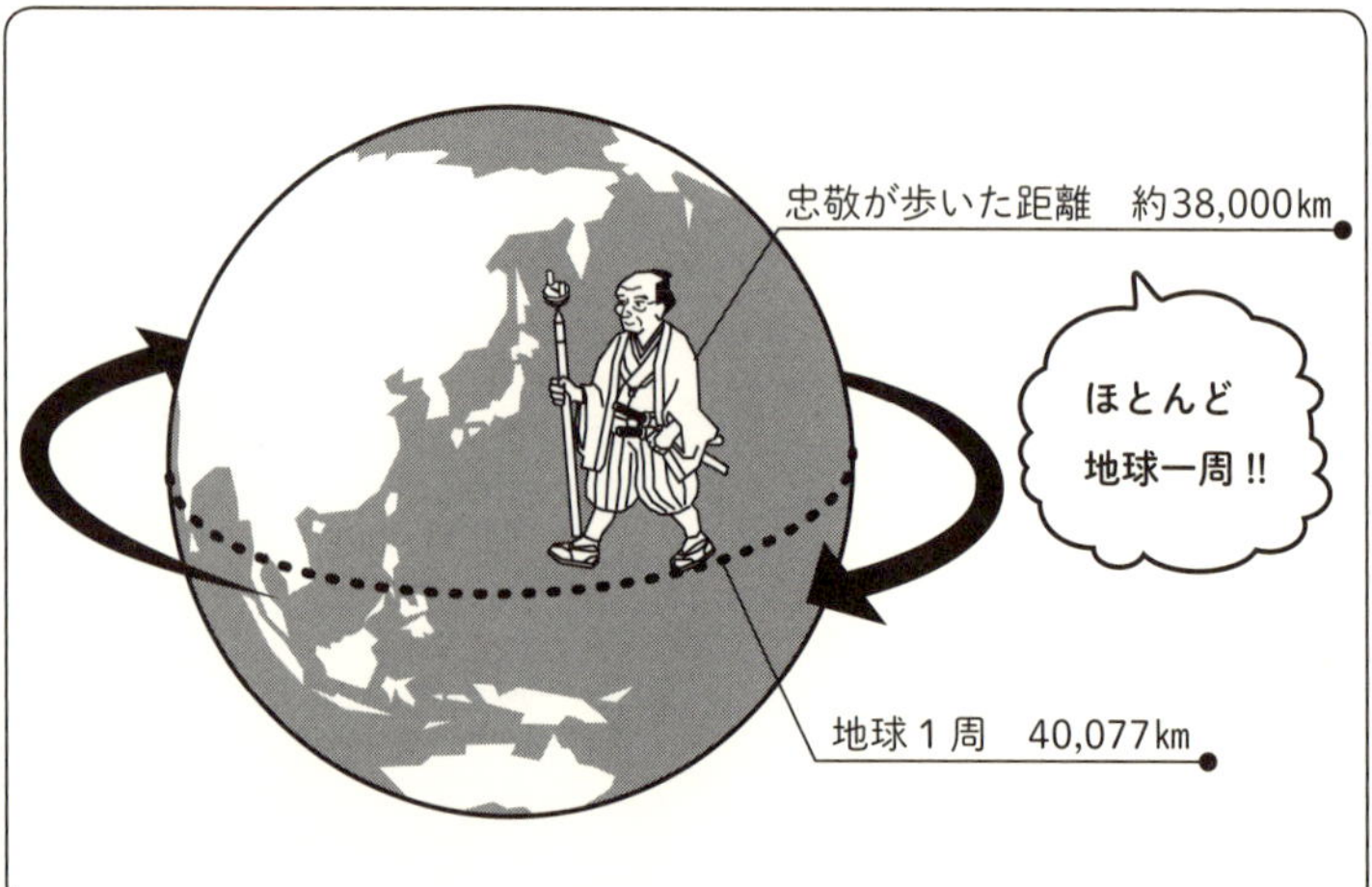

いませんでした。

若いころから、身体が丈夫《じょうぶ》とは言えず、寝《ね》こんでしまって仕事ができなくなることもありました。一番大きな持病はぜん息です。気管支の病気で、発作が起こると息が苦しくなり、死に至ることもあります。

痔《じ》ももっていましたし、「瘧《おこり》」というマラリアのような熱病にもかかっていました。測量旅行中に病に倒《たお》れて、予定を変更《へんこう》したことも一度ではありません。

胃腸も弱く、腹を下し気味で、歯も多くが抜《ぬ》けていたため、食べるものには気をつかっていました。豆腐《とうふ》をはじめとして、やわらかく煮《に》た根菜類や卵を好みました。栄養補給のために、よく生卵を食

〖忠敬《ただたか》の持病〗

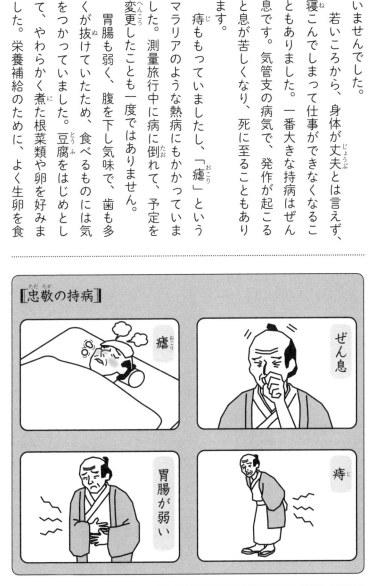

べていたといいます。

江戸《えど》は卵が高いので、佐原《さわら》で買った安い卵を送らせていたというのが、いかにも元商人らしい話です。

忠敬の蝦夷地《えぞち》での日記には、暑さ寒さを気にして、服装を調節していた様子もうかがえます。日本地図作成は、超人《ちょうじん》がなしとげた偉業《いぎょう》ではなく、どちらかといえば病弱な、普通の人がねばり強く努力した成果だったのです。

【忠敬《ただたか》の体調管理】

2

六月一日、忠敬《ただたか》の一行は、村上島之丞《むらかみしまのじょう》という人物の屋敷《やしき》をたずねていた。

伊勢《いせ》（今の三重県）出身の村上は測量家として名高く、幕府の蝦夷地《えぞち》探検隊《たんけんたい》に参加して、国後島《くなしりとう》や択捉島《えとろふとう》まで出かけたこともある。蝦夷地の地理やアイヌの文化にくわしく、このときは蝦夷地に住みこんで、農業や林業の指導にあたっていた。

忠敬はまず、ひとりで会ってあいさつし、蝦夷地測量についての助言を求めた。

「私などにごていねいな挨拶《あいさつ》、まことに痛み入ります」

村上はおだやかな口調で答えた。この年、数えで三十七歳《さい》で、師匠《ししょう》の高橋至時《たかはしよしとき》と同じ年である。忠敬は、年少の先輩《せんぱい》に教わることに抵抗《ていこう》がない。村上は生まれながらの武士ではなくて、幕府の御用《ごよう》をするようになって取り立てられたというから、身分もかけはなれているわけではない。

「蝦夷地の測量は、自然との戦いになります。ですが、勝ち負けを競うというよりは、相手を受け止め、受け入れる度量が必要になります」

「なるほど。これまでの旅でも、お天道様には勝てないと、思い知らされております」

「それと、お上にも、ですね」

村上は軽く笑って、真顔に戻《もど》った。

「奥州街道《おうしゅうかいどう》は、東海道などに比べると、ずいぶん歩きにくかったでしょう。ですが、蝦夷地の道は、その比ではありませぬ。山越《やまご》えもあり、森の中を行くこともあります。さらに厳しいのは、谷地《やち》、つまり湿地《しっち》です」

村上が言葉に力をこめた。

「道を踏《ふ》みはずしたら、足が沈《しず》みこみ、深みにはまると、抜《ぬ》け出《だ》せなくなります。行く先々の村で情報を集め、できれば迂回《うかい》したほうがいいでしょう。それから、雨の日は進まないほうがよろしい。測量は難しいですし、危険も大きくなります」

忠敬は深くうなずいた。もっともな話である。未開の地を突《つ》き進《すす》むわけではなく、村や集落をつたって歩く行程だが、道の整備はされていないだろう。慎重《しんちょう》に進まなければならない。だが、同時に時間とも戦わなければならないのだ。今さらながら、難しい任務だと思った。

村上が立ちあがり、いったん奥《おく》に下がった。やがてあらわれたときは、大きな紙の束を抱《かか》えていた。

「地図はどのようなものをお持ちでしょうか。私が描《か》いたものも役に立つでしょうから、どうぞ写していってください」

「ありがとうございます」

忠敬は感激に目をうるませた。地図づくりはひとりでするものではない。今までの地図を参考にして測量すれば、より正確なものができる。江戸《えど》から堀田仁助《ほったにすけ》の地図を持ってきており、箱館でも現地の役人が使っている地図を写してきたが、参考になるものは多いほうがいい。

「測量はまだ完全ではないので、修正して、よいものをつくってください」

村上の地図は絵が入っていて、地形がわかりやすい。村上自身が描いたものだという。これは自分が地図をつくるときにも取り入れたい。忠敬は感心しつつ、改善点を考えていた。歩測だけでは正確な地図は描けないが、天体観測で緯度《いど》を確定させれば、より実際に近づく。

「今宵《こよい》は、みなさまの歓迎《かんげい》に一席もうけましょう。私のほうでも、紹介《しょうかい》したい男がおります。伊能殿《いのうどの》は、お酒は飲まれますか」

「いや、私はほんのたしなむ程度で。弟子たちにも、あまり飲む者はおりません」

「わかりました。では、蝦夷地の名産を召《め》しあがっていただきましょう」

実際には酒飲みがいるが、忠敬はひかえさせている。酒を飲むと天体観測ができなくなるし、観測のない日でも、飲みすぎて翌日の仕事にさしつかえると困るからだ。

しばらくあと、広い座敷《ざしき》に、測量隊の面々が案内された。

平次はご馳走《ちそう》のならんだ膳《ぜん》に、目を輝《かがや》かせた。鮭《さけ》の燻製《くんせい》や干物を中心に、鹿肉《しか》と野菜の鍋《なべ》、昆布《こんぶ》の煮付《につ》けに豆腐《とうふ》、漬《つ》け物《もの》……よりどりみどりだ。

平次が鮭にかぶりついている間、忠敬は村上の従者だという若者と話しこんでいた。もれてくる話を聞くと、測量と天体観測について、忠敬が教えているようだ。若者は熱心にうなずいている。

この若者は間宮林蔵《まみやりんぞう》という。この年、数えで二十一歳になる。がっちりした頑丈《がんじょう》そうな体格と、意志の強そうな太い眉毛《まゆげ》の持ち主だ。農民の子だが、川の堤防《ていぼう》を造る工事に参加したとき、指揮をとっていた村上に才能を見こまれて、従者になったという。算術が得意だそうだ。

そういう話を聞くと、平次はつい手をとめて、耳をそばだててしまう。

「蝦夷地の北のほうは、まだよくわかっていません。択捉の先にも島がつづいています。宗谷《そうや》の北は樺太《からふと》といいますが、大きな島なのか半島なのか、意見が割れています。いつか、探検に行ってみたいと思っています」

林蔵は情熱にあふれた口調で、夢を語った。その日のために、測量を学び、またアイヌ語を習っているという。

アイヌについては、村上が秀蔵《しゅうぞう》たちに説明していた。

「かれらの森や川、海に関する知識はすばらしいものだよ。一方で、農耕についてはあまり知らない。蝦夷地では、米は寒すぎて作れないが、野菜やキノコは作れる。それを伝えてやればよいのだがね」

松前藩《まつまえはん》は、アイヌに農耕を教えるのに反対しているという。自力で野菜などを作れるようになれば、交易品が減るからだ。

「アイヌは狩《か》りがうまいと聞きますが、クマも狩るのですか」

秀蔵がたずねた。

「ああ、狩るよ。ただ、まともに戦っては、クマにはかなわない。だから、冬眠《とうみん》しているクマを狩ったり、わなをしかけたりする。毒矢のわなだ。そうそう、へたに森に入ると、クマに出くわしたり、クマ用のわなにかかったりするから、やめたほうがいいね」

村上の返答に、秀蔵は身をふるわせた。怖《こわ》いのならば、聞かなければいいのに、と平次は思う。平次自身は、どちらかといえば動物好きである。江戸では、家の近くに住む野良犬とよく遊んでいた。

奥州街道では、キツネやタヌキ、シカはたまに見かけたが、幸いにしてクマには出会わなかった。ただ、村上が言うには、蝦夷地の動物は、本州よりひとまわり大きいらしい。

林蔵の話も村上の話も、平次には刺激的《しげきてき》だった。蝦夷地の先がどうなっているのか、アイヌはどういう生活をしているのか、考えるとわくわくしてくる。このまま忠敬にくっついていれば、今後も蝦夷地の探検に行けるだろうか。

宴《うたげ》はなごやかな雰囲気《ふんいき》のまま、お開きとなった。

翌日から雨が降って、出発できない日がつづいた。忠敬はたずねてきた林蔵に測量器具の使い方を教え、平次たちは村上の地図を写した。

またしても足止めがつづいて、平次も秀蔵も心配になった。これほど遅《おく》れていて、国後島までたどりつけるのだろうか。

「おれたちは雨でも大丈夫《だいじょうぶ》だぜ。出発しよう」

みなを代表して秀蔵が言うと、忠敬は首を横に振《ふ》った。

「蝦夷地では、自然にあらがってはならぬ。村上殿が教えてくれた」

無理に出発して、目的の村にたどりつけず、野宿することにでもなったら大変だ。忠敬は一応、刀を持っているが、使ったことはない。鉄砲《てっぽう》などの武器も持っていないから、野生動物にも盗賊《とうぞく》にも対抗《たいこう》できないのだ。

また、雨の移動をさければ、たいていの村では天体観測ができる。これまでにある地図を改良するには、天体観測が不可欠だ。

「だから、おまえたちも、決して無理はしないように。ひまができても、勝手に探検などするなよ」

ぎくりとして、顔を見あわせる秀蔵と平次であった。

間宮林蔵《まみやりんぞう》の北方探検

樺太《からふと》（サハリン島）とユーラシア大陸の間の海峡《かいきょう》を間宮海峡（タタール海峡）と言います。はばは一番せまいところで七・三キロ、二十キロ近くある津軽《つがる》海峡の半分以下です。冬には海が凍《こお》りますので、歩いて渡《わた》ることも可能です。

間宮海峡の名は、この地を探検して海峡の存在を確認し、世に広めた間宮林蔵《まみやりんぞう》の名にちなみます。それまで、樺太が島であるのか、半島であるのか、はっきりとはわかっていませんでした。

林蔵は常陸国《ひたちのくに》（今の茨城県《いばらきけん》）の出身

[間宮林蔵《まみやりんぞう》]
(1775年-1844年)
十代半ば、治水工事で常陸国《ひたちのくに》に来ていた役人に算術の才能を認められ、その後、幕府のもとで働くようになる。村上島之丞《むらかみしまのじょう》にしたがって渡《わた》った箱館《はこだて》で伊能忠敬《いのうただたか》に出会い、測量の技術を学ぶ。1808年より樺《から》太《ふと》探検を行い、樺太が島であることを確認した。

で、村上島之丞《むらかみしまのじょう》と伊能忠敬《いのうただたか》から測量を学び、蝦夷地《えぞち》の測量をおこないました。

文化五年（西暦《せいれき》一八〇八年）、林蔵は幕府の命令で樺太探検にのぞみます。このときは、海峡を確認することはできませんでしたが、海がせまく、潮流が速くなっていることから、樺太が島であると確信しました。

翌年、林蔵は再び樺太におもむきます。今回は、海峡の北側の入り口にあたるナニオー（ルポロボ）に達しました。これによって、樺太が島であると確認されたのです。林蔵はさらに、現地の人の舟《ふね》で海峡を渡って、当時は清《しん》の領土だった黒竜江《こくりゅうこう》（アムール川）下流を調査し、無事に帰還《きかん》しました。

【樺太《からふと》探検】

ロシアの動向を警戒《けいかい》していた幕府は、間宮林蔵《まみやりんぞう》らに樺太探検を命じた。

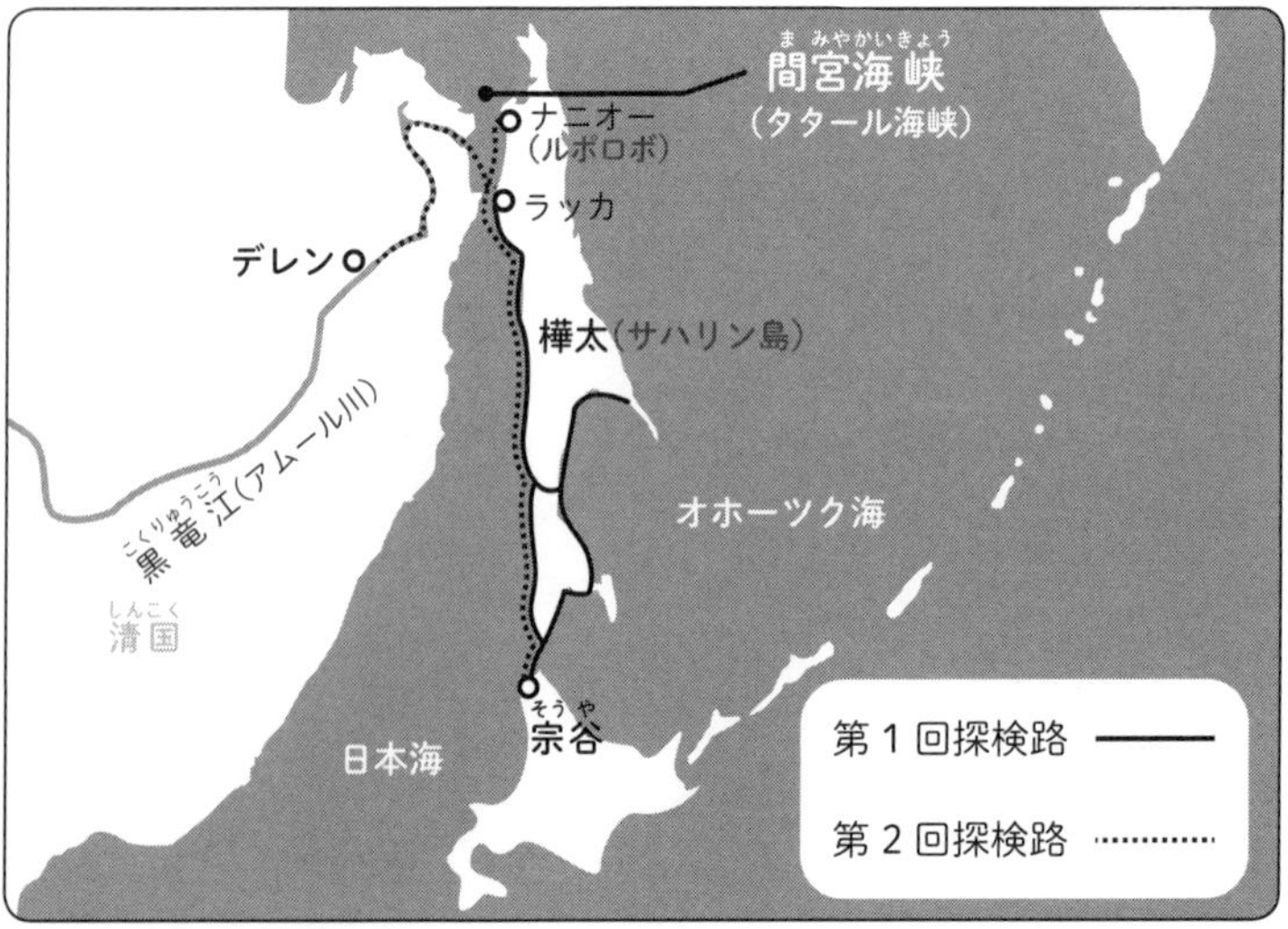

江戸《えど》に戻《もど》って、樺太探検の成果を幕府に報告したのは文化八年（西暦一八一一年）です。林蔵はこのとき、江戸にいた忠敬とたびたび会っています。

翌年から、林蔵は再び蝦夷地におもむいて、地図作成のために、忠敬がやり残した北側の海岸線をくわしく測量しました。この結果、伊能図の蝦夷地部分は、忠敬と林蔵の合作となっています。

その後、林蔵は幕府の隠密《おんみつ》として、密貿易の調査や、外国の動向調査などに腕《うで》をふるいました。あとで述べるシーボルト事件を幕府に伝えたのも林蔵です。なお、林蔵の名が世界に知られるようになったのは、そのシーボルトが、日本地図に間宮海峡を記したからでした。

〚林蔵《りんぞう》の蝦夷地《えぞち》測量〛

樺太探検《からふとたんけん》を終えて江戸《えど》に戻《もど》った林蔵は、忠敬《ただたか》から測量技術を学んだ。その後、忠敬が行けなかった蝦夷地沿岸の測量をおこない、データを忠敬に提供した。

3

忠敬《ただたか》は額に手をあてて、長くつづく砂浜《すなはま》をながめた。

「九十九里《くじゅうくり》を思い出すな」

地引《じび》き網《あみ》の盛んな故郷《こきょう》の浜を頭に浮《う》かべて、忠敬は感傷にひたったが、それも一瞬《いっしゅん》であった。

一行は測量のため、なるべく海岸沿いを歩いている。蝦夷地《えぞち》の南側は海岸線が入り組んでいないため、地図は描《えが》きやすいが、決して歩きやすいわけではない。砂地では足が沈《しず》んで、体力を奪《うば》われる。

朝晩はすずしいが、昼間、太陽が照ると、かなり暑くなる。休憩《きゅうけい》のとき、平次と秀蔵《しゅうぞう》は吸いよせられるように、波打ち際に近づいた。

「やめておいたほうがいいぞ」

背後から声がかかったが、秀蔵は気にせずに足を踏《ふ》みいれた。平次もあとにつづく。

「つめたっ」

思わず声が出た。でも、疲《つか》れた足には、それが心地良《ここちよ》い。ふたりは顔も洗って、汗《あせ》を洗い流した。

つらかったのはその後である。濡《ぬ》らしたところが赤くなって、ひりひりと痛んだ。足もより重くなり、一歩ごとに力が失われていく。

「だから、やめておけと言ったのに」

兄弟子に笑われた。

だが、そのような苦労はまさにまだ笑い話にすぎなかった。

同じ海岸沿いでも、岩場のほうが困難だった。切りたった岩場では、身軽な平次が先頭に立った。岩にとりつき、はうようにして登り、慎重《しんちょう》に下る。すぐに手足が傷だらけになった。血のにじんだ傷口に、潮風がしみる。

人が通るのに苦労するような岩場は、荷馬には通れない。荷馬を引く者が、やむなく迂《う》回《かい》することになる。岩場をさけて、少し離《はな》れた高い場所から、目で見て海岸線を記録することもあった。

川を越《こ》えるのもひと苦労である。橋などはかかっていない。浅い川なら、泳ぐようにして渡《わた》る。そうでないなら、舟《ふね》をさがすか、上流へまわる。

荷物運びにやとった地元の和人が言う。

「このあたりの川は、まもなく鮭《さけ》でいっぱいになります。それを狙《ねら》いに、クマも出てきます。なかなかおもしろいながめですぞ」

道がわかりにくくて、アイヌの案内人をやとったこともあった。無愛想な初老の男で、平次はいろいろと話しかけてみたが、あまり答えてくれなかった。言葉がよくわからなかったのかもしれない。道案内も身ぶり手ぶりが多かった。

「せっかく蝦夷地に来たのだから、アイヌのことも知りたいのです」

平次が言うと、アイヌの男は黒い瞳《ひとみ》を向けて、首を横に振《ふ》った。いつかの父と同じ、悲しい瞳だった。

和人が憎《にく》いのだろうか。いや、村の役人が手配した案内人だから、和人とは良好な関係にちがいない。やはり、言葉に自信がないから、話したくないのだろう。そう考えて、平次は自分を納得させた。

難所がつづいて、夕刻までに村にたどりつけない日もあった。分厚い雲の向こうで太陽が沈むと、あっという間に辺りが暗くなる。

「みな、疲れているだろうが、もう少しがんばれ。村はまもなくだ」

忠敬のはげましに、平次はかろうじて、はい、と答えた。月も星も出ていないので、ほぼ真《ま》っ暗闇《くらやみ》である。アイヌの案内人が、たいまつをつけたが、灯りは頼《たよ》りなく、前の人の背がぼうっと見えるくらいだ。足もとがどうなっているのかもわからない。

右手から、波の音がやけに大きく聞こえてくる。左手では、得体の知れない獣《けもの》が鳴きかわしている。

人ならぬものからすれば、たいまつの炎《ほのお》は格好の標的ではあるまいか。平次は身ぶるいがした。

朝から歩きづめているので、足は棒のようになっている。ぞうりがすりきれているようで、足の裏がちくちくと痛んだ。だが、足の感覚がなくなるよりはましだろう。痛みがあるから、歩きつづけられる。

前方に光が見えた。

「やっと着いたか」

秀蔵が声をはずませた。

しかし、光はちらちらと動いており、人家の灯りではないようだ。物《もの》の怪《け》ではなかろうか、と平次はぞくりとした。

秀蔵が口を閉ざした。闇が緊張《きんちょう》をはらんで濃《こ》くなる。

そのとき、光のほうから呼ぶ声がした。

「おーい」

化け物ではなく、人の声のようだ。

「伊能殿《いのうどの》のご一行ですか」

「いかにも」

忠敬が答える。平次はほっとして、すわりこみそうになった。なかなか来ないのを心配して、迎《むか》えにきてくれたのだという。宿と馬と人を用意してもらうため、行く先々にあらかじめ予定を知らせてあるのが幸いした。

このときほど、提灯が頼もしく思えたことはない。

道中はそのような状況《じょうきょう》であるので、歩測の正確さは望むべくもなかった。忠敬はかわりに、天体観測に力を入れた。泊《と》まった村では、ほぼ必ず太陽か星を観測して、緯度《いど》を確認する。少々曇《くも》っていても、雲合いから星がのぞくことを期待して観測した。

雨が降ったり、川が増水して渡れなくなったり、荷運びの人馬が手配できなかったりして、すんなりと出発できる日はあまりなかった。天体観測のために、出発をのばしたこともある。

この調子では、緯度一度分の正確な距離《きょり》を割り出すのは難しい。だが、よりよい地図がつくれそうだ。

一方で、旅の期限たる秋は近づいてきている。

……足が抜《ぬ》けない。

平次は必死でもがいていた。足はやわらかい泥《どろ》にめりこんでいて、まったく上がらない。力を入れれば入れるほど、沈んでいくようだ。

つかんでいた草がちぎれる。転びそうになって、水の中に両手をついた。手も抜けず、四つんばいになる。泥水は目の前だ。

「落ちつけ！　まず、ゆっくり手を抜くんだ」

秀蔵の声が聞こえる。手は抜けた。その拍子《ひょうし》に顔が水につかった。泥の味とにおいが広がって、吐き気《はけ》をもよおしてくる。

前に池に落ちたときは、これほど怖《こわ》くはなかった。自分のことより、記録が濡れないか、心配していた。だが、今度はひたすら恐怖《きょうふ》を感じていた。このまま、底なしの泥の中に埋《う》もれてしまうのではないか。

すでにぞうりは脱《ぬ》げていた。泥はやわらかいはずなのに、足はぴくりとも動かなくなった。体勢をくずして、また手をついてしまう。

暴れて手が抜けたと思ったら、反動で尻《しり》もちをついてしまった。首まで水につかっている。息をすると、水を吸いこんでしまって、激しくせきこんだ。

「落ちつけって。今、助けるから」

声はもう耳に入っていなかった。

最初に湿地《しっち》にはまったのは、荷運びの馬だった。助けようとして、平次がはまった。箇単に出られると思っていたのだ。忠敬が、動くな、と、さけんだときは、すでに遅《おそ》かった。

平次は前にも後ろにも進めなくなっていた。

視線の先には淡《あわ》い緑と濃い緑が広がっている。遠くに見える森まで、網の目のように川が流れる湿地がつづいているのだ。

茶色い影《かげ》が目のはしに映った。キツネだ。

コーン、コーン、コーン……。

鳴き声が聞こえる。

そういえば、村上島之丞《むらかみしまのじょう》が教えてくれた。

「キツネが『コーン』と鳴くのは、子どもを呼ぶときなのだ」

平次は目をこらした。

キツネの顔がぼやけて、父の顔が浮かんでくる。悲しそうな顔だ。

「待ってろ。すぐに助けてやるからな」

父が手をのばす。

平次も手をのばしたが、とどかない。すぐそこに見えているのに。

「おとう!」

……さけんで、平次は目を覚ました。

全身が汗だくになっていた。薄《うす》い布団が湿った足に気持ち悪い。大声をあげたせいか、ひどくのどがかわいていた。

行灯のあかりは消えている。雨が激しく屋根を打つ音が聞こえてくる。まだ夜は明けていないようだ。

平次はため息をついた。しばらく、父の夢は見ていなかったのに、ここ数日、また同じような夢がつづくようになった。

湿地にはまりこんだのは現実だが、助けてくれたのは秀蔵だ。あのとき、キツネを見ただろうか。あわてていたので、はっきりとは覚えていないが、見たような気もする。ただ、キツネは珍《めずら》しくないから、ほかの記憶《きおく》とまざっているかもしれない。

この日、七月二十五日、一行は昆布森《コンブムイ》という村に宿をとっていた。苦難つづきの旅であったが、目的地までもうまもなくだ。忠敬によれば、行程の八割には達しているという。もうすぐ、父が崖《がけ》から落ちた場所だ。そこで何か見つかるだろうか。

平次は布団をかぶり直して、目を閉じた。

翌日も昆布森に滞在《たいざい》の予定である。曇っていたが、雨はあがっていたので、平次たちは太陽を観測しようと準備をはじめた。

村を訪れていた商人と忠敬が話している。

「最近はロシアの船をよく見るんですよ。ぶっそうですなあ」

商人は根室から来て箱館に向かっているという。

「和人がさらわれる、なんてうわさもあります。どうかお気をつけください」

「実際にさらわれた者がいるなら、お上に報告せねばならんぞ」

忠敬は眉《まゆ》をひそめた。ロシアの脅威《きょうい》は任務にかかわる重要な問題だ。幕府の命を受けた者として、聞き捨てにはできない。

「へえ、ですから、ただのうわさでございまして。ご関心がおありなら、先の村で聞いてみればよろしいでしょう」

背中で会話を聞きながら、平次は胸さわぎをおぼえていた。

本格的な測量事業へ

一回目の蝦夷地《えぞち》測量を終えた伊能忠敬《いのうただたか》は、成果を地図にまとめると、すぐに二回目の測量を幕府に願い出ました。

一回目では、蝦夷地の南側しか行けませんでしたし、測量も歩測だけで、不完全なものでした。目的であった緯度《いど》一度分の距離《きょり》は、約二七里（約一〇六キロ）と計算していましたが、まったく自信がもてませんでした。そのため、もう一度、蝦夷地におもむいて、より正確な測量をしたいと思ったのです。

ところが、忠敬の思いとは裏腹に、一

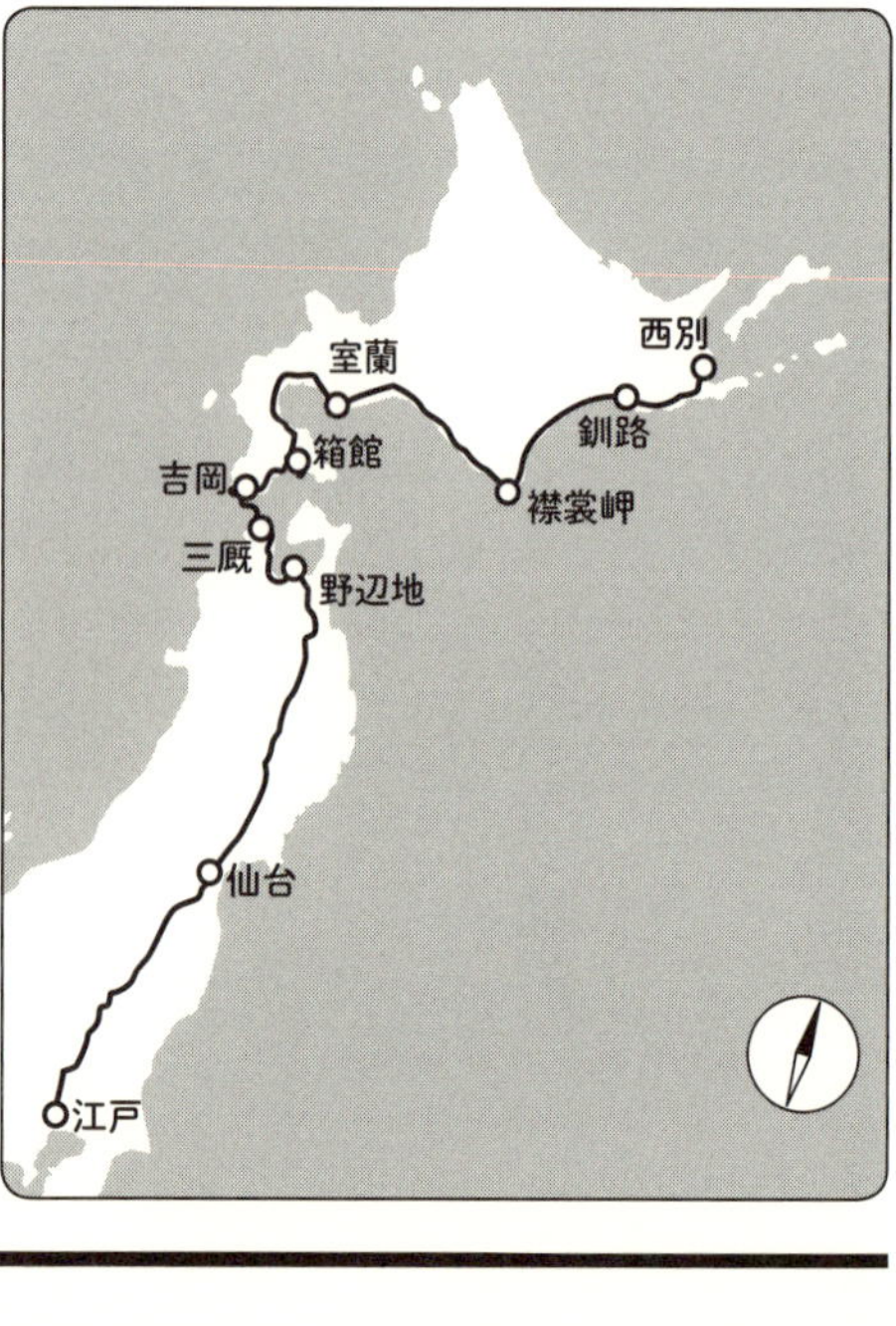

【第一次測量】

奥州街道《おうしゅうかいどう》・北海道南部／1800年

奥州街道を北へ進み、津軽《つがる》半島《はんとう》の最北端《さいほくたん》・三厩《みんまや》へ。船で蝦夷地《えぞち》・吉岡《よしおか》に渡《わた》ってからは箱館《はこだて》、室蘭《むろらん》、襟裳岬《えりもみさき》、釧路《くしろ》、西別《にしべつ》へと。復路は、行きと同じ道を戻《もど》った。

回目の地図は高く評価されていました。師匠《ししょう》の高橋至時《たかはしよしとき》も予想以上の出来映えだと褒《ほ》め、幕府の高官たちも無名の老人の仕事におどろいていました。

忠敬の第二次蝦夷地測量計画は、松前《まつまえ》で船を買い、船で寝泊《ねと》まりしながら、蝦夷地の西海岸から東海岸にまわり、択捉《えとろふ》島《とう》まで行くというものです。蝦夷地には宿が少ないため、船を宿にしようと思いついたのです。

しかし、この壮大《そうだい》な計画は認められませんでした。伊豆《いず》から東の本州東海岸の測量、それが忠敬に与《あた》えられた命令でした。幕府は忠敬に蝦夷地探検をさせるより、本州の正確な地図をつくらせてみようと考えたのでした。

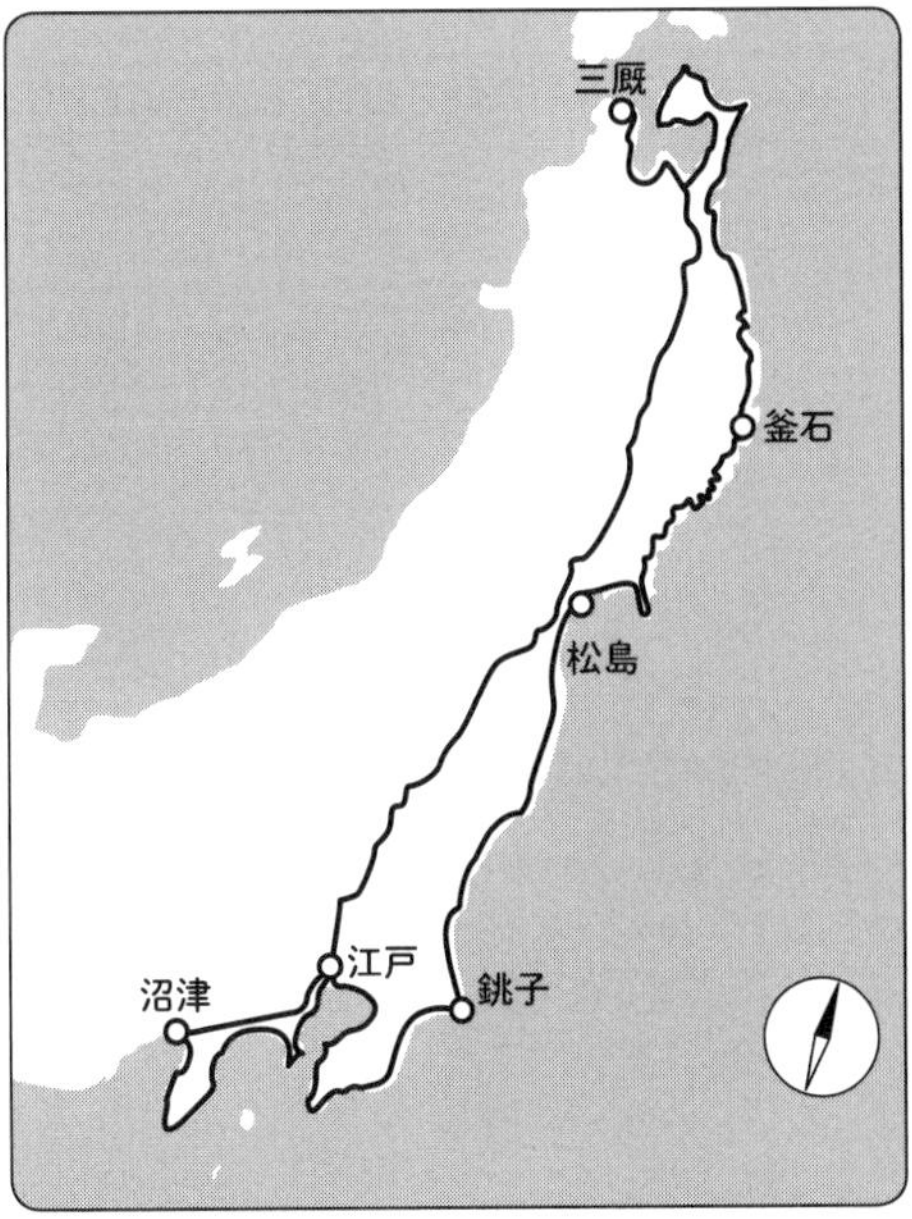

【第二次測量】

関東地方・東北地方東部／1801年

三浦《みうら》半島、伊豆《いず》半島を回って測量。沼津《ぬまづ》到着《とうちゃく》後《ご》は江《え》戸《ど》に戻《もど》り再出発《さいしゅっぱつ》。房総《ぼうそう》半島、松島《まつしま》、三厩《みんまや》と太平洋側沿岸を測量し、復路は、奥《おう》州街道《しゅうかいどう》を南下した。

第二次測量は、享和《きょうわ》元年（西暦《せいれき》一八〇一年）四月に江戸《えど》を出発し、三厩《みんまや》まで測量して、十二月に帰着しました。この測量で、忠敬は緯度一度分の距離を二八・二里（約一一〇・七キロ）と導いています。実際は約一一一・一キロですから、これはほぼ正確な数値でした。

第二次の地図も好評だったので、すぐに第三次の測量行が決まりました。忠敬は蝦夷地に行きたかったのですが、今度は東日本の西海岸です。享和二年（西暦一八〇二年）六月から十月までかけて、三厩から直江津《なおえつ》まで測量しました。

測量隊の待遇《たいぐう》はだんだんとよくなっていきました。日当も増えて、一回目では忠敬が今のお金で約一二〇〇万円を自分

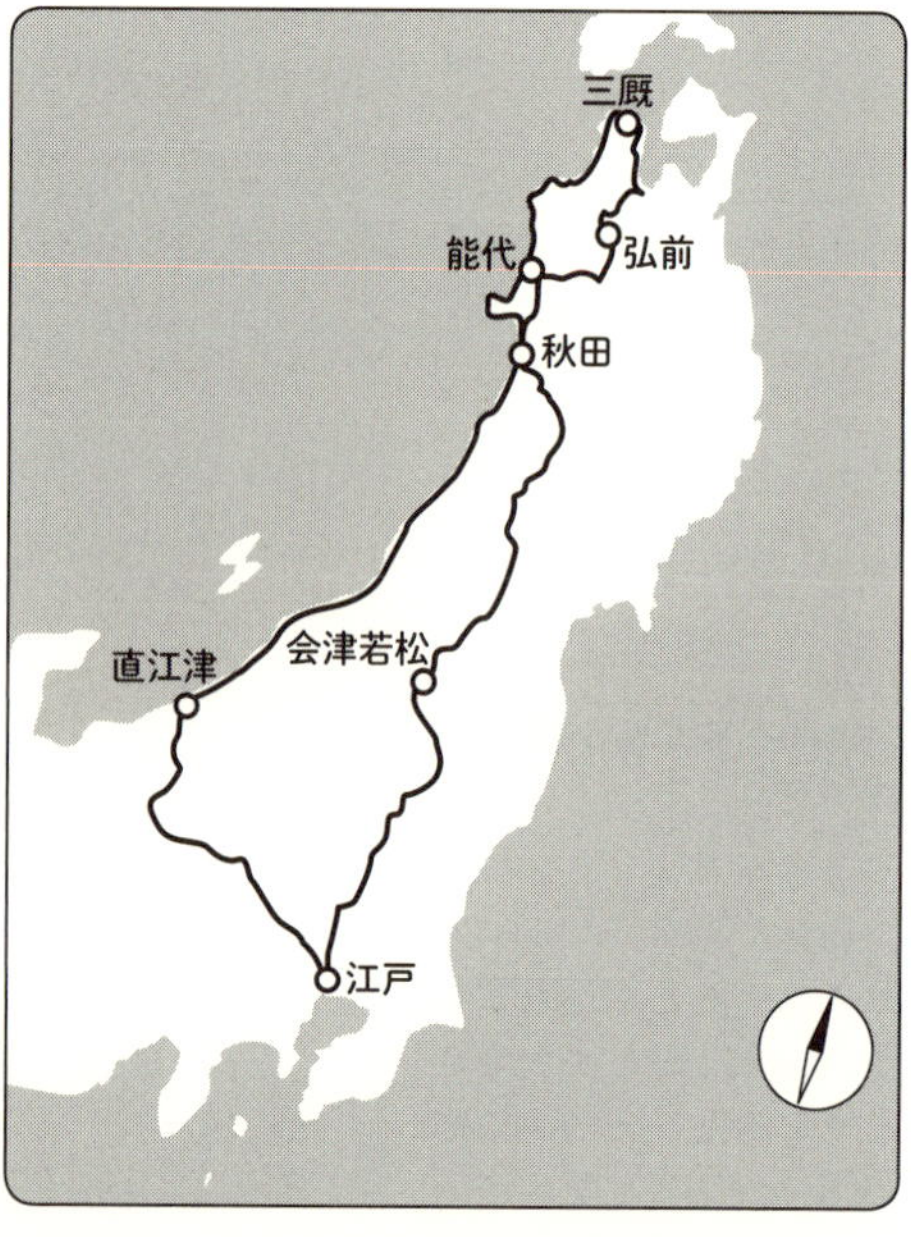

【第三次測量】

東北地方西部／1802年

宇都宮《うつのみや》、会津若松《あいづわかまつ》、秋田《あきた》、弘前《ひろさき》と東日本の内陸部《ないりくぶ》を北上。復路は三厩《みんまや》、能代《のしろ》と日本海側沿岸《えんがん》を南下し、直江津《なおえつ》からは山の多い内陸部を通って江戸《えど》へ。

で負担していましたが、三回目にはほぼ負担がなくなっています。

第四次は享和三年（西暦一八〇三年）二月から十月まで、東海、北陸地方を回りました。東海道沿岸を名古屋まで進み、そこから北上して日本海側を東に向かい、佐渡《さど》にも渡《わた》っています。

忠敬の測量の旅は、「御用《ごよう》」の旗をかかげておこなわれました。幕府の命令による公式の調査だということです。そのおかげで多くの藩《はん》は協力的でしたが、逆に警戒《けいかい》する藩もありました。

外様《とざま》の前田家が治める加賀《かが》藩は、忠敬が幕府の隠密《おんみつ》であり、軍事的な理由で藩内をさぐっているのではないか、と考えて、冷たく対応していました。忠敬たち

【第四次測量】

東海地方・北陸地方／1803年

東海道を西へ進み沼津《ぬまづ》へ。沼津《ぬまづ》からは太平洋沿岸をたどった。その後、日本海側を目指して内陸を北上。敦賀《つるが》から越後《えちご》の日本海沿岸を測量し、佐渡島《さどがしま》へも渡《わた》った。

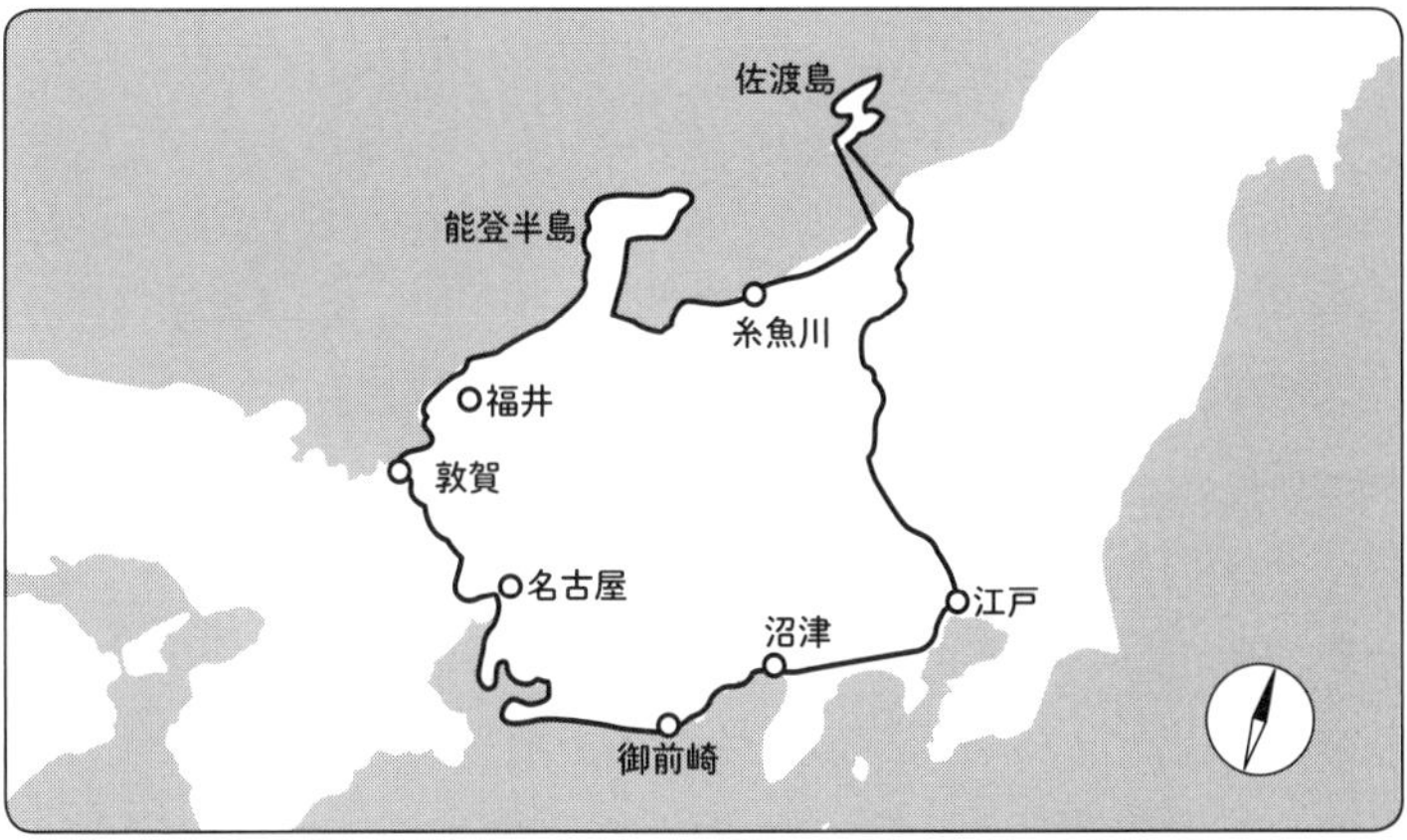

は地名も教えてもらえず、手伝いも出してもらえなかったので、大変に苦労しました。そのせいで、加賀藩の辺りの地図は書《か》き込《こ》みが少なくなっています。

第四次までで、東日本の測量が終わりましたので、忠敬はその成果を地図にまとめました。「日本東半部沿海地図《にほんとうはんぶえんかいちず》」と言います。

文化元年（西暦一八〇四年）に完成したこの地図は、それまでにない正確さと華麗《かれい》さで、幕府の重臣たちを感動させました。将軍家斉《しょうぐんいえなり》も地図を見ています。手がけたものを将軍に見てもらうというのは、大変な栄誉《えいよ》です。これにより、忠敬は正式に幕臣として取り立てられました。

さて、東日本が終われば、次は西日本

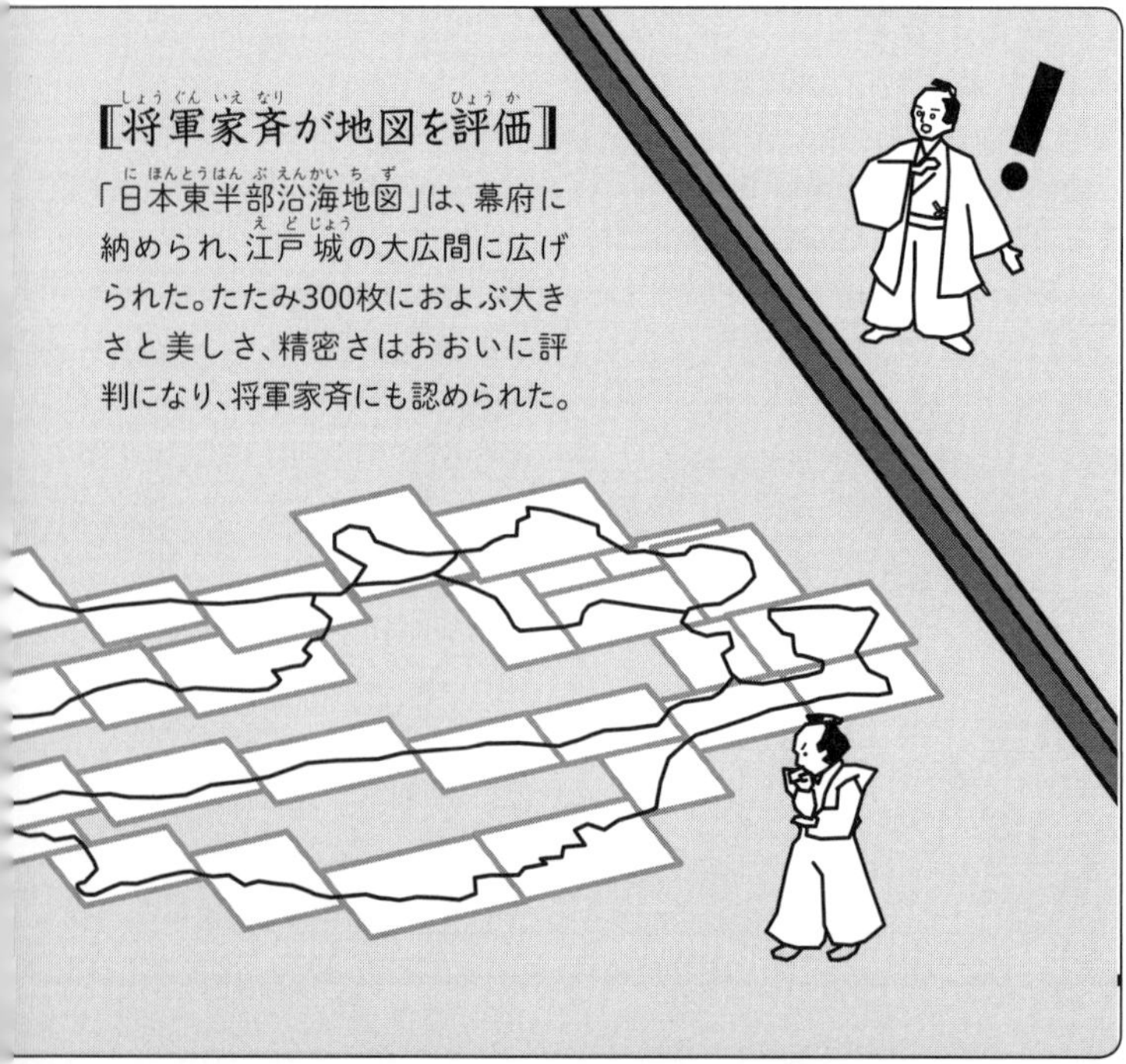

〖将軍家斉《しょうぐんいえなり》が地図を評価《ひょうか》〗

「日本東半部沿海地図《にほんとうはんぶえんかいちず》」は、幕府に納められ、江戸城《えどじょう》の大広間に広げられた。たたみ300枚におよぶ大きさと美しさ、精密さはおおいに評判になり、将軍家斉にも認められた。

です。もはや、蝦夷地などとは言ってられません。

西日本の測量は、幕府の主導でおこなう一大事業となりました。忠敬はその隊長という位置づけです。当初は、いちいち江戸には帰らず、三年ほどかけて測量して回るという計画でした。

ところが、自然が相手の仕事であり、また隊の規模が大きくなると問題も出てきまして、計画どおりには進みません。第五次の旅は、文化二年（西暦一八〇五年）二月から、翌年の十一月までで、近《きん》畿《き》と中国を測量して江戸に戻《もど》りました。

第六次は、文化五年（西暦一八〇八年）一月から翌年一月までかけて、四国を測量しました。九州は、第七次、第八

次の二回に分けて、文化六年（西暦一八〇九年）八月から、文化十一年（西暦一八一四年）の五月までかかりました。

西日本では、各藩が藩をあげて測量隊に協力しています。手伝いの人や舟《ふね》を出し、宿や食事を用意し、持っていた地図を提供しました。

それでも時間がかかったのは、東日本に比《くら》べて、西日本の海岸線は長く複雑であり、島が多いからでしょう。

その後、忠敬は参加しませんでしたが、弟子たちが伊豆諸島《しょとう》に渡って測量し、また江戸の町内の測量もおこなわれました。これに、間宮林蔵《まみやりんぞう》が測量した蝦夷地の北側をくわえて、日本地図がつくられるのです。

【幕府主導の事業へ】
将軍家斉《しょうぐんいえなり》が「日本東半部沿海地図《にほんとうはんぶえんかいちず》」を評価したことで、第五次以降の測量の旅は、地図づくりのための幕府の事業になった。多くの藩《はん》が忠敬《ただたか》らに協力し、測量を手伝う人足などを提供した。

4

朝方の曇天《どんてん》がうそのように晴れあがった午後である。

一行は汗《あせ》をぬぐいながら、言葉少なに歩いている。蝦夷地《えぞち》の短い夏は終わりに近づいているが、この日は暑かった。セミの声を耳ざわりに感じていたのははじめだけで、もうすっかり慣れてしまっている。

忠敬《ただたか》が急に足を止めた。

「どうした？　腹でも下したか」

相変わらず言葉づかいの乱暴な秀蔵《しゅうぞう》を無視して、忠敬は平次を呼んだ。

「あの辺りのようだ」

指さした草むらのほうから、波の音が聞こえてくる。くわしい説明はなかったが、平次にはわかった。

そこが、父が落ちた崖《がけ》なのだ。

「ちょっと見てきてもいいですか」

駄目《だめ》だと言われても、平次は行くつもりだった。その意思が通じたのか、忠敬はややあってからうなずいた。

「体に縄《なわ》を結んでいけ。くれぐれも気をつけるのだぞ」

「わかりました」

平次は間縄《けんなわ》を腰《こし》に巻きつけて結んだ。反対側は手近な木に回してから、秀蔵が持つ。

緑の濃《こ》い草と低木の生《お》い茂《しげ》った地面は、なだらかに傾斜《けいしゃ》して、海につづいている。道からはそのように見えるが、実際は先のほうで急に落ちこんで崖になっている。油断して足をすべらせたら、命がないだろう。

草むらに人が通ったあとはなかった。父がこの辺りを通ったとしても、一年前のことだから、無理もない。

平次は草をかきわけてそろそろと進んだ。草いきれがもあっと立ちこめて、頭がくらくらした。

黄色や赤の小さな花が咲《さ》き、トンボや蝶《ちょう》が飛びまわっている。地をはう影《かげ》は蛇《へび》か、トカゲか。小鳥の鳴き声も聞こえ、頭上はトンビが旋回《せんかい》している。あざやかで、生命にあふれた大地だ。

顔をあげると、海風が吹《ふ》き抜《ぬ》けていった。潮の香《かお》りが鼻をくすぐった。はるか彼方《かなた》に水平線が見えている。

ふいに何かが足もとを駆《か》け抜《ぬ》けた。平次はおどろいて跳《と》びあがりそうになった。視界のはしを茶色い影が走り去って行った。

「どうした？」

「たぶん、キツネです」

心臓が高鳴っている。平次は深呼吸して、さらに前へと進んだ。

だんだんと草が減ってきた。こげ茶色の土が目に入る。そして、大地の切れ目も判別できるようになった。巨大《きょだい》なくわで削《けず》りとられたような崖が、紺色《こんいろ》の海へと落ちこんでいる。

江戸《えど》にいては想像もできない、雄大な景色だ。

「それくらいにしておけよ」

背後で秀蔵がさけんでいる。

「いや、下まで見ないと」

平次の心は駆け出しそうになっていたが、実際には、ゆっくり足もとを確かめながら、崖のはしにたどりついた。足もとがいきなり崩《くず》れるのではないか。そういう恐怖《きょうふ》があって、足が動かなくなった。

体勢を低くし、そろそろと下をうかがう。

白波が岩に当たってはじけている。想像以上の高さだ。お城の天守でも、これほど高くはないだろう。見ていると吸いこまれそうになって、平次は身をふるわせた。ぞうりの下の土の感触を強く意識した。

「もういいだろ。戻《もど》れ」

秀蔵の声がけわしくなった。縄が軽く引かれる。

だが、平次はまだ引き下がるわけにはいかなかった。腹ばいになって顔だけを出し、崖の下のほうを見回す。

どこかに、父の痕跡《こんせき》が残っているかもしれない。

しかし、いくら目をこらしても、変わったものは見つけられなかった。ごつごつした岩《いわ》肌《はだ》と、ななめに生えた低い木、滝《たき》のように流れ落ちる水。江戸にいれば、一生見ることのなかった非日常的な風景がそこにある。自分が何をさがしているのか、わからなくなってきた。

父はここから落ちた。岩にたたきつけられ、海に飲まれた。百にひとつ、いや千にひとつも助かるまい。たとえどこかに引っかかったとしても、自力でよじのぼってくるのは無理だ。

そう、それは最初から理解していた。このために、来たわけではない。

「気がすんだか」

頭上から声が降ってきて、平次は我に返った。首をひねると、忠敬がたたずんでいた。危険をおかして、迎《むか》えに来てくれたのか。

「すまんが、時間がない。戻るぞ」

「はい。すみませんでした」

平次は立ちあがって、土を払《はら》った。恐怖心は、昼間の霧《きり》のように消え失せていた。

駆け足で道に戻ると、秀蔵に額をこつんと小突《こづ》かれた。

「何かあったか？」

平次は首を横に振《ふ》って、微笑《びしょう》を浮《う》かべた。

「いえ。でも、いいんです」

「いいって？」

「納得できそうなんです」

父の死については、最初から覚悟《かくご》していた。そのつもりだったが、やはりどこかで信じたくない気持ちがあった。それが、現場を目にして、ようやく吹っ切れた。

忠敬のおかげで、学問に真剣《しんけん》に取り組めていることも、前を向ける理由のひとつであろう。父の教えは、平次の中に生きている。地道にやれば、自分の才能を伸《の》ばすことができる。その先にあるものをつかみたい。

「そうか、よかったな」

秀蔵がにかっと笑った。

これで、父のことは一段落だと思った。だが、そうではなかったのである。

七月二十九日、伊能《いのう》隊は舟《ふね》に乗って、厚岸村《あっけしむら》に到着《とうちゃく》した。陸路がなかったため、舟で厚岸湾《わん》を渡《わた》ったのであった。

厚岸には詰所《つめしょ》があって、幕府の役人が交易の管理や治安の維持《いじ》につとめている。到着の翌日、忠敬はその役人に質問された。

「そなたらは、海岸線に沿って測量してきたそうだが、海上にあやしい船を見なかったか？」

「私どもは見ませんでしたが、うわさは聞きました」

忠敬は正直に答えて、逆にたずねた。

「ロシア船が近くに来ているのでしょうか」

「いや、はっきりした情報はないのだ。我々もうわさにおどらされているだけかもしれぬ」

忠敬と同年配の役人は眉間《みけん》に深いしわをよせた。

「この夏にかぎれば、目撃《もくげき》したという証言はない。ただ、春先には、択捉島《えとろふとう》でロシア船を見たという者がおってな。和人が船に乗っていたというのだ」

「そこから、さらわれたといううわさが生まれたのでしょうか」

「おそらくな。実際に、家族や知り合いがさらわれたという者はいない。アイヌからも、そのような話は聞いていない」

事実ならば、国際問題になる。このとき、幕府とロシアの関係は、あまりよいとはいえなかった。

八年前の寛政《かんせい》四年（西暦《せいれき》一七九二年）、ロシアの使者ラクスマンが根室をおとずれて、通商を求めた。

ラクスマンは、遭難《そうなん》してロシアに流れ着いた商人、大黒屋光太夫《だいこくやこうだゆう》の一行を送り返すという任務も負っていた。幕府は光太夫を送り届けてくれたことに感謝し、丁重にあつかったが、外国との交渉《こうしょう》はあくまで長崎《ながさき》で、という規則は変えなかった。ラクスマンは仕方なく帰国している。

その後、ロシアの皇帝《こうてい》が代替《だいが》わりしたせいもあって、正式な使者は来ていない。ただ、千島列島や樺太《からふと》など、どちらの領土かはっきりしていない地域では、小競り合いも起きているという。

「ともかく、この先に進むなら、気にとめておいてくれ」

「承知しました。何かわかりましたら、報告します」

「頼《たの》むぞ。小さなことでもかまわないから」

かしこまりました、と頭を下げながら、忠敬は意外に思っていた。幕府の役人には、面《めん》倒《どう》な仕事をしたくないから、と、小さな問題には目をつぶる者が多い。この男はめずらしく、まじめで仕事熱心なようだ。褒《ほ》められるべきことだが、忠敬たちにとっては、いささかやっかいかもしれない。

その日の宿となるあばら屋に戻って、忠敬はみなにこの件を話した。

「念のため、おまえたちも注意してくれ」

秀蔵がいきなり言った。

「その、和人っていうのは、もしかしたら平次の親父じゃないのか」

「おい、秀蔵」

忠敬はするどくたしなめた。

平次の父親はだれもが死んだと思っているが、死体が見つかっているわけではない。ロシア人にさらわれて船に乗っていてもおかしくはないのだ。堀田《ほった》隊は自分たちの失敗を隠《かく》すために、口裏を合わせてうそをついているのかもしれない。堀田の性格からは考えにくいが、ありえないとは言い切れない。また、崖から落ちても生きていて、ロシア船に助けられたということも考えられる。

だが、どれも万にひとつもないだろう。今あるだけの情報で結びつけるのは無理がありすぎる。

思いつきを口にして、いたずらに期待をもたせるのはよくない。

そうした忠敬の気持ちは、秀蔵には伝わらなかった。

「だって、この前は納得したって言ってたけど、生きていたらうれしいだろ」

秀蔵としても、純粋に平次のためを思っているのである。

「そりゃあ、そうですけど」

平次の応答は煮《に》え切《き》らない。今ごろになって希望が出てきても、とまどうばかりだ。しかし、何の根拠《こんきょ》もないが、そのロシア船に乗っていたのは父にちがいない、という気もするのだ。

「あまり深く考えないほうがいい。さあ、今日は下図をまとめて、夜は測量だ。準備を頼むぞ」

忠敬はやや強引に、話を終わらせた。平次がせっかく父の死を乗りこえられそうなのだから、寄り道はさせたくなかった。

大黒屋光太夫《だいこくやこうだゆう》の冒険《ぼうけん》

大黒屋光太夫《だいこくやこうだゆう》は宝暦《ほうれき》元年（西暦《せいれき》一七五一年）、伊勢国《いせのくに》（今の三重県）の商人の家に生まれました。船頭として働いていた光太夫の運命が変わったのは、天明《てんめい》二年（西暦一七八二年）でした。

紀州藩《きしゅうはん》の米を江戸《えど》に運ぶ船が嵐《あらし》にあって、漂流《ひょうりゅう》してしまったのです。七か月にわたって海をただよった末に、流れついたのは、はるか北、アリューシャン列島のほぼ中央部にあるアムチトカ島でした。現在はアメリカ領ですが、当時は先住民とロシア人が暮らしていました。

[大黒屋光太夫《だいこくやこうだゆう》]

（1751年-1828年）

伊勢国《いせのくに》の船乗りだった光太夫は台風にあい、アムチトカ島に漂着《ひょうちゃく》した。それから10年後の1792年、ロシア使節団に連れられ、蝦夷地《えぞち》(根室)に帰りついた。

光太夫らは、この島で四年暮らし、ロシア人とともに船をつくって脱出《だっしゅつ》します。まずはシベリアのカムチャツカに到着《とうちゃく》しましたが、ここでも飢《う》えと寒さに苦しみました。二年後の寛政《かんせい》元年（西暦一七八九年）、光太夫はシベリアの役所があるイルクーツクにたどりつきます。このとき、一行は最初の十七人から、六人にまで減っていました。

光太夫はロシア側に帰国を許してくれるよう頼《たの》みましたが、なかなか受け入れられないまま、二年がたちます。当時、ロシアは日本語学校をつくっており、光太夫をその教師にやとおうとして、引きとめていたのです。

光太夫は統率力や語学の能力を高く評

【光太夫《こうだゆう》の脱出《だっしゅつ》計画】

当初、光太夫らはロシア人を迎《むか》えにくる船に乗って、アムチトカ島から脱出する計画だった。ところが、迎えの船も嵐《あらし》のため、島到着《とうちゃく》目前で座礁《ざしょう》してしまう。光太夫らとロシア人は、船の残骸《ざんがい》や流木など、ありあわせの材料で船をつくり、脱出した。

価されており、人あたりもよくて、ロシア人にも信頼《しんらい》されていました。それが逆にわざわいしていました。

　しかし、ここでキリル・ラクスマンという学者が救いの手を差しのべます。キリルは光太夫を連れて都のサンクトペテルブルクにおもむき、女帝《じょてい》エカチェリーナ二世に謁見《えっけん》する手はずを整えてくれました。光太夫はサンクトペテルブルクに七か月滞在《たいざい》し、各界の有力者に会い、様々な施設《しせつ》を見学して、江戸時代の日本人としてはきわめてまれな体験をしました。

　女帝は光太夫を気に入り、また、日本との国交樹立をもくろんで、帰国を許可します。キリルの息子アダム・ラクスマ

【ロシア使節団と光太夫《こうだゆう》】
ラクスマン（図・右端《みぎはし》）ら使節団の根室来航は、光太夫（左から3番目）らの返還《へんかん》と、日本との国交樹立が目的だった。
「幸太夫と露人蝦夷ネモロ滞居之圖」／早稲田大学図書館所蔵

ンがロシアの使者として同行し、光太夫は根室にたどりつきました。

　寛政四年（西暦一七九二年）の帰国ですから、遭難《そうなん》してから十年がたっています。この間、光太夫はアリューシャン列島からシベリアへ、そしてシベリアを横断してサンクトペテルブルクへ、そこでヨーロッパの先進文化にふれ、再びシベリアを横断、オホーツク海を渡《わた》って日本に帰るという、大冒険《だいぼうけん》を成しとげました。

　ロシア正教に改宗してロシアに残った者もいて、帰国を果たしたのは、光太夫含《ふく》め三人、うちひとりは根室で病死したので、江戸まで帰ったのはたったふたりです。江戸時代は海外への渡航《とこう》が厳しく禁じられていましたが、かれらは事情が

事情ですので、重い罰《ばつ》は受けませんでした。

光太夫のめずらしい経験ともたらした情報は、幕府にとってきわめて貴重なものでした。江戸《えど》城《じょう》内でおこなわれた聞き取りには、将軍《しょうぐん》家斉《いえなり》も立ち会ったといいます。光太夫の話した内容は旅行記と地理書にまとめられ、多くの人に読まれました。光太夫自身も蘭学者《らんがくしゃ》たちと交流して、じかに情報を伝えています。

光太夫は江戸に屋敷《やしき》を与《あた》えられ、幕府の保護のもとで、文政《ぶんせい》十一年（西暦一八二八年）まで生きました。

かつて、光太夫は江戸から出られず、なかば囚人《しゅうじん》のような生活を送ったと考えられていました。しかし、昭和の終わり

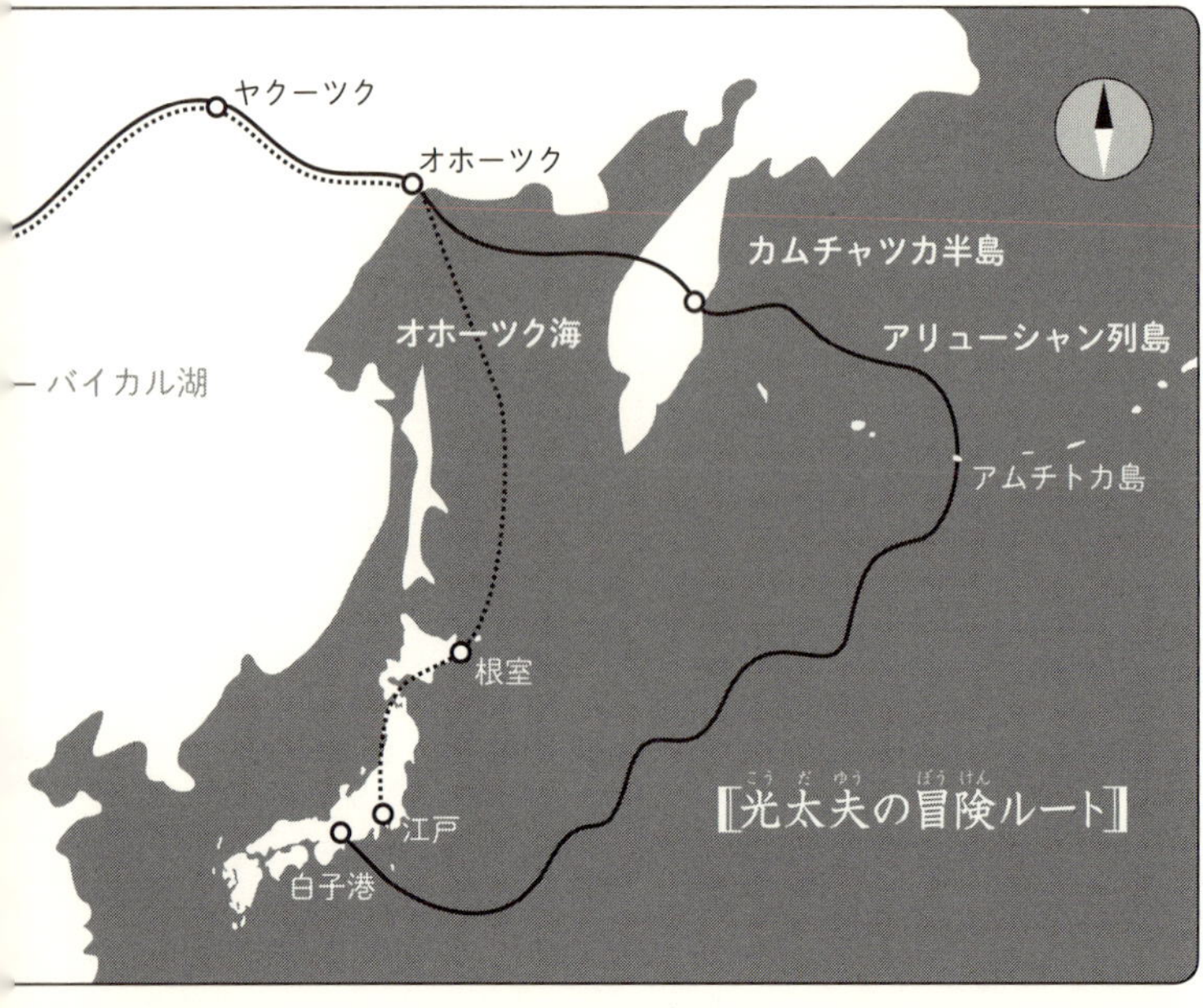

ごろに新しい史料が発見された結果、それなりに自由に暮らしており、伊勢にも里帰りを果たしていたということがわかっています。

　ちなみに、光太夫のあとにも、漂流の末にロシアにたどりついて、帰ってきた人はいます。なかでも、寛政五年（西暦一七九三年）にアリューシャン列島に流れ着いた若宮丸《わかみやまる》の水夫、津太夫《つだゆう》、儀兵衛《ぎへえ》たちは、光太夫と同じようにサンクトペテルブルクまで行き、最終的に四人がロシアの使者といっしょに帰ってきました。このときの使者は、サンクトペテルブルクから西回りの航路をたどって、日本に来ました。大西洋を渡り、マゼラン海《かい》峡《きょう》で南米を回り、太平洋をななめに突《つ》っ

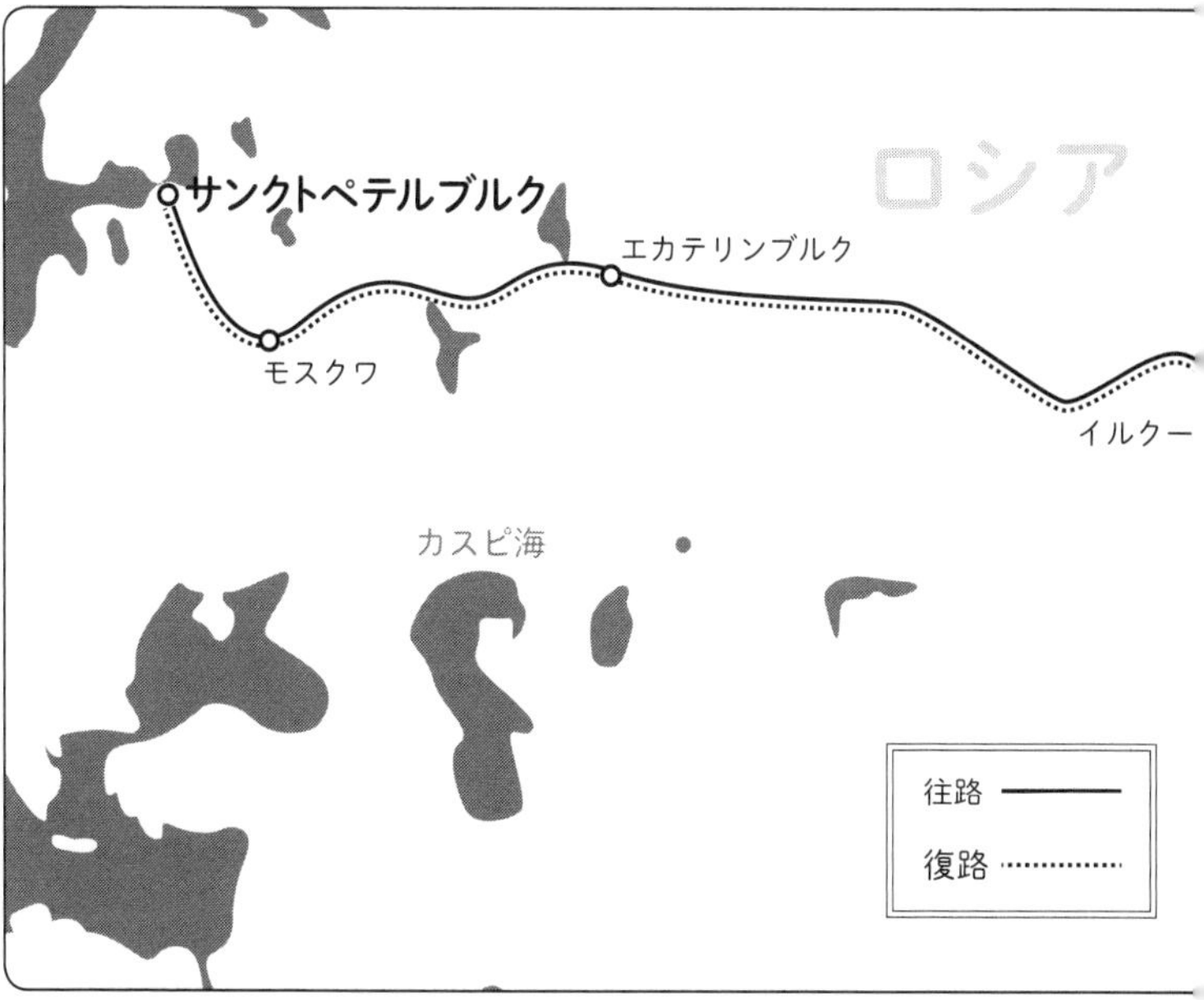

切《き》るというルートです。かれらはそれまでに、日本からロシアまで行っていますから、この航海で地球を一周したことになりました。記録に残っているかぎりでは、日本人として初めての偉業《いぎょう》です。

　ただ、かれらはそれほど有名ではありません。あまり読み書きが得意でなく、教養もなかったので、見聞をうまく伝えることができなかったからだとされています。

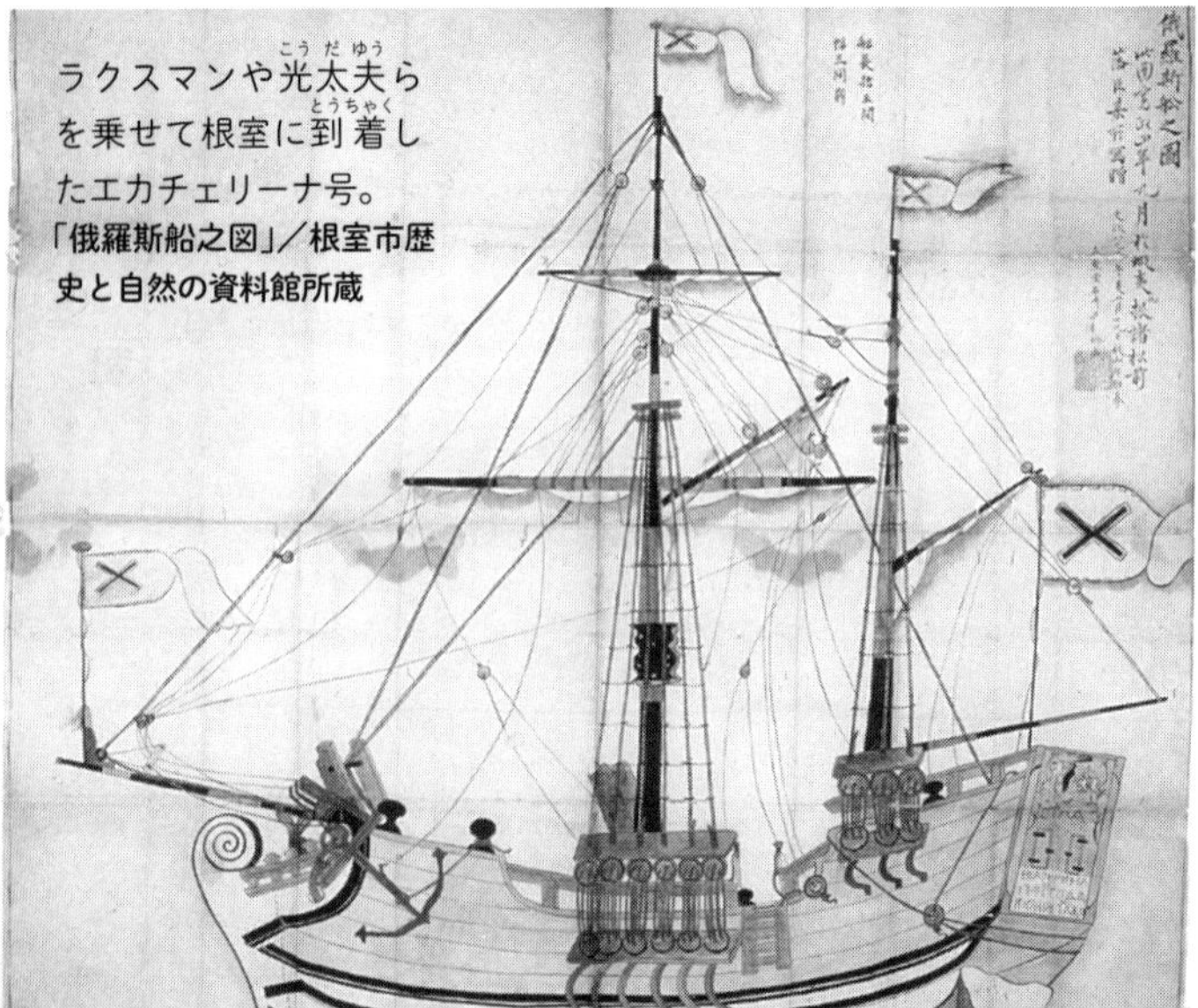

ラクスマンや光太夫《こうだゆう》らを乗せて根室に到着《とうちゃく》したエカチェリーナ号。
「俄羅斯船之図」／根室市歴史と自然の資料館所蔵

5

八月四日、測量隊の一行は、姉別《あねべつ》の地で根室に向かう舟《ふね》を待っていた。厚岸《あっけし》から根室までは、まだ道が充分《じゅうぶん》に開かれておらず、川を行く舟も使いながらの旅になる。したがって、歩測はあきらめ、天体観測のみをおこなっていた。

ところが、根室から迎《むか》えにくるはずの舟が来ない。

厚岸であらかじめ予定を調整していたのにもかかわらず、約束が守られていない。それくらいの遅《おく》れには慣れているが、一行には不安が広がっていた。どうも妙《みょう》な雰囲気《ふんいき》がしている。

翌日も舟は来ず、次の日も遅くなってから、ようやくやってきた。

「伊能殿《いのうどの》、相談がございます」

忠敬《ただたか》は身がまえたが、相談の内容は意外なものだった。この時期は川にのぼってくる鮭《さけ》をとる漁が盛んで、根室の住民はみな西別川《にしべつがわ》の河口に集まっている。無人の根室に行っても仕方がないので、とりあえず西別をめざしてはどうか。

「西別から、根室か国後《くなしり》には渡《わた》れるのか」

「それは行ってみないとわかりません。根室の役人の方々もみな西別に来ておりますので……」

どうやら選ぶ余地はなさそうなので、忠敬は受け入れた。

八月七日、一行は舟と徒歩で、西別にたどりついた。掘《ほ》っ立《た》て小屋がならぶ集落だが、大勢の人が働いていて、活気にあふれている。男も女も老人も子どもも、鮭を開いていくらを取り出したり、鮭を塩漬《しおづ》けにしたり干したり、網《あみ》をつくろったりと忙《いそが》しく、歌うように声をかけながら作業をしていた。生臭《なまぐさ》い魚のにおいがたちこめていて、息がつまりそうだったが、すぐに慣れた。

一行は宿舎として与《あた》えられた掘っ立て小屋に落ちついた。忠敬は測量の準備を指示して、さっそく役人に会いに出かける。

壮年《そうねん》の役人は申し訳なさそうに言った。

「このような状況《じょうきょう》ですから、舟を出すのは難しいのです。根室にはひとりも残っていませんし、こちらにある舟では国後には渡れません。お上の命令であれば、何とかしますが、少し日にちをいただかないと……」

「むう、困りましたな」

高圧的に言われたら反発したかもしれないが、ていねいな物腰《ものごし》だったので、忠敬も強くは主張しなかった。

舟を出させるということは、休む間も惜《お》しんで働いている人を別の仕事に駆《か》り出《だ》すということだ。忠敬は佐原《さわら》で商売をしていたころ、お上のそういった要求に苦労した経験があった。

「もし、厚岸へお帰りでしたら、人をやって迎えを手配します。そちらの舟はおそらく用意できるでしょう」

旅はここまでにして帰ったらどうか、と役人はすすめている。たしかに、これ以上日数をかけると冬が来てしまう。無理に島に渡って、嵐《あらし》で帰れなくなったりしたら、一大事だ。迷うまでもない。忠敬は決断を下した。

「わかりました。帰りの手配をお願いします」

小屋に戻《もど》った忠敬から決定を聞いて、一行は疲《つか》れた笑みをかわしあった。長い測量の旅はここが到達点《とうたつてん》で、あとは帰り道になる。

「そうか、ここまでか。江戸《えど》からはるばる、よく来たよな」

秀蔵《しゅうぞう》が大げさにため息をつく。

「ほっとするのは、江戸に帰ってからにしましょうよ」

平次が言うと、秀蔵がにやりと笑った。

「そうだな。これからまだ事件があるかもしれないし」

「やめてくださいよ、不吉《ふきつ》な」

平次の頭をかすめたのは、やはりロシア船のことである。もう少し情報を集めて、父ではないとはっきりさせたい気持ちがある。宙ぶらりんなのは嫌《いや》だ。

秀蔵がたきつける。

「別に不吉じゃないぞ。おもしろい事件かもしれない」

ぱん、と忠敬が手をたたいて、ふたりのやりとりを終わらせた。

「遊んでいるひまはない。出発は明後日だが、せっかく天気が良くて、国後や根室が見えるのだ。それまでにできるだけ測量をするぞ」

「はいはい」

秀蔵が立ちあがった。投げやりな返事とは裏腹に、動作は軽やかだ。これでひと区切りと思うと、疲れていても身体が動く。

一行は場所を決めて、国後や根室などの一地点の方位を測った。次いで、間縄《けんなわ》で厳密に距離《きょり》を測った別の場所から、同じ地点の方位を測る。

そうすれば、遠くの地点までの距離が計算できるのだ。方位を測る場所を増やせば、誤差は少なくなる。

二日間にわたる作業が終わった夕方、平次と秀蔵は集落に聞きこみに出かけた。

「聞きこみって、どうするんですか。おれなんかが相手をしてもらえるのでしょうか」

「まあ、任せとけって」

及《およ》び腰《ごし》の平次を引きずるようにして、秀蔵は広場へ向かった。仕事を終えた男たちが、車座になって酒を飲んでいる。秀蔵はためらいなく輪に入りこんで、ロシア船の和人についてたずねた。

たちまち、話がふくらんで、赤い顔をした男たちが口々に話し出す。

「ああ、うわさはおれも聞いたよ。アイヌじゃねえかって言われてるけどな」

「いや、おれの兄貴の嫁《よめ》さんの弟が見たってよ。ロシア船が択捉《えとろふ》で水を積んでて、そこに和人がいたって」

「おいおい、それは、お役人に知らせないとまずいだろ」

「だれがそんな面倒《めんどう》なことするかよ」

そこで、男たちの目が秀蔵に集まった。秀蔵はあわてて手を横に振《ふ》る。

「おれはお役人なんかじゃないですよ。苦労させられてるほうです」

「だろうな。そういう顔をしてるわ」

なごやかな雰囲気で、話が聞けた。知人が見たという者は多いが、直接の目撃《もくげき》証言はなかった。やはり、うわさにすぎないのだろうか。

「そういう話が出るようになったのは、いつからですか」

平次は聞いてみた。毎年のことなら、父とは関係がない。

男たちは顔を見あわせた。

「そうだなあ。今年に入ってからかなあ」

ひとりが言うと、一同がうなずいた。

「ロシア船の話はよく聞くが、和人がいるというのは最近だな」

心がざわつくのを、平次は感じた。

礼を言って、輪を離《はな》れる。根も葉もないうわさどころか、少しずつ父に近づいているのではなかろうか。

「次はあっちだ」

秀蔵が目をつけたのは、先ほどより小さな輪だった。六、七人の男たちがたき火を囲んでいる。髪型《かみがた》と服装が独特なので、すぐにアイヌだとわかった。和人の商人にやとわれて働いているのだろう。

男たちがアイヌ語で話しているところに、秀蔵はためらいもなく日本語で話しかけた。

「すみません、ロシアの船について聞きたいのですが……」

たちまち視線が集中する。秀蔵は一瞬《いっしゅん》ひるんだが、すぐに笑顔をつくりなおした。

「和人やアイヌがロシアの船に乗ってるって話、知りませんか」

アイヌの男たちは黙《だま》りこんだ。値ぶみするように、秀蔵と平次を見つめている。言葉が通じていないのだろうか。そう思ったとき、ひとりが口を開いた。

「おまえたち、何者？」

正直に答えてよいものか。警戒《けいかい》されないだろうか。平次が迷っているあいだに、秀蔵が答えた。

「おれは秀蔵、こっちは平次。幕府の天文方に命じられて、測量しにきました。おれたちは手伝ってるだけですが」

男たちの顔色が変わった。やはりまずかったか。幕府は嫌《きら》われているにちがいない。

ひとりの男が立ちあがって、秀蔵の前に進んだ。背が低くて毛深い男で、年齢《ねんれい》の見当はつかない。

「てんもんかた、と言った？」

「ああ、そうだけど」

「少し、ここ、いろ」

男は小屋のほうに走っていった。ほかのアイヌたちはひと言も話さず、秀蔵と平次を見つめつづけている。

落ちつかないまま、ふたりは男が戻ってくるのを待った。さすがの秀蔵も、軽口をたたく余裕《よゆう》はない。

長いようで短い時がすぎて、男が駆け戻ってきた。細長い板切れを手にしている。

「てんもんかたの人、もし、たずねてきたら、わたせ、たのんだ」

「ありがとう」

秀蔵が礼を言って受けとった。平次はすでに板切れから目が離せなくなっていた。一番下に、署名が書かれている。

「上林彦左衛門《ひこざえもん》」

まぎれもなく父の名であり、父の筆跡《ひっせき》だ。それを確認すると、平次はアイヌに視線を向けた。

「いつ頼《たの》まれたのですか。その人はどこにいるのですか。何か言ってましたか」

立てつづけに聞くと、男は顔をしかめて首を振った。早口すぎてわからないようだ。別の男が口を開いた。

「そいつも別のアイヌに頼まれたんだ。おれたちはくわしい事情は知らんよ」

「そうですか。とにかく、ありがとうございます」

平次はあらためて、板切れに書かれた文字を読んだ。

「神の魚より壬《みずのえ》に二里二十町」

「……宝でも埋《う》まってるのかな」

秀蔵が首をひねった。

平次は呆然《ぼうぜん》としている。

天文方の者を選んで渡そうとしたとすると、手紙だろうか。しかし、どうしてそんな手のこんだことをするのか。そもそも、父は生きているのか。

「壬に二里二十町」というのは、方角と距離をあらわしている。北北西に約十キロメートルだ。

だが、「神の魚」とは何だろう。地名か場所を示しているように思われるが……。

秀蔵がアイヌたちに文言を訳してきいてみたが、だれも心当たりはないという。

「息子だけが知る合言葉とかじゃないのか」

「ううん、聞いたことない」

平次は記憶《きおく》をさぐってみたが、それらしいものは思いつかない。

「神の魚、神の魚……」

つぶやいてみても、答えが出てきそうにはなかった。

忠《ただ》敬《たか》のつくった地図

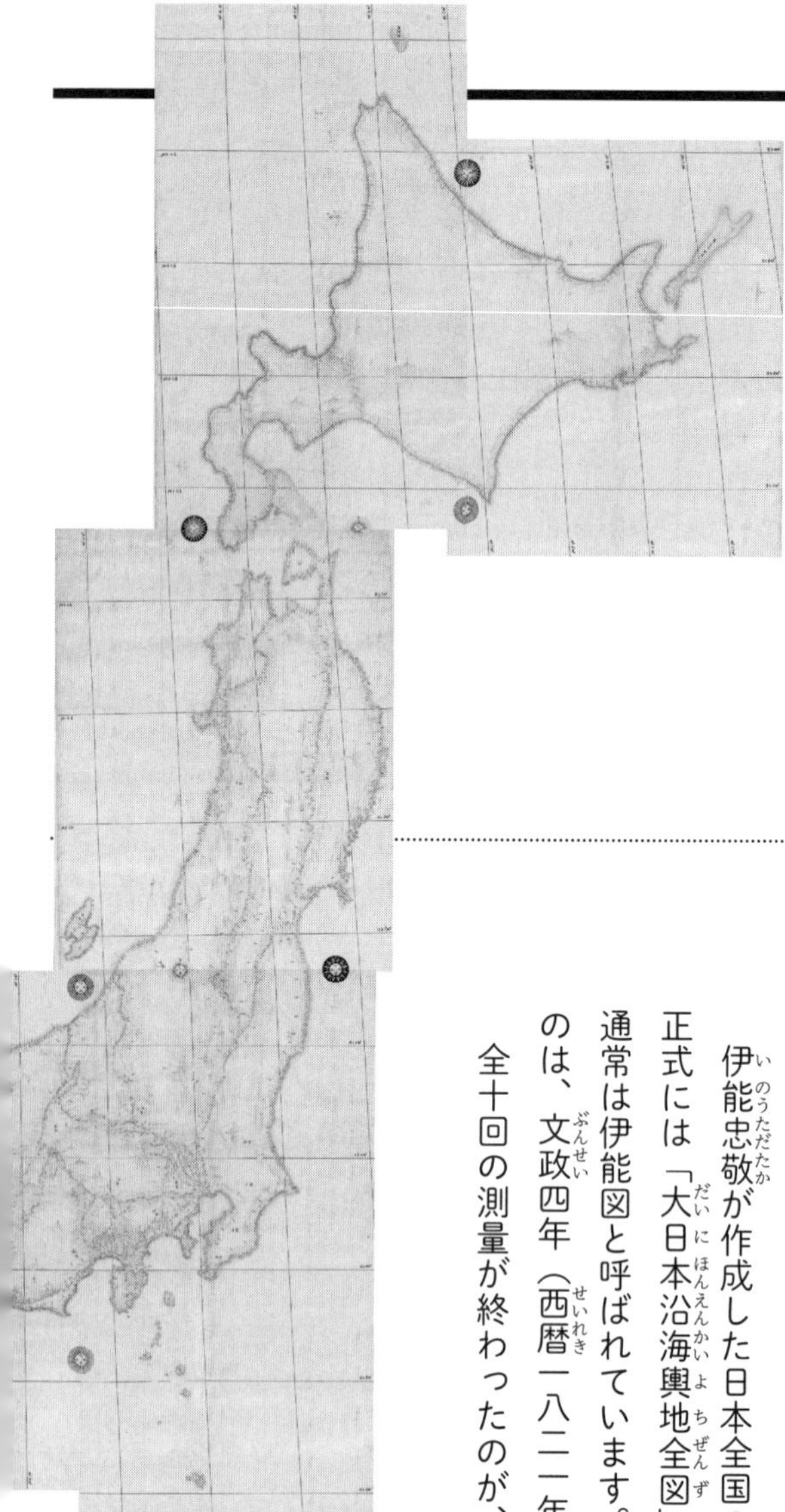

伊能忠敬《いのうただたか》が作成した日本全国の地図は、正式には「大日本沿海輿地全図《だいにほんえんかいよちぜんず》」といい、通常は伊能図と呼ばれています。完成したのは、文政《ぶんせい》四年（西暦《せいれき》一八二一年）でした。全十回の測量が終わったのが、文化十三

年（西暦一八一六年）ですから、それから五年の歳月《さいげつ》がかかりました。この間、忠敬は文政元年（西暦一八一八年）に亡くなってしまっています。残念なことに、完成した地図を見ることはできなかったのです。

伊能図は山や川、湖などの絵が描《えが》かれ、色が塗《ぬ》られた美しい地図で、大きさによって三種類に分けられます。

大図は縮尺が三万六千分の一、全部で二一四枚からなります。一枚がたたみ一《いち》畳分《じょうぶん》くらいあり、つなげて一枚の日本地図にするには、バスケットコート四面くらいの面積が必要になります。大図には、国、郡、村の名前、山や川の名前、領主の名前など、大きい分、情報がつ

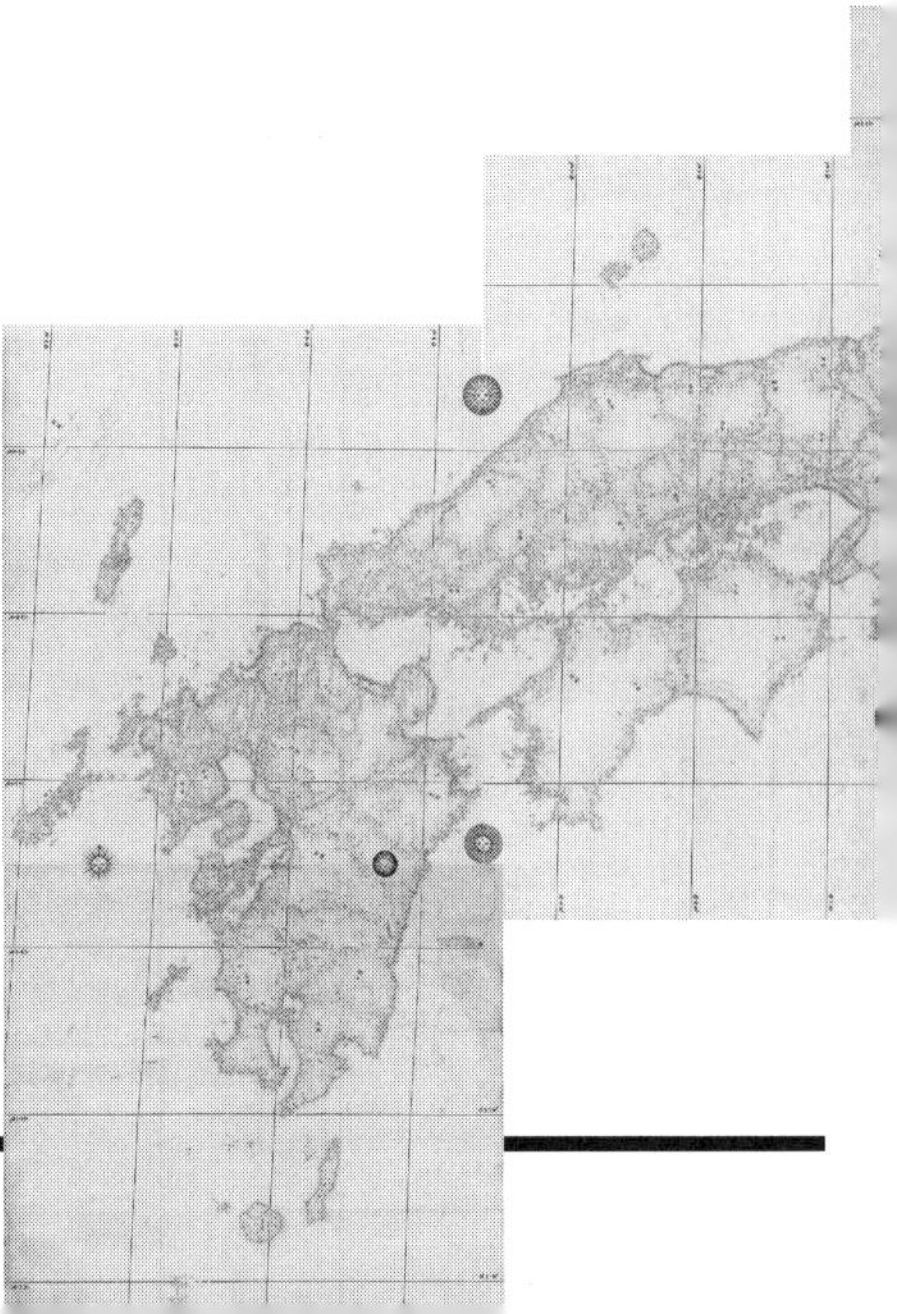

『大日本沿海輿地全図《だいにほんえんかいよちぜんず》』

忠敬《ただたか》の死から３年後の1821年、その遺志を継《つ》いだ高橋景保《たかはしかげやす》らが完成《かんせい》させた。「伊能図《いのうず》」とも呼ばれる。

大日本沿海輿地全図（中図）／NISSHA株式会社所蔵

まっています。

　中図は縮尺が二十一万六千分の一、八枚からなります。大図に比べて、地名などは省略されていますが、経線と緯線《いせん》が引かれています。

　小図は縮尺が四十三万二千分の一、三枚からなります。記載《きさい》はさらに省略されていますが、持ち運びしやすく、実用性は高くなります。

　これらの精密な地図をつくるには、測量とはまた別の苦労がありました。そもそも、立体の地球を平面の地図にあらわすのに無理があるので、どうやってもどこかに矛盾《むじゅん》が出てきます。たとえば、現在、一般的《いっぱんてき》なメルカトル図法は、当時の西洋でも使われていましたが、南北両極

大図《だいず》

縮尺　1/36,000

１里(約４㎞)を３寸《すん》６分(約11㎝)に縮小したもの。全214枚からなる。

に近づくほど、ゆがみが大きくなって、面積が広くあらわされてしまいます。

　忠敬は、地図を平面にあらわす方法について、あまりくわしくなかったため、作成に時間がかかってしまいました。完成版も、当時の技術的な限界から、とくに蝦夷地《えぞち》のほうの経度が若干ずれてしまっています。それでも、粘《ねば》り強《づよ》く修正《しゅうせい》をくりかえして、ほぼ正確な地図をつくった努力は尊敬に値します。

　伊能図の特徴《とくちょう》のひとつに、針を使った下図があります。測量した街道や海岸線などの線を描くとき、まずはじまる位置に針を刺《さ》します。次に計算で求めた終わりの位置に針を刺します。そして、曲がる位置ごとに細かく針を刺していき、最

【3種類の伊能図《いのうず》】

伊能図には大図、中図、小図の３種がある。実測した値を36,000分の１に縮小した大図。大図を６分の１に縮小した中図。中図を２分の１にした小図。

中図

縮尺　1/216,000

１里（約４㎞）を６分（約２㎝）に縮小したもの。全８枚からなる。

小図

縮尺　1/432,000

１里（約４㎞）を３分（約１㎝）に縮小したもの。全３枚からなる。

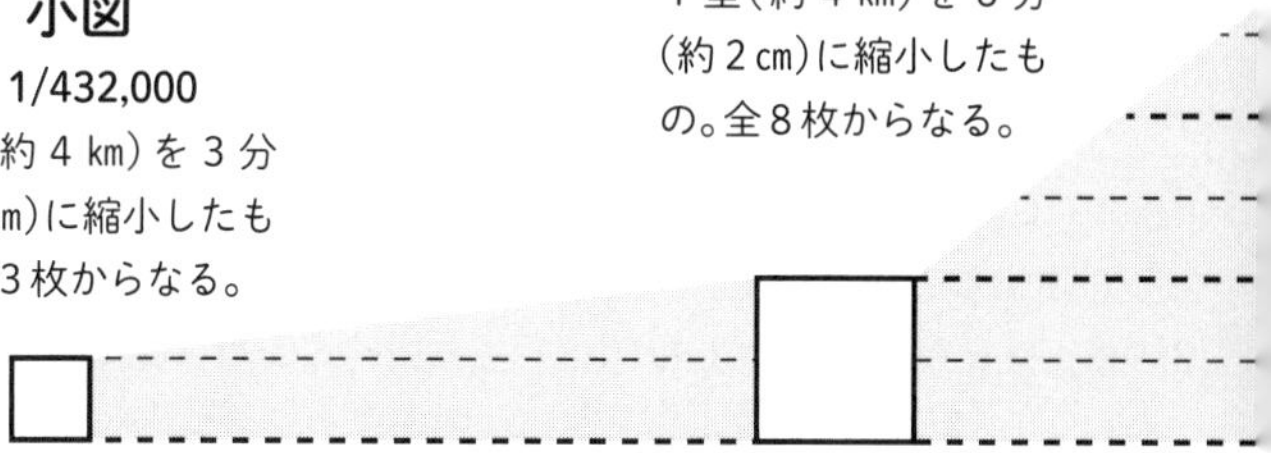

後に針穴を結んで線を描きます。このとき、測量や計算にミスがあると、うまくつながらないので、ミスがないか確認しながら進めることができます。

針を使う利点は、複製が簡単にできることです。紙を重ねて針穴にもう一度針を刺せば、一度に何枚も印がつけられます。そのあとで点をつなげば、一枚一枚重ねて写すより、はるかに速く正確にコピーができるのです。

ちなみに、曲がる位置ごとに点を打ってつなげていくのは、現代のパソコンで地図を作成するときのやり方と同じです。時代や道具が変わっても、根本的なやり方が変わらないのは、おもしろいところです。

【伊能図《いのうず》のつくり方】

1 下図を描《か》く

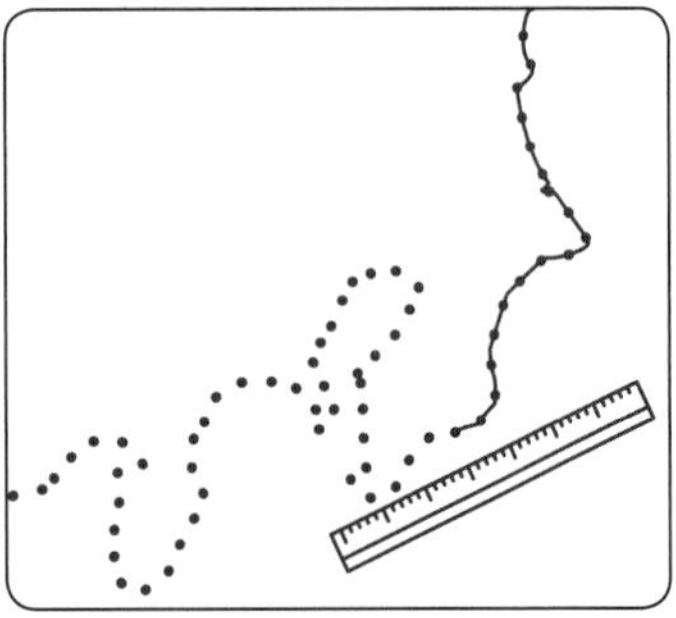

下図用の紙に、測量で記録した数値をもとに、まず始点と終点に針穴をあける。その後、折れ曲がる地点ごとに針で穴をあけ、側線（測量で歩いた道筋）を墨《すみ》で結ぶ。

2 誤差を修正する

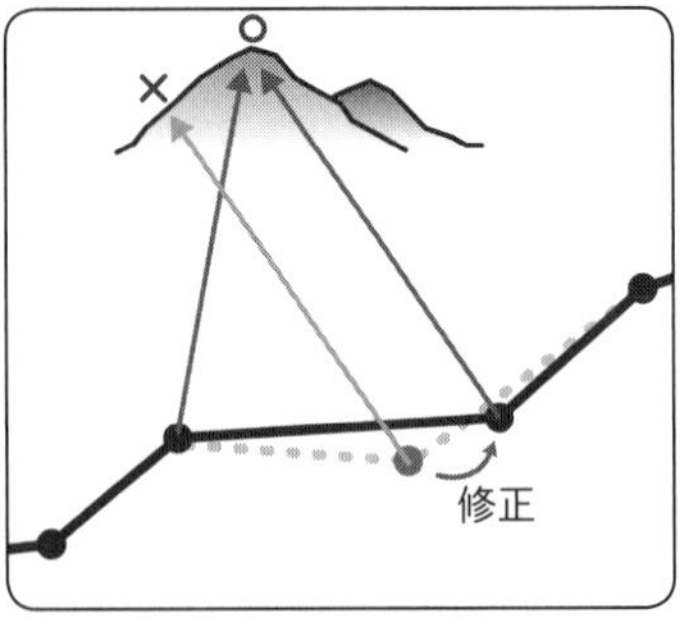

下図をまとめるさい、必ず誤差が出る。これを、天体観測のデータや、交会法（281ページを参照）で測定した、山や大きな木などの位置を確認しながら、修正していく。

さて、こうして作成された伊能図ですが、幕府に提出された正本は、明治に入ってまもなく、火事で焼けてしまいました。ただ、さまざまな品質の写しがつくられており、日本各地、世界各国に散らばって、今でも残っています。

伊能図はあとで述べるシーボルト事件などで、欧米《おうべい》にも伝わりました。その出来映えと正確さは、当時の先進国に衝撃《しょうげき》を与《あた》えています。

正確な地図の存在は、国の力をあらわす要素のひとつです。科学や文化のレベル、そして国の支配が国土のすみずみにいきわたっているかどうか。そうしたことが、一枚の地図からわかるのです。

幕末から明治にかけては、欧米列強が

3 地図を清書する

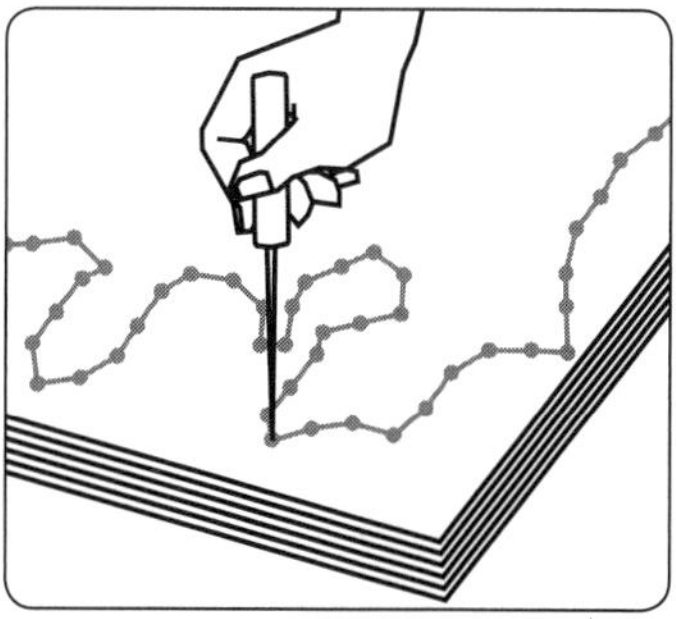

下図の下に清書用の紙を何枚か敷《し》き、動かないように固定する。下図の測量点にそって、針をとおし、針穴を朱色《しゅいろ》の墨《すみ》でつなげていくと、何枚もの測線だけの地図ができあがる。

4 情報《じょうほう》を記入する

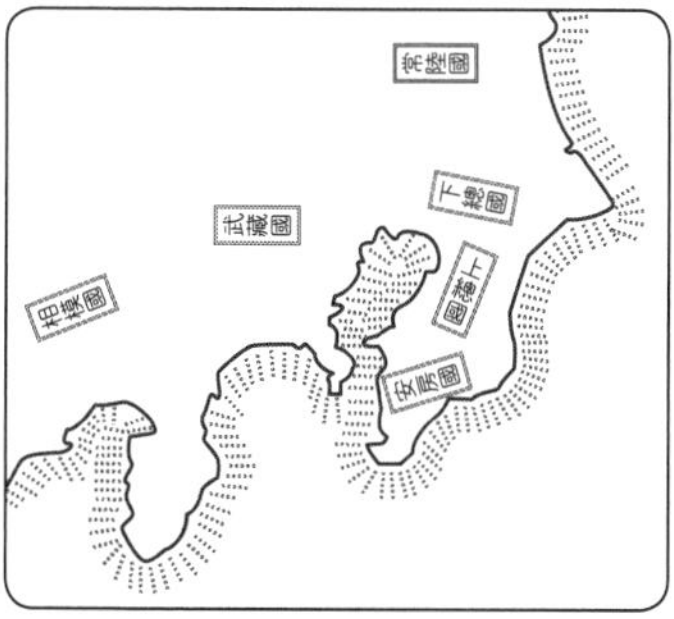

測線だけの地図に風景や建造物など、現地で写生した絵を描き写し、地名や領主名などを書き入れる。また、宿場や城《しろ》、寺社なども「地図合印」という判子であらわし、地図が完成する。

アジアへの侵略《しんりゃく》を強めていた時代です。そのなかで、日本は外国の侵略を受けないで国づくりを進めることができました。それは幕府や明治新政府の努力があってのことですが、その背景には、伊能図がしめすような日本の国力を諸外国が評価していた事実があります。

明治期には、伊能図をもとにした地図がいくつも出版されました。道路や鉄道の建設など、殖産興業《しょくさんこうぎょう》には正確な地図が不可欠ですが、そのいしずえとなったのも伊能図です。

ひとりの老人の熱意によってはじまった測量事業は、国の将来に大きな影響《えいきょう》を与えたのです。

〚イギリス海軍が認めた伊能図《いのうず》〛

日本が開国したばかりの1861年。イギリス海軍が日本沿岸の測量を強行しようとしていたさい、居合わせた幕府の役人が持っていた伊能図の写しをみて驚嘆《きょうたん》。測量計画を取りやめ、幕府から写しをゆずり受けて、国に帰った。

四章
地図

1

八月十一日（九月二十九日）、伊能忠敬《いのうただたか》測量隊の一行は川を下る舟《ふね》に乗っていた。昼前から降り出した雨はだんだんと強くなっている。風も吹《ふ》いているので、舟はゆれるし、雨は横から襲《おそ》ってくる。防ぎようがなくて、一行は濡《ぬ》れそぼっていた。

秀蔵《しゅうぞう》が父の様子をうかがっているのは、風邪《かぜ》を引かないか、と心配しているのである。忠敬は寒暖の差に弱く、風邪を引きやすい。

上林平次もまた、父のことを考えていた。

「神の魚より壬《みずのえ》（北北西）に二里二十町（約十キロメートル）」

板切れはあれからすぐに忠敬に見せた。忠敬はしばらく難しい顔で考えたあとで、口を開いた。

「予定を変えることはできぬ。冬が来るまでに帰らねばならぬからな」

箱館から、二か月以上かかって西別《にしべつ》まで来た。

帰りは、およそ一か月で箱館まで達する予定を組んでいる。天候待ちもなるべくせず、歩き通すつもりだ。

「だが、予定を乱さない範囲《はんい》では、好きに動いてかまわん」

「伊能様はどのようにお考えですか」

「神の魚がどこかわかれば、示す位置がわかる」

忠敬はそう言って、微笑《びしょう》した。秀蔵とそっくりの笑い方だ。

「そんなことはだれでも考えるだろう」

「え？」

「逆から考えてみよ。おまえの父親は、どういう目的で、この書き付けを残したのか。なぜ、天文方あての書き付けをアイヌに頼《たの》んだのか」

告げてから、忠敬は少し迷って、付け足した。

「それをいつ頼んだのか、という問題もある。つまり……」

「姿を消す、もしくは死ぬ前に書いたのかもしれない、ということですか」

忠敬はかすかに目をみはって、うなずいた。

そうだとすると、何か事件にまきこまれた可能性が出てくる。たとえば、秘密を知ってしまったから、堀田《ほった》隊のだれかに殺されたとか。堀田隊は事故ということにして、真相を闇《やみ》にほうむったのかもしれない。しかし、父はあらかじめ秘密を隠《かく》していた……。

「あ、でも、それはないです」

平次は声をあげた。

「天文方に、と言ったら、堀田隊に届けられるでしょう。事件なら、幕府の役人にでも渡《わた》さないと」

「そうだな。おまえは頭が切れる。その調子で考えてみよ。歩測のないときにな」

それ以来、平次は考えつづけている。

一行は八月九日に西別を出発した。徒歩と舟とで、まずは厚岸《あっけし》をめざしている。十一日のうちに、厚岸に着く予定だ。

先に進むごとに、平次の不安はつのる。

西別で書き付けを受けとったのだから、示す位置は西別に近いと考えるのが自然だ。どんどん遠ざかっていく。位置がわかっても、通りすぎたところなら、戻《もど》ってさがすことはできない。

「神の魚」は鮭《さけ》ではなかろうか。蝦夷地《えぞち》の人々にとって、重要な魚といえば、鮭とニシンだ。ニシンは春告魚と呼ばれており、蝦夷地では春に漁をするので、今回は見られなかった。干して食べるが、肥料としての利用も多く、あまり高級な魚とはいえない。人々が喜ぶのは鮭のほうだ。

しかし、鮭だとしても、その先が見当がつかない。鮭がさかのぼってくる川はいくらでもあるし、それらしい地名もなかった。

やはり、父の事情から考えを進めたほうがよい。

書き付けを残したのは、何かを伝えたいからだ。それも、相手は天文方である。父がどこにいようと、平次が天文方の測量隊に加わって、蝦夷地に来ていることを知っているはずはない。

むろん、最終的に平次や兄に伝わることを期待しているのだろうが、まずは天文方なのである。

「壬に二里二十町」と言われたら、天文方の関係者は測量してたどりつける。それが理由だろうか。あるいは、ほかの者、幕府の役人とか商人とかには渡したくなかったか。天文方も幕府の役所ではあるのだが。

もうひとつ、単なる手紙ではなく、手紙か宝か、とにかく何かがある場所を伝える、というまだるっこしいやり方をしたのはなぜか。

貴重なものを渡したい、というのがまず思いつく。

金銀財宝なら、他人に頼むのは不安だ。しかし、父が財宝など持っていたとは考えられない。もし、事件にまきこまれていたなら、分不相応なお宝を手に入れた可能性はあるが……。

ひとりで考えていても、答えに近づける気がしない。だが、秀蔵がいっしょに考えてくれた。ぶつぶつと考えを口に出す平次に、別の視点を与《あた》えてくれる。

「でもよ、宝を隠すひまがあるなら、自分でその書き付けを渡せばいいんじゃないのか。たまたまおれが聞いたからよかったけど、書き付けが届かないってこともありえたぞ」

「勝手な行動はできないんじゃないでしょうか。あと、天文方の測量隊を待っていたけど、どこかへ旅立ったとか」

「それって……」

秀蔵はまつ毛から雨をしたたらせて、平次を見やった。

「やっぱりロシア船に乗ってるんじゃないか」

「秀蔵さんもそう思いますか」

父がロシア船に乗っていると考えると、つじつまが合う点は多い。

幕府の役人に知られたら、罰《ばっ》せられるかもしれないが、天文方なら事情をわかってくれるだろう。船に乗っていると自由がきかないから、人に頼むしかない。渡したいものを隠すのも、それに関係しているのではないか。

「船に乗ってる人が隠すなら、どこかの島か」

言われて、平次は顔をしかめた。

「こっちのほうには、あまり島はありませんよね」

根室の沖《おき》には島が多いが、蝦夷地の南岸にはほとんどないのだ。ただ、壬の方角は北北西だから、どこを始点にしても、南側の島というのは考えにくい。根室半島に立てば、国《くな》後島《しりとう》が北に見えるが、距離《きょり》が遠すぎる。

「じゃあ、島はなしだ」

秀蔵は切《き》り替《か》えが早い。

「どうしてロシア船に乗ってるんだ」

「さらわれたか、助けられたか、でしょうか」

「さらわれてたなら、何か隠す前に逃《に》げ出《だ》すだろ」

そのとおりだ。そして、父は息子の目から見ても、まじめで義理がたい性格だ。助けられたら、逃げようとはせず、恩を返そうとするだろう。

「ようするに、おまえの親父は生きてる。もうまちがいないだろ」

「だといいんですけど」

それでも、ロシア船に乗って遠くに行ってしまったのなら、死んでいるのと同じではないか。いや、やはりちがう。この世のどこかで生きているなら、再び会えるかもしれない。そうでなくても、将来、平次が出世したら、そのことが伝わるかもしれない。

父が隠したものを見つけられなくても、生きているならそれでいい。……とまでは、まだ思い切れなかった。

「なんでわざわざ、わかりにくくしたんだろうな。謎《なぞ》を解いたご褒美《ほうび》でもあるのか。それとも、この問題が解けなければ、宝を手にする資格はない、とか。おまえの親父は、そういうのが好きなのか？」

平次は首を横に振《ふ》った。算術を教えてもらうとき、いちいちご褒美などはなかった。たしかに、父らしくない。

「見つけてほしいのか、ほしくないのか、はっきりしてもらいたいよな」

ええ、と平次はあいまいにうなずいた。何か、思いつきそうな気がしている。

見つけてほしくないはずはない。だから、見つけてほしい人にはわかるように書いたのだろう。

見つけてほしい人とはだれか。平次にはわからない。自分は見つけてほしい人ではないのか。それは悔《くや》しい。

一行は舟を下り、厚岸まで雨の中を歩いた。もはや笠《かさ》は意味をなしていない。足もすねまで泥《どろ》だらけになっている。来た道と同じだから、どれくらいで着くか、危険なところはどこかはわかっている。だから、何とか進むことができた。

やっとの思いで宿につき、荷をといて足を洗った。ここでは、一日滞在《たいざい》して、先々の村に予定を伝える使者を出すことになっている。

さっそく役人にあいさつに行った忠敬が聞いてきてくれた。「神の魚」については心当たりがないという。

「地名であれば、アイヌのほうがくわしいだろうな」

はっと気がついた。幕府の役人は、村上のような例外をのぞけば、アイヌの文化について知ろうとはしない。アイヌでないと知らないような言葉を使えば、そういった者には見つけられずにすむ。さらに進んで、アイヌとふれあっている者ならば、外国人つまりロシア人との交流にも理解がある。そういうふうに考えられないか。

平次が思いつきを話すと、忠敬は微笑を浮《う》かべた。

「なるほど。よく考えたな。理くつは通っている。今日は遅《おそ》いから、明日にでも近くに住むアイヌと話してみるといいだろう」

そして翌日である。

平次は交易所に来たアイヌの男を紹介《しょうかい》してもらった。中年のいかつい男だ。ひげにおおわれた顔はこわいが、話しはじめると人なつっこい笑みが浮かんだ。今まで出会ったアイヌとちがって、とっつきやすそうだ。

「神の魚だって？　鮭のことか」

やはり、アイヌにとっての神の魚は鮭なのだ。アイヌ語では、神がカムイ、魚はチェプ、カムイチェプと言えば鮭を意味するらしい。鮭を指す言葉はたくさんあって、「魚」「真の魚」「本当の食べ物」と言って、鮭を指すこともある。それだけ、鮭が重要なのである。

「鮭は干したり、凍《こお》らせたりして、一年中食べる。そりゃあうまいが、食べるだけじゃない。おれがはいている靴《くつ》も、鮭の皮でできているんだ」

男はアイヌの文化を楽しそうに話す。平次は辛抱強《しんぼうづよ》く聞いていたが、やがてじれったくなってたずねた。神の魚が指す場所はどこか。

「場所、場所なあ。鮭がとれる場所はたくさんあるが……」

男はあごひげをまさぐりながら考えた。

「海か、川か……。やっぱり川だよな」

ふと、男の手がとまった。

「待てよ。あれも魚と言えば魚だな。カムイでもあるし……」

平次は半ば息をとめて、男が思い出すのを見守った。

「うーん、やっぱりちがうかな」

「いや、それも教えてください」

平次が催促《さいそく》すると、男は記憶《きおく》をたどって話し出した。

「ばあさんの昔話に出てきたんだ。厚岸湾《わん》にあらわれたでかい魚だ。ピラッカムイという。崖《がけ》の神って意味かな。クマよりも、家よりも大きく、船を沈《しず》めて人を飲みこむんだ」

「どうして崖なんでしょう」

「まあ、最後まで聞いてくれよ。暴れまわるピラッカムイをみんなこわがって、陸の上からながめることしかできなかった。ピラッカムイはオオカミみたいな顔をしていて、牙《きば》をむきだしにして泳ぐ。急に静かになったかと思うと、飛びあがって、空を舞《ま》う鳥をひと飲みだ。そのうち、陸にあがってくるかもしれない。みんなが山に逃げようかと相談していると、どうしたわけか、ピラッカムイはいきなり動きをとめた。そして、そのまま岩になってしまったんだ。それがほれ、あそこの崖だ」

男の指先に目を移す。

村から南、厚岸湾の東の海岸に、海に突《つ》き出《で》た岬《みさき》が見えた。先っぽはごつごつした岩のようで、急に海に落ちこむ崖になっている。岬の先にも飛び石のように岩があって、波に洗われていた。

「バラサン岬と呼ばれている。この辺りで、『神の魚』をあらわす場所なら、あそこかもしれん」

平次はぴんときた。これこそが、求めていた情報だ。

父が船に乗っていたなら、岬は起点にふさわしい。そして、あそこから北北西に二里二十町なら、この村の北の山中になる。物を隠すのにちょうどよさそうではないか。

「おもしろいことに、岩みたいな顔をした魚がたまにあがるんだな。でかいやつはおまえさんくらいの大きさになるが、ピラッカカムイほどじゃない。あれも神の魚と呼ばれることがある。でも、鮭とちがって味はちょっとな。だから……」

平次は最後まで聞いていなかった。

「ありがとうございます。おかげで助かりました」

男の手をにぎって、拝むように礼を言う。謎は解けた。次は行動だ。

「え？　それでいいのか？」

あっけにとられる男を残して、平次は駆《か》け出《だ》した。

シーボルト事件

文政《ぶんせい》十一年（西暦《せいれき》一八二八年）、ドイツ人医師シーボルトが、禁じられていた日本地図などを国外に持ち出そうとしてつかまりました。これをシーボルト事件と言います。

シーボルトは事件の五年前に来日し、出島のオランダ商館で医師として働いていました。自分も博物学者として日本に興味があり、またオランダから日本の調査研究を命じられていたため、シーボルトは日本に関する資料を大量に集めていました。そのなかに、伊能図《いのうず》の写しがあったので、大きな問題になったのです。

［シーボルト］
（1796年-1866年）
ドイツの医師、博物学者。長崎《ながさき》オランダ商館の医師として来日。長崎郊外《こうがい》の鳴滝《なるたき》に診療所《しんりょうじょ》もかねた私塾《しじゅく》を開き、医学をはじめ西洋の学問を教えた。日本に関する研究資料も多く集めた。

地図の写しをシーボルトに渡《わた》したのは、天文方の長である高橋景保《たかはしかげやす》でした。高橋至時《よしとき》の息子で、伊能図を完成させた責任者です。

シーボルトは幕府の役人や学者に海外の書物や宝物を贈《おく》り、かわりに日本の資料を得ていました。高橋景保には、最新の世界地図などを贈って、伊能図をもらったのです。景保は地図の管理が厳しいことは当然、知っていたはずですが、脇《わき》の甘《あま》いところがありましたので、写しならいいやと思ったのかもしれません。

事件が明らかになったきっかけは、間《ま》宮林蔵《みやりんぞう》でした。シーボルトは林蔵が持つ植物標本が欲しくて、いつものように贈り物をしました。ところが、林蔵はそれ

【シーボルト、国外追放に】

長崎での任期を終え、日本を去ることになったシーボルトは、伊能図《いのうず》の写しを持ち帰ろうとしたが、直前に発覚。幕府の取り調べを受け、国外へ追放された。地図を贈《おく》った高橋景保《たかはしかげやす》らは厳しい処罰《しょばつ》を受けた。

を幕府に提出したのです。幕府の隠密《おんみつ》であった林蔵としては、外国人から贈り物をもらうわけにはいきませんでした。

　これによって、シーボルトが様々な品を集めていることがわかり、景保ら関係者はとらえられて、取り調べを受けました。景保はもともと病気がちであったため、これに耐《た》えきれず、牢屋《ろうや》で亡くなりました。シーボルトは国外退去となります。幕府はこの三年前に異国船打払令《いこくせんうちはらいれい》を出して、外国に対する対決姿勢を強めていたところでした。そのため、関係者には厳しい処分が下されたのです。

　なお、シーボルトは伊能図の写しをさらに写して、こっそりと持ち出していました。のちに、その地図をもとにした日

楽器

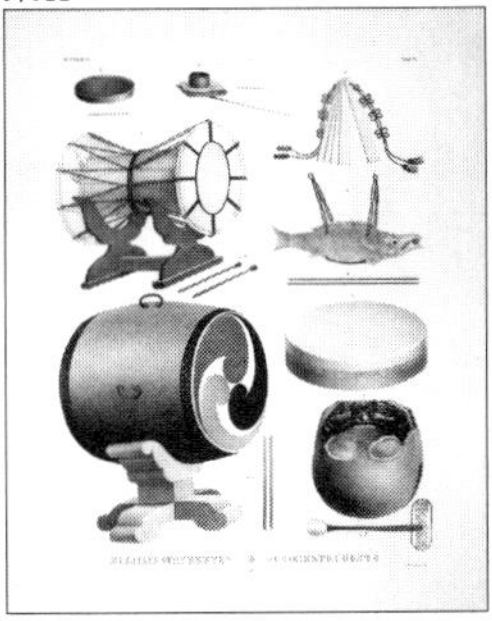

武器

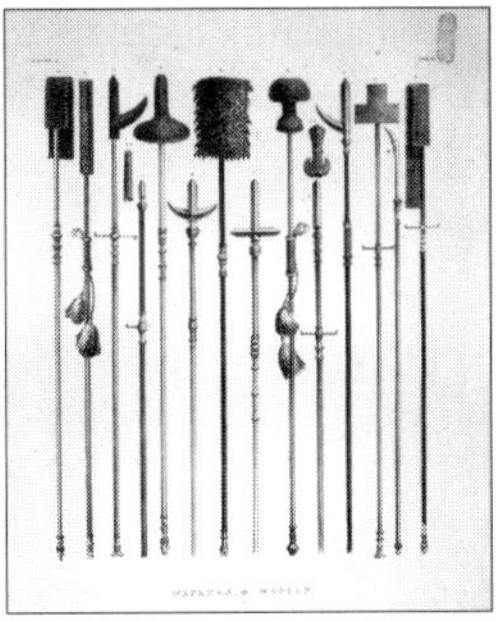

〚シーボルトが持ち帰った"日本"〛

ヨーロッパに戻《もど》ったシーボルトは、日本についての研究成果をまとめ、『日本』『日本動物誌』『日本植物誌』を発表した。『NIPPON』／福岡県立図書館所蔵

本地図を出版しています。シーボルトは伊能図をもとにしたと明らかにしていましたので、日本人の測量と地図作成の技術が、世界に広まることになりました。

一方、日本では、天文方の関係者たちが処分されたので、地図作成だけでなく、蘭学《らんがく》の流行にも水を差されてしまいました。

ちなみに、シーボルトは開国後に再び日本を訪れて、一時は幕府の顧問《こもん》になるなど、日本と関わりつづけました。その息子たちも日本で働いており、またシーボルトが日本人女性との間につくった子どももいて、一族で日本に足跡《あしあと》を残しています。

【シーボルトの日本図】

シーボルトが国外追放のさいに、密かに持ち出したとされる伊能図《いのうず》の写しをもとにつくられた地図。**シーボルト日本図／国立歴史民俗博物館所蔵**

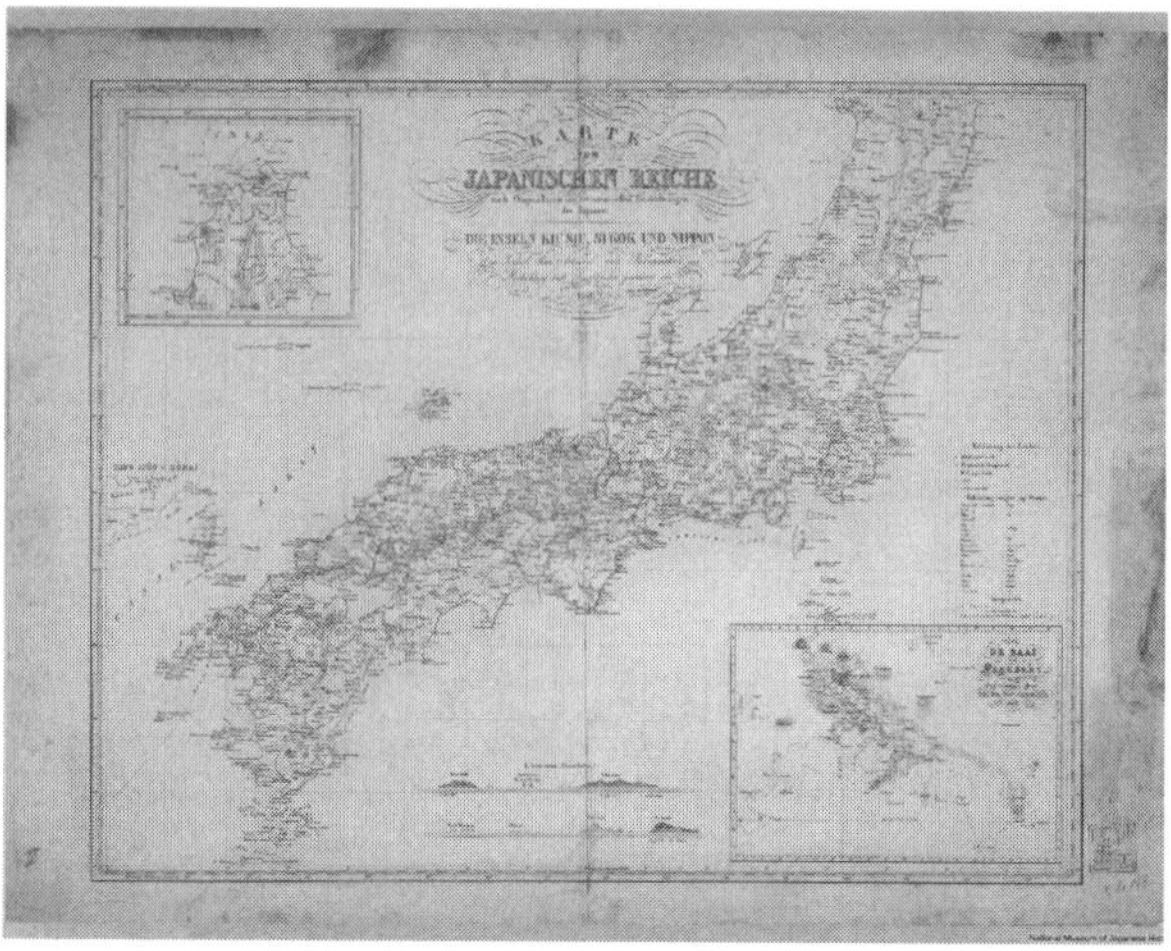

2

平次は「神の魚」すなわちバラサン岬《みさき》に立って、北北西をながめていた。忠敬《ただたか》をはじめとする測量隊の一行も同行している。

場所が判明したと伝えると、忠敬は真剣《しんけん》な顔で言った。

「では、そこで測量をしよう。見晴らしのいいところから、山の方角をたしかめ、湾《わん》のかたちなどを測っておけば、地図がより正確になる」

つまり、測量器具を持って、そこに行こうということだ。

「ありがとうございます」

平次が頭を下げると、忠敬はかすかにほおをゆるめた。

「測量のためだ」

一行はまず、歩測と間縄《けんなわ》でバラサン岬の位置を測量し、下図の写しに書き入れた。そこから、壬《みずのえ》の方角に二里二十町の線を引いてみると、厚岸村《あっけしむら》の北の山の中に達する。

「ここに行けば、お宝があるんだな」

秀蔵《しゅうぞう》の瞳《ひとみ》がきらきらと輝《かがや》いている。まさか、本当に宝があると思っているわけではあるまいが。

「でも、どうやって行くんだ？　道はあるのか」

「そういうときに、逆の立場で考えるのだ」

忠敬がさとした。

「道なき道を行った山の奥《おく》には、隠《かく》そうとしても隠せない」

言われてみれば、そのとおりだ。宝が埋《う》められている、としたら、埋めた者がいる。

「また、方位はまだしも、距離《きょり》は簡単には測れない。まっすぐの道でもなければな。だから、最初から場所を決めて隠すにしても、隠してから距離を測るにしても、必要なものがある」

忠敬は平次を見やった。答えてみろということだ。

「必要なもの……？」

平次は必死で頭をめぐらせた。

「おまえたちの言うとおり、ロシア船に乗っていたなら、上林殿《どの》は自分では遠くには行けなかったのではないか。人に頼《たの》むなら、なおさら必要だ」

ようやくわかって、平次は手をたたいた。

「目印ですね」

「そう、何か目標物がないと、たどりつけないだろう」

そこで、平次はバラサン岬から、北北西を見つめているのだ。幸い、昨日のうちに雨はやんで、今は晴れているので、風景はくっきりと見える。

「とても魚には見えないぞ」

秀蔵は岬の突端《とったん》に立って、不満そうに辺りを見回している。もし足をすべらせたら、と思うと怖《こわ》いので、平次は兄弟子には視線を向けていない。厚岸村の向こうに、目印になるものをさがす。

「ありました。あれですね」

平次の指さす先に目をこらして、秀蔵もうなずいた。

「あれしかねえな」

一本だけ、背の高い木がある。とがった梢《こずえ》が緑の屋根から飛び出しているように見えるので、目印としてはちょうどよい。

「さっそく行きましょう」

駆《か》け出《だ》そうとした平次を、忠敬が引き止めた。

「あせるでない。道に迷っている時間はないぞ。しっかり情報を集めてからにするのだ」

はい、と返事をすると、忠敬は言い足した。

「やはりわしも行く。おまえたちだけでは心配だ」

「え？　それは申し訳ないので……」

「いや、わしにも責任がある」

平次と秀蔵がもし事故にでもあって戻《もど》れなかったら、忠敬は出発をのばすか、おいていくかの決断を迫《せま》られる。それくらいなら、ついていったほうがいい。その考えはわかるが、案外、忠敬も何があるのか気になっているのかもしれない。学問をこころざす者は、好奇《こうき》心《しん》が旺盛《おうせい》なものだ。

測量のため、バラサン岬に弟子を残して、忠敬たち三人は厚岸に戻った。再びアイヌの男をたずねて、目印の木の辺りまで、道があるのか聞いてみる。

「道はあるんだがなあ」

地図を見せると、男はおおよその道を指でなぞってくれた。しかし、低い声でつけくわえる。

「やめておいたほうがいいぞ。この時期はクマが冬眠《とうみん》前で気が荒《あら》くなっている。もし出くわしたら、命はない」

平次と秀蔵は顔を見あわせた。

「おれは怖くないぞ」

ふるえながら、秀蔵が言った。すでに顔色は変わっていて、明らかに強がりである。

忠敬がちらりと息子の様子をうかがってから、男に質問した。

「出会わないようにするには、どうしたらいい」

「猟《りょう》に行くときの逆をすればよい。つまり、大声で話したり、音を立てながら歩けばいいのだ。もっとも、人食いグマにはきかないがね」

人食いグマとは何かのきっかけで、人肉の味を覚えたクマのことだ。ときに人里に下りて、村や畑を荒らすクマもいるが、人食いグマは人を襲《おそ》う。人がいることを知らせたら、逆効果になってしまう。

アイヌはクマを神としてあがめており、狩《か》りをして食べるときも尊敬の念をささげるが、人食いグマは別である。もはや神ではなく、こらしめるべき存在であり、殺しても食べることはない。

「最近、食われたやつはいないから、人食いグマはまあ、心配ないとしても、クマは本当に危険だぞ」

男は親切に忠告してくれた。

しかし、平次の心はすでに決まっている。ここまで来て、結果を見ずに帰るなんてできない。

「おれは行きます」

「仕方あるまい。見届けよう」

忠敬の視線を受けて、秀蔵は無理に胸を張った。

「おれだって、怖《おそ》れはしない」

迷っているひまはない。三人は、すぐに出発した。

道があるといっても、ほとんど獣道《けものみち》である。林の中を曲がりくねりながら北にのびている道を、三人は歩測しながら進んだ。

木々や土のにおいが濃厚《のうこう》にたちこめている。落ち葉が降り積もった土はやわらかく、前日の雨で湿《しめ》ってすべりやすい。頭上の枝から、ときおり水滴《すいてき》が落ちてきて、頭を濡《ぬ》らす。鳥や動物の鳴き声が遠くに聞こえる。

歩数を数えているので、三人とも無言である。平次もよけいなことを考えずにすんだ。歩測をはじめる前は、父は何を残してくれたのか、今はどこにいるのか、答えの出ない問いが頭の中をめぐっていたのだ。

秀蔵が二十歩ごとに呼子を鳴らしている。詰所《つめしょ》で借りてきた、甲高《かんだか》い音が鳴る笛だ。これでクマは近づいてこないだろう。

ふたまたに分かれた道を右に進む。途中《とちゅう》で一度、周りが開けて、目印の木が前方に見えた。道はまた林に入って、上方の視界はふさがれた。

る。

「南中を過ぎたな」

忠敬が確認するようにつぶやいた。太陽はすでに頂点に達し、西にかたむきはじめている。

平次は目を上げてこもれ日を浴び、ふいに腹が減っていることに気づいた。握《にぎ》り飯《めし》は持ってきているが、何事もなければ食べずに往復しようと、三人は決めていた。今は足を動かすのみだ。

「まもなくのはずだが……」

倒木《とうぼく》があって、少し開けたところで、忠敬が立ち止まった。平次と秀蔵の歩数を確認してうなずき、周囲の木々をすかすように上を見回す。

「あった、あれだ」

秀蔵が一点を指さした。東側の意外に近いところに、太くて高い木が見えている。杉に似た常緑樹だ。道からは外れているが、木々の間隔《かんかく》が広く、下生えも密集してはいないので、さして苦労せずに歩いていけそうだ。

秀蔵が呼子を吹《ふ》きながら、先頭で歩いた。ほどなくして視界が開ける。目印の木を中心に、自然の広場のようになっていた。

木はおとなが三、四人で手を広げて、ようやく囲めるくらいの太さがある。見上げても、枝葉にじゃまされて先のほうまでは見えない。巨木《きょぼく》といえる大きさなのに、迫力《はくりょく》はまるでなかった。ただ、静かで、神秘的な雰囲気《ふんいき》がある。

「いったい、どれくらいの時を生きているのであろうな」

忠敬がつぶやいた。

秀蔵はきょろきょろと周囲を見回している。視線が、一点で止まった。

「あれだ。まちがいない」

秀蔵が駆けよったのは、地面に突《つ》き立《た》てられた木の棒であった。棒を引《ひ》き抜《ぬ》き、その棒で地面を掘《ほ》り返《かえ》す。平次も適当な木の枝を拾って、作業に加わった。雨のおかげで土が掘りやすくなっている。

枝の先が、固いものにふれた。はやる気持ちをおさえて、その周りを突きくずす。

あらわれたのは、人の頭くらいの大きさの石であった。

「なんだこれ？」

秀蔵が石を持ちあげると、足がたくさんある虫がわさわさとはいまわっていた。その下に、土とは異なる色合いのものがあった。緑がかって、かすかな光沢《こうたく》がある。それが目的のものにちがいない。

さらに掘り進めると、形が見えてきた。両手にのるくらいの、小さな甕《かめ》だ。

「ええい、面倒《めんどう》だ。ふただけとれないか」

「でも、もう少しですから」

平次は周りの土を突きほぐして、甕を引っこ抜いた。その拍子《ひょうし》にふたがとれて、中身が半分顔を出す。

折りたたまれた紙の束が三つ。

「やったな」

秀蔵がのばそうとした手をとめて、平次の顔を見た。最初に中を見るのは、平次でなければならない。

平次はふるえる手で、紙束を取り出そうとした。土にまみれた手のひらは汗《あせ》で湿っている。心の臓が大きく速く動いている。口がからからにかわいている。大きく深呼吸したが、緊張《きんちょう》はほぐれず、うまく紙束をつかめない。

忠敬が竹の水筒《すいとう》を差し出してくれた。平次はひと口飲んで、息をついた。ふるえが少しおさまった。

気がつくと、平次は紙束をつかんでいた。ひとつは封《ふう》のされた手紙、ひとつは封のされていない手紙、もうひとつは地図のようであった。

一番上にあった地図から開いてみる。二枚、重ねられていた。

一枚は厚岸付近の地図のようだ。平次たちが持ってきた地図とそっくりで、バラサン岬と厚岸村、そしてこの木に印がついている。彦左衛門《ひこざえもん》は、人にこの地図を渡《わた》して場所を伝え、地図もいっしょに埋めてもらうように頼《たの》んだのだろう。

もう一枚は、蝦夷地《えぞち》の南部を描《えが》いたものだ。国後島《くなしりとう》や択捉島《えとろふとう》ものっている。線はやや乱暴で、急いで写したように見えるが、海岸線のくわしさからすると、質のいい地図に思えた。

平次は地図を両手でささげるようにして、忠敬に渡した。

「ほう、これは……」

忠敬は地図を手にして、しばし言葉を失っていた。目を近づけたり、上下をひっくり返したりしながら、地図を検分する。

やがて、ため息がもれた。

「すばらしい。おそらくロシアのものであろうな」

忠敬も見たことがない地図であった。正確に測量したところと、そうでないところがあるようだが、島や半島の形がはっきりとわかって、地図づくりに大いに役に立ちそうだ。

この地図は忠敬にとって、そして天文方にとって黄金にも勝る宝物であった。

「お宝が地図って、どういうことだよ。普通《ふつう》は地図を見てお宝をさがすんだぞ。逆じゃないか」

秀蔵がぼやいた。いつもの忠敬なら顔をしかめるところだが、地図に集中していて、心ここにあらず、といった様子である。

それは平次も同様であった。封のされていない手紙を開いた瞬間《しゅんかん》に、我を忘れていた。

「私は上林彦左衛門。蝦夷地測量隊をひきいる堀田《ほった》様の従者をつとめていた。ゆえあってロシアの船につかまり、帰れそうにないので、この手紙をアイヌにたくした。できるならば、江戸《えど》の家族に届けてほしい。寛政《かんせい》十二年二月」

「おとう……」

平次は手紙を持ったまま、涙《なみだ》をこらえていた。父は生きていた。純粋《じゅんすい》にうれしかった。ここまで来た甲斐《かい》があったと思った。

「よかったな」

秀蔵が後ろからのぞきこんで、肩《かた》をぽんとたたいた。

「早くそっちも見ろよ。けど、親父さんもまさか、おまえがこの手紙を発見するとは思わなかっただろうな」

平次はうなずいて、最後の束の封を破った。

経度を測れ！

地球上の地点が、緯度《いど》と経度であらわされることは、すでに述べました。このうち、緯度は比較的簡単《ひかくてきかんたん》に測ることができます。北極星の高度はそのまま緯度になりますし、太陽の高度からも導き出せます。伊能図《いのうず》でも、各地の緯度は正確でした。

しかし、経度はそういはいきません。

十五世紀の後半から十六世紀にかけて、コロンブスがアメリカ大陸に到達《とうたつ》し、マゼランが世界一周を達成するなど、遠洋航海が盛んになると、船上で経度を知る

【緯度《いど》の求め方】

今いる地点から、北極星の高度を観測すれば、その角度がそのまま緯度になる。またAからBまでの距離《きょり》を、A地点とB地点の緯度の差で割れば、緯度１度分の長さが導き出せる。

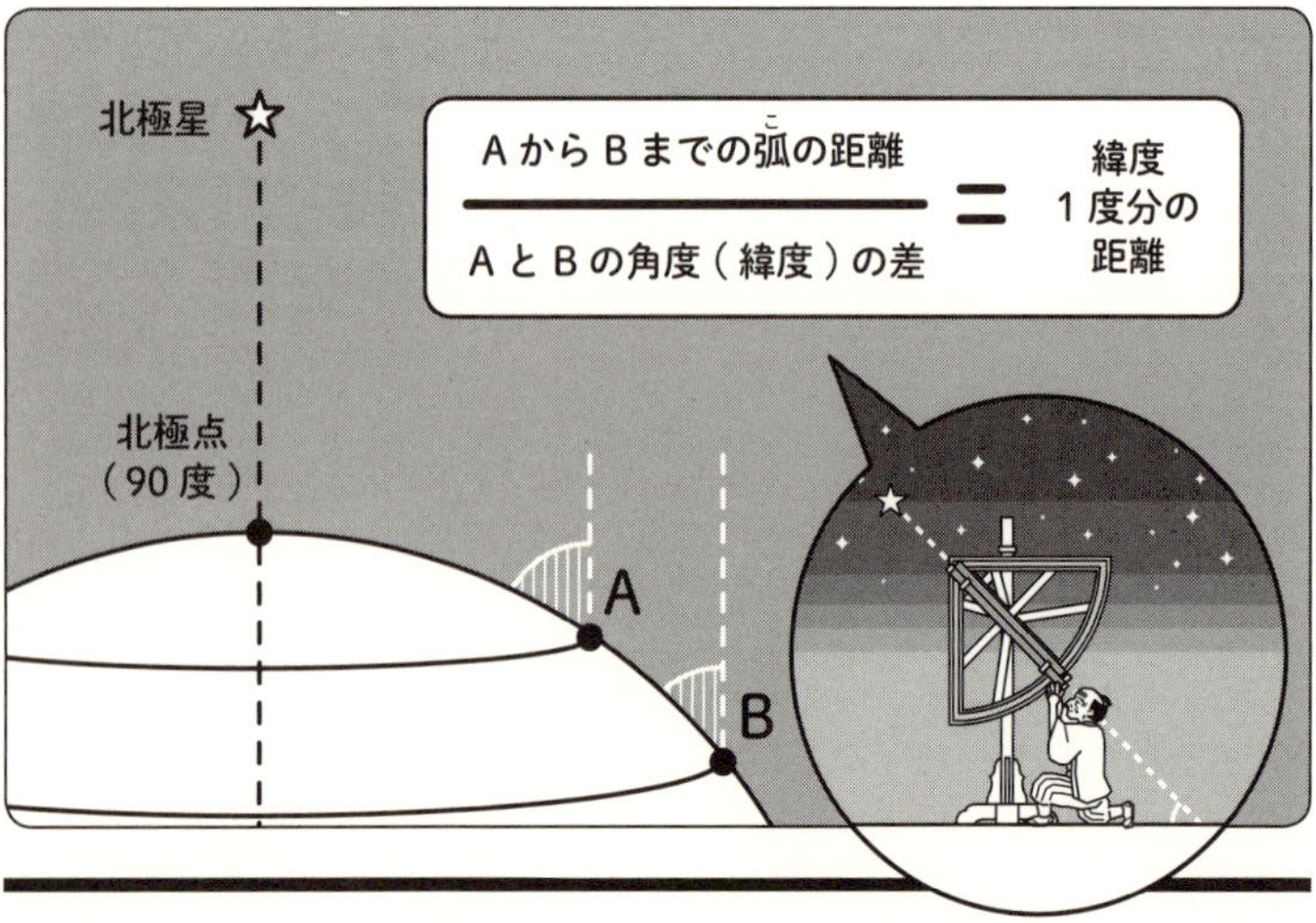

必要性が高まってきました。安全な航海のためには、自分たちの現在位置を知るのが大切だからです。にもかかわらず、それは難しいことでした。ヨーロッパ各国は、多額の賞金を出して、経度を正しく測る方法を求めていました。

　私たちの生活で、経度が関係するのは、標準時と時差です。日本は明石《あかし》市を通る東経一三五度を基準にして、標準時を決めています。経度十五度あたり一時間の時差がありますから、経度〇度の旧グリニッジ天文台を基準とするイギリスとは、九時間の時差があることになります。

　逆に考えると、基準となる地点と測りたい地点の正確な時刻がわかれば、測りたい地点の経度がわかると言えます。た

〚緯度《いど》1度分の距離《きょり》〛

忠敬《ただたか》は江戸《えど》から蝦夷地《えぞち》の間で、北極星やその他の星の高度を観測し、現代とほぼ変わらない数値を割り出していた。

忠敬が導き出した緯度1度分の距離　28.2里　約110.7km

現在導き出されている緯度1度分の距離　約111.1km

とえば、グリニッジ天文台で太陽が南中したちょうど三時間後に、太陽が南中したなら、その場所は西経四五度です。

　ただし、当時は経度の測定に使えるような時計はありませんでした。正確な時計は持ち運びができないので、その場所での時刻はわかっても、基準となる地点の時刻がわからないのです。電話があれば、時刻をすぐに伝えられますが、それもまだありません。ですから、様々な方法が考えられました。

　まず、振《ふ》り子《こ》やぜんまいなどを用いて、時計の改良がおこなわれましたが、なかなか成果が出ません。日食や月食を観測して、基準地点との時間差を出す方法も考えられましたが、日食や月食はめずら

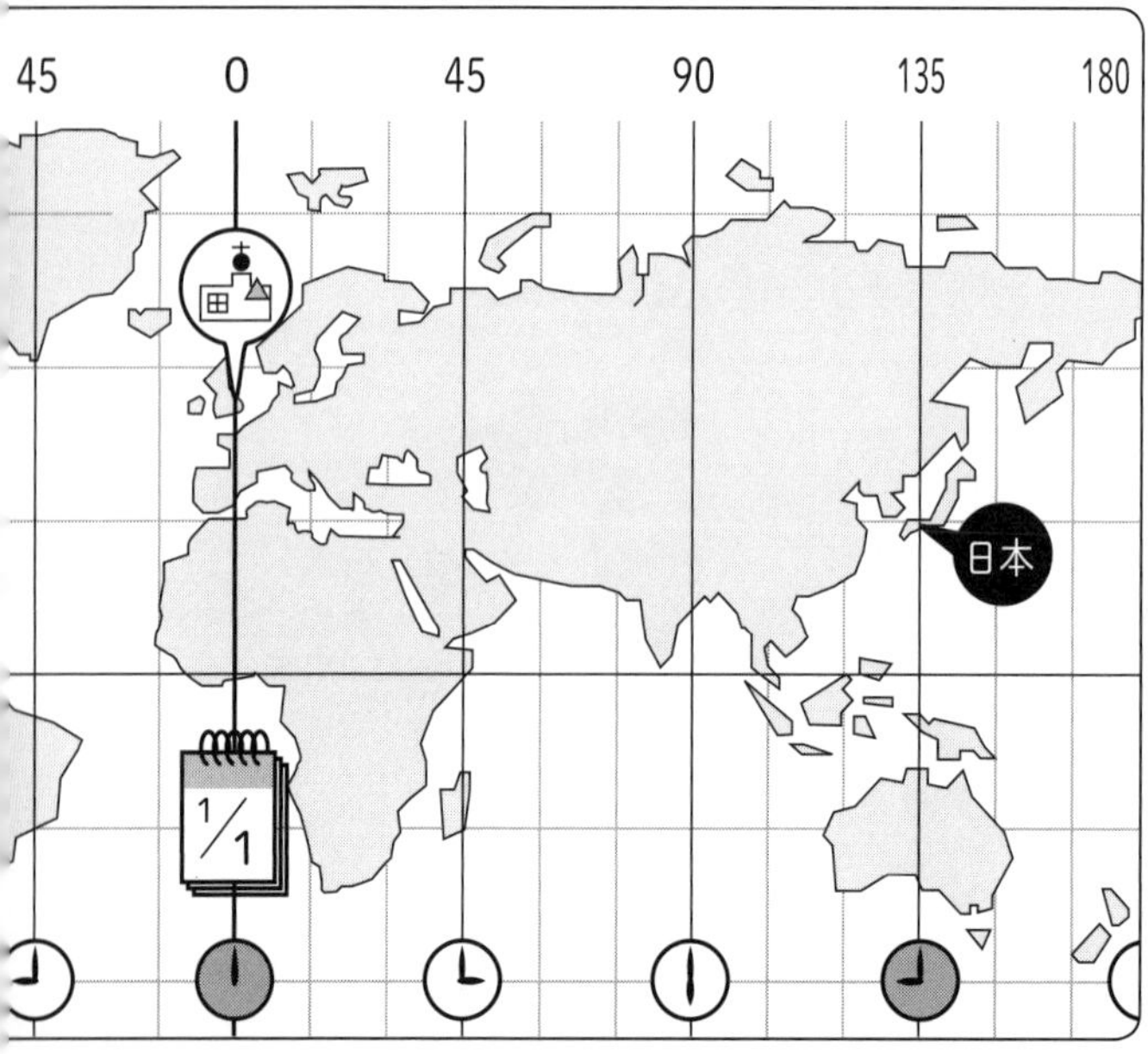

しい現象ですから、実用性はありません。

ガリレオ・ガリレイは、木星の衛星の食に注目しました。これは月食と比べても非常に多いので、回数の問題はありません。しかし、木星の衛星は見た目が小さいので観測が難しく、手間がかかったので、船上では使えませんでした。

十七世紀半ばのヨーロッパでは、測量技術の発展により、陸上の経度はほぼ正確に測れるようになりました。しかし、必要なのは船の上で正しく測る方法です。

問題を解決したのは、十八世紀半ばにイギリスの時計職人が発明したクロノメーターという時計でした。ぜんまい時計でありながら、ねじを巻くときも時計が動きつづけ、ぜんまいがゆるんでも動

【時刻と経度】

地球はほぼ24時間かけて1回転している。1回転は360度なので、1時間に15度ずつ回っていることになる。日本の標準時は東経135度を基準にしているので、旧グリニッジ天文台があるイギリスが12時のとき、日本は夜の9時となる。

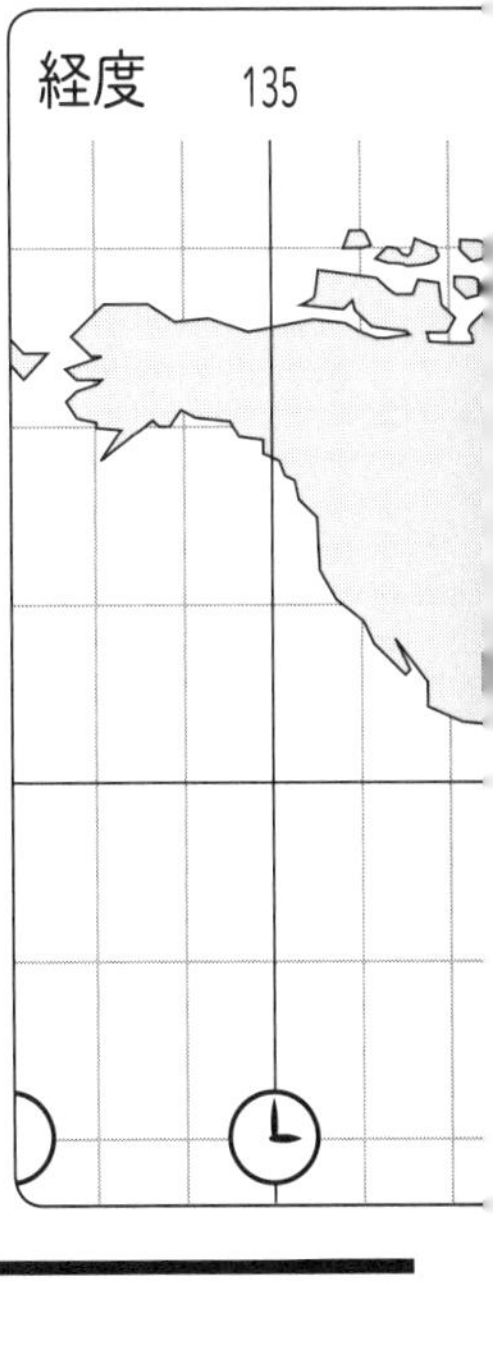

きが遅《おそ》くならないものです。長い航海に耐《た》えられるよう、温度の変化やゆれにも強くなっていました。

試験航海が何度かおこなわれ、この高性能時計は、百五十六日の航海で五十四秒の誤差という記録を出して、世間に認められました。当初はとても高価なものでしたが、だんだんと改良が進み、十九世紀に入ると、実際の航海でもよく使われるようになります。

ちなみに、経度をあらわすには、経度〇度をしめす本初子午線を決めなければなりませんが、それが現在のようにグリニッジ天文台を通る子午線に統一されたのは、西暦《せいれき》一八八四年のことです。それまでは、グリニッジ子午線が優勢ではあ

【クロノメーター】

海上での経度測定に必要な正確な時刻を知るために開発されたぜんまい式の時計。イギリス政府が多額の賞金をかけ、高性能時計の製作を求めたのに対し、時計職人のジョン・ハリソンが実現化した。

りましたが、アメリカやフランスなど、独自の基準を使っている国もあったのです。

現在では、緯度経度の測定にはGPS（グローバル・ポジショニング・システム、全地球測位システム）が用いられています。これは複数の人工衛星から電波を受信して、電波が届くまでの時間から距離《きょり》を測り、自分の位置を測定するシステムです。

いわば、つねに測量をしているようなもの。昔は大変な労力と時間がかかったことが、ごく簡単にできるようになった例のひとつです。

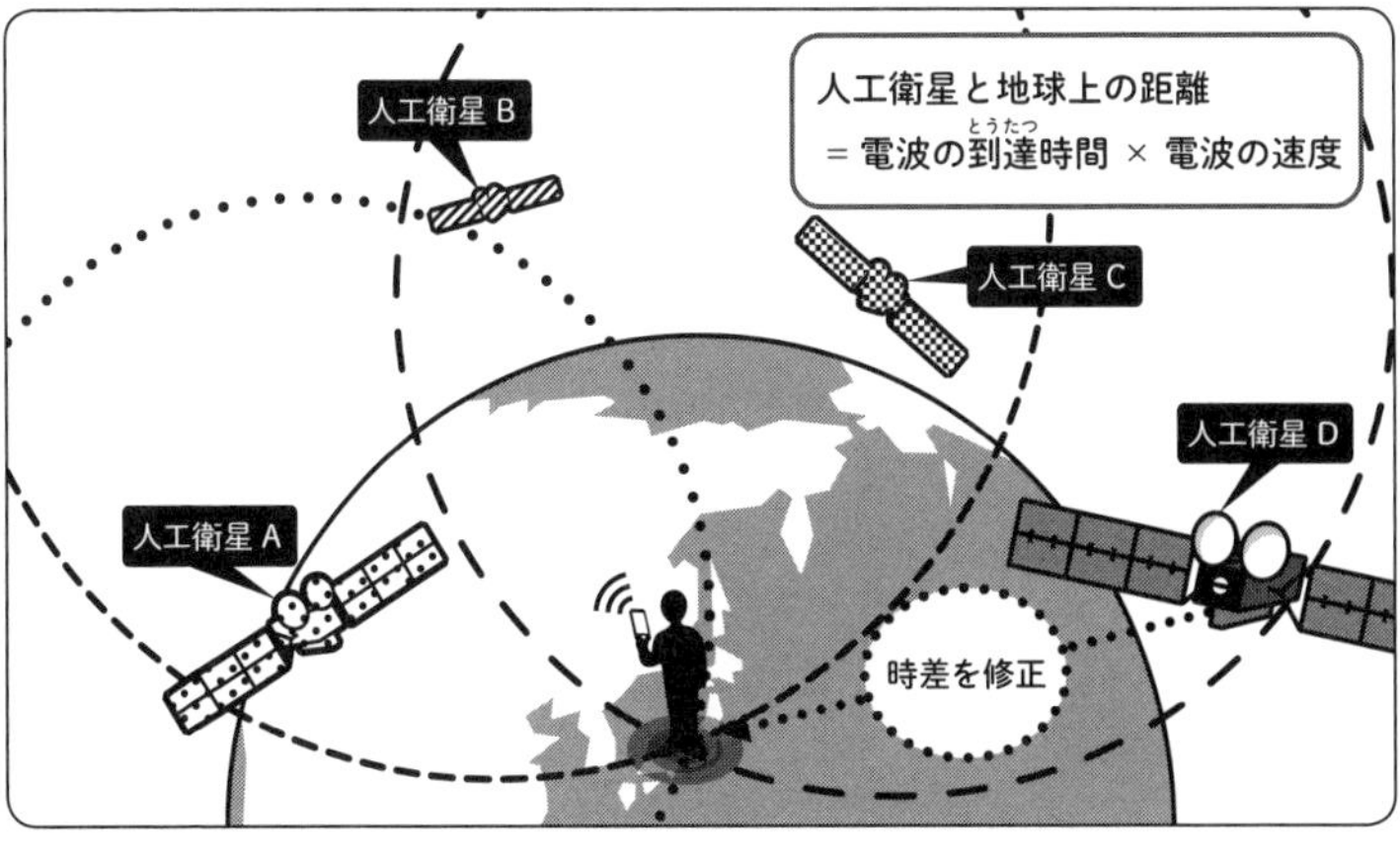

【GPS《ジーピーエス》とは】

複数の人工衛星からの電波を受信し、その電波が届くまでの時間から、それぞれの衛星との距離《きょり》を割り出すことで、現在の位置を測定する仕組み。スマートフォンやゲームアプリ、カーナビなど様々な機器に用いられている。

3

「この手紙が読まれている時点で、私が生きているかどうかはわからない。だが、私が生きのびたこと、そしてこれからどうするつもりかは、伝えておきたいと思う」

平次と兄にあてられた手紙は、そうはじまっていた。まじめで几帳面《きちょうめん》な父らしい、書きぶりだ。

平次は土の上にすわりこんで、手紙に集中していた。秀蔵《しゅうぞう》が中腰《ちゅうごし》で背後から視線を送っている。

「私は堀田《ほった》様にしたがって厚岸《あっけし》の近くまで来たとき、足をすべらせて崖《がけ》から落ちた。そのあとのことは、よくおぼえていない。気がついたら、ロシア人の船の上にいた。高い熱が出ていて、体中が痛かった」

彦左衛門《ひこざえもん》は言葉がわからず、最初は混乱していたが、寝《ね》たきりで治療《ちりょう》を受けるうちにロシア語を学んで、事情を聞けるようになった。

彦左衛門は流木にしがみつくようにして、海の上をただよっているところを、ロシア船に救出された。崖から落ちたとき、木に引っかかるなどして、奇跡的《きせきてき》に一命をとりとめたのだろう。それでも、打ち身やすり傷が無数にあり、足の骨とあばら骨が折れていた。助かったのは、神か仏の導きとしか思えない。

ロシア船は測量中に彦左衛門を見つけて、助けるべきかどうか意見が割れたらしい。蝦夷地《えぞち》の南までロシア船がやってきていることが知られたら、大きな問題になる。秘密を守るためには、見なかったふりをしたほうがいい。

しかし、結局、ロシア船は彦左衛門を引き上げた。海の男として、遭難者《そうなんしゃ》を見捨てることはできなかったのだ。

「私はロシア人たちに命を救われた。恩は返さなくてはならない。そう思って、身体が治ったあとも、かれらと生活をともにし、日本語や日本のことを教えた」

平次には父の気持ちがよくわかった。彦左衛門は義理がたい男だ。恩を忘れて逃《に》げ出《だ》そうなどとは絶対に考えない。

ロシア人たちはある島を拠点《きょてん》にしていて、冬の間は島に戻《もど》り、春になるとまた調査にやってきたという。

「かれらは帰ってもいい、と言ってくれたが、私にそのつもりはなかった。異国の船に乗って、異国に行ったことがお上に知られたら、どんな罰《ばつ》を受けるかわからない。ロシアから帰ってきた人がいるという話も聞いたが、それは特別な例だろう。私自身が罰を受けるのはよいが、一族や堀田様まで罰せられることがあってはならない。私は死んだことになっているだろうから、そのままでよい」

そこまで読んで、平次は顔をあげた。父は帰るつもりがないのだ。予想はしていたが、複雑な気持ちであった。帰りたいに決まっているのに、平次や周りの者たちのために帰らない。自分も同じように考えられるだろうか。

秀蔵が明るい口調で言う。

「生きてさえいれば、会う機会がきっとあるさ」

「はい。おれもそう思います」

父の判断は正しい。仕方のないことなのだ。崖から落ちて、父は一度死んだ。そう思うしかない。

平次は少し心が苦しくなりはじめていた。父がいなくなって、一番つらいのは自分だ。あらためて、これからのことを思った。

手紙はつづく。

「私のあとは、吉右衛門《きちえもん》が立派についでくれるだろう。どのようなお役目であっても実直にこなし、忠義の心をもって藩《はん》に仕え……」

兄の吉右衛門に対する信頼《しんらい》と願いを述べたあとに、その一文があった。

「心配なのは平次だ」

どきり、とした。

「堀田様に頼《たの》んで、学問の才を生かす道をさがしていただくつもりだったが、それもかなわなくなった。平次には本当に申し訳なく思っている。だが、平次の才は本物だ。機会があれば、必ず花開く」

そこから、字が乱れて、読みにくくなった。船のゆれか、心のゆれか。

「私がいなくなったら、平次はおそらく国に帰されるだろう。そこで、くじけなければよいと願う。いつでも、どこでも、学問はできる。地道に努力をつづければ、いつかきっと成果が出る」

平次と秀蔵は同時に忠敬《ただたか》を振り返った。年齢《ねんれい》を重ねてから学問に打ちこみ、重要な役割を任せられた人が、そこにいる。地道に努力をつづければ、成果が出る。これ以上の証《しょう》拠《こ》はない。

忠敬は視線に気づいて軽く首をかしげたが、すぐにまた、地図に目を落とした。

平次はさらに読み進める。

「私は、身分の壁《かべ》は越《こ》えられないと思っていた。そのため、平次が才をしめすほどに、悲しくなっていた。けれど今は、越えられるかもしれないと考えている。道中、堀田様から様々な学者や医者の話を聞いた。低い身分だった人も少なくないという。そして、私はひょんなめぐりあわせで、異国の船に乗っている。この世では、ありえないようなことが起こる」

「あ……」

平次の頭の中に、父の顔があざやかに浮《う》かびあがった。よく見ていた悲しい顔が、笑顔へと変わっていく。

自分は、父の期待に応えることができるだろうか。

「いつになるかわからないが、この手紙が息子たちのもとに届くことを信じている」

手紙はそう結ばれていた。

「無事に届いたんだ。というより、おまえが自分の力で見つけたんだ。すごいじゃないか。それだけでも、親父さんはきっと喜ぶよ」

興奮した秀蔵が、平次の肩《かた》を乱暴にゆすった。

「おれの力じゃないですよ。秀蔵さんや、みんなのおかげです」

言いながら、平次は感動につつまれていた。忠敬にしたがって、蝦夷地まで旅してきた、その努力がむくわれた。秀蔵の言うとおり、父も喜んでくれるにちがいない。そして、この旅を通じて、平次は学問に真剣《しんけん》に打ちこむ意思をかためた。将来もおぼろげながら考えられるようになっている。

蝦夷地にやってきて、本当によかった。

そう思ったときである。

「おい、冗談《じょうだん》じゃねえぞ」

秀蔵が調子のはずれた声を発した。

ただならぬ雰囲気《ふんいき》に、平次も顔をあげる。

心がこおりついた。

木々の向こうに、巨大《きょだい》なクマがいた。二十メートルほどの距離《きょり》があろうか。茶色い毛並みのクマは、手足を地面につけた状態でも、平次よりはるかに体高があった。らんらんと光る目は三人の人間をにらみつけており、牙《きば》ののぞく口からはよだれがたれている。

鳥の声が消え失せ、空がかげった。

「ど、ど、どうすりゃいいんだ」

秀蔵はがちがちと歯を鳴らしている。平次はすわりこんだまま、動けなくなっていた。湿地《しっち》にはまったときのように、体の自由がきかなくなっている。

どうしようもないだろう。アイヌの男は、どうすればクマをさけられるか、は教えてくれたが、クマに会ったときにどうすればよいかは語らなかった。鉄砲《てっぽう》でもなければ、とてもかなわない。

クマが低くうなった。すさまじい迫力《はくりょく》に、平次は思わず目を閉じた。冷《ひ》や汗《あせ》がこめかみをつたう。

「ゆっくりと立ちあがれ」

落ちついた声がして、平次は目を開けた。

忠敬が刀を抜《ぬ》いて、秀蔵と平次をかばう位置に立っていた。背中越《せなかご》しに命じる。

「立ったら、合図にあわせて逃げるのだ。秀蔵は右、平次は左に分かれろ」

「で、でも、伊能《いのう》様は……」

「言うとおりにしろ」

声に引っ張られるようにして、平次は立ちあがった。

「わしの失敗だ。読むのは後回しにして、すぐに帰るよう指示するべきだった。ここはわしが何とかする」

刀のかまえはお世辞にも強そうには見えないが、忠敬の背中には、強い意志が感じられた。平次はそれでも言わずにはいられなかった。

「おれが悪いんです。こんなところにおふたりを連れてきて」

「いや、おれが呼子を鳴らすのを忘れてたから」

「ごたごた言うな。責任をとるのが、おとなの仕事だ」

クマはじっとこちらの様子をうかがっている。今にも飛びかかってきそうだ。多少の距離はものともしないだろう。

「準備はいいな」

平次はごくりとつばを飲みこんだ。

どうすれば助かるか、必死で考える。忠敬はふたりを逃がして、クマに斬《き》りかかるつもりだ。石を拾って投げれば、クマの気をそらせるだろうか。大声で叫《さけ》んだら、ひるむだろうか。さっきの甕《かめ》はどうだろう。

名案は浮かばなかった。また恐怖心《きょうふしん》がこみあげてきた。

「行け！」

忠敬がするどく命じた。

平次と秀蔵は指示どおりに分かれて駆《か》け出《だ》す。体が勝手に動いた。

忠敬は気合いの声をあげて、土を蹴《け》った。刀を大きく振りかぶる。

クマが大地をゆるがして吠《ほ》えた。

しかし、次の瞬間《しゅんかん》、

「なに!?」

おどろきととまどいが忠敬を襲《おそ》った。

平次は思わず振《ふ》り向《む》いて、目を見開いた。

クマがこちらに駆けてくるのだ。

忠敬《ただたか》の測量はどこがすぐれていたのか

伊能隊《いのうたい》の測量を視察したある測量家は、かれらは何も特別なことはしていない、と語ったそうです。つまり、測量の方法はごく一般的《いっぱんてき》で、新しい方法を開発したり、欧米《おうべい》の進んだ技術を取り入れたりしたものではありませんでした。

忠敬《ただたか》自身も、天才的な能力を持っていたわけではありません。よく勉強していましたが、師匠《ししょう》のように最先端の科学を理解するにはいたらなかったようです。先に述べたように、健康に不安も抱《かか》えていました。

では、どこがすぐれていて、日本史に残る偉業《いぎょう》をなしとげたのでしょうか。

測量は誤差との戦いです。その誤差をなくすために、伊能隊はていねいな測量を地道につづけました。つねに違《ちが》う方法でたしかめながら進め、誤差があればすぐにわかるようにしたのが特徴《とくちょう》です。

また、測量器具の改良にも熱心で、実際に使ってみて不便であれば、使いやすいように直しました。

そして、忠敬にとって何より重要だったのが、天体観測です。天体観測が地図づくりに役立つことはすでに知られていましたが、本格的に実行したのは忠敬がはじめてでした。忠敬がもともと暦学《れきがく》、つまり天文学を学んでいたのが、役に立

【浦島測量之図《うらしまそくりょうのず》】

1806年、伊能隊《いのうたい》が第五次測量で瀬戸内海《せとないかい》を測量したときの様子を描《えが》いたもの。「浦島測量之図」／宮尾昌弘氏蔵・呉市入船山記念館保管

ちました。

　日本全図をつくろうと思ったとき、とくに難しいのは、瀬戸内海《せとないかい》にたくさんある小島と、九州の離島《りとう》です。島をひとつひとつ測量するのは非常に手間がかかりますし、離島は渡《わた》るだけで大変です。島では陸から海岸にたどりつけず、海から測量することもありました。

　忠敬はこうした困難にあたってもあきらめたり、いい加減な測量ですませたりはしません。各藩《かくはん》の協力を得て、コツコツとこなしていきました。

　第一回の蝦夷地《えぞち》では、測量よりも時間をかけないことを優先していましたが、それ以外は、地図作成という目的がはっきりしていたので、そこをないがしろに

はしなかったのです。

そして、測量を終えて地図をつくるときの工夫はすでに述べたとおりです。

忠敬はねばり強く地道に努力して、大事業をなしとげました。また、非常に礼儀《れいぎ》正《ただ》しくて、師匠をはじめ、世話になった人にはあいさつを欠かしませんでした。主張するところは主張しますが、面倒《めんどう》な役所の手続きにも労を惜《お》しまないため、組織の中でも活躍《かつやく》できました。規律にうるさく、上司としては煙《けむ》たいところもありましたが、困っている人に手をさしのべるやさしさも持っていました。

ようするに、忠敬は身近によくいるまじめな人だったのです。それをつらぬいて、結果を出したのでした。

【夜中測量之図《やちゅうそくりょうのず》】

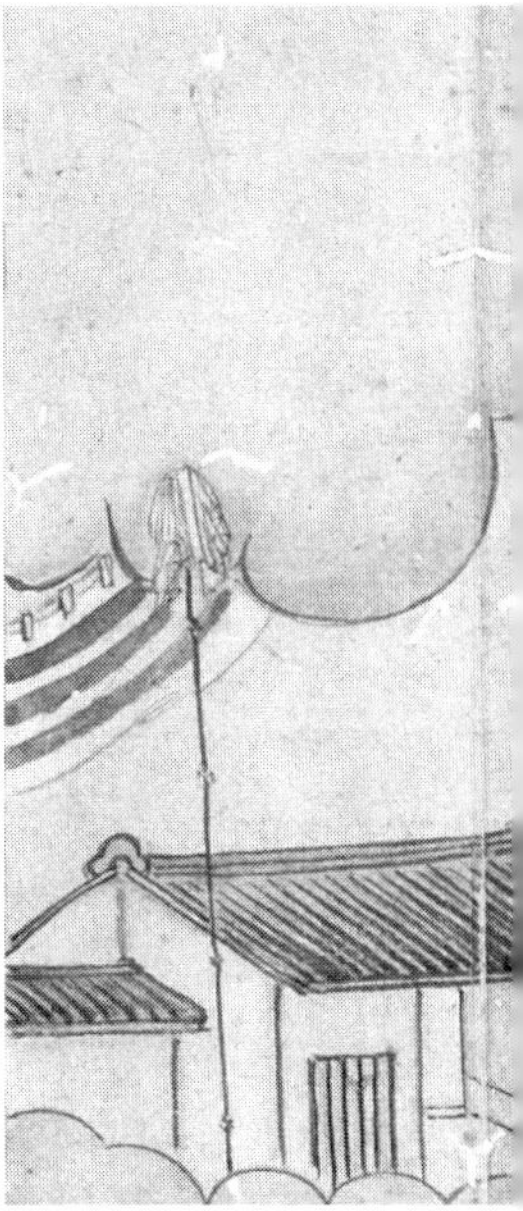

昼の瀬戸内海《せとないかい》での測量を終えて、天体観測をおこなう様子。画面右側の絨毯《じゅうたん》の上に座っているのが忠敬《ただたか》だと伝えられている。

「浦島測量之図」／宮尾昌弘氏蔵・呉市入船山記念館保管

しかも、忠敬が測量に乗り出したのは、隠居《いんきょ》後、五十歳《さい》を過ぎてからです。今で言えば、定年後に違《ちが》う分野で大活躍《だいかつやく》するようなものです。そう考えると、忠敬の人生は多くの人に希望を与《あた》えるのではないでしょうか。

[伊能忠敬《いのうただたか》]

（1745年-1818年）

江戸《えど》時代中期の測量家。数え18歳《さい》で、佐原《さわら》の伊能家の婿養子《むこようし》となり、酒造りや米の売買、金融業《きんゆうぎょう》などで財産をきずいた。数え50歳で隠居《いんきょ》し、江戸に移り住み、幕府天文方の高橋至時《たかはしよしとき》に弟子入り。1800年、蝦夷地《えぞち》を測量。以後、約17年にわたり測量事業をおこなった。その結果をまとめた「大日本《だいにほん》沿海輿地全図《えんかいよちぜんず》」作成中の1818年に死去。

千葉県香取市　伊能忠敬記念館所蔵

4

クマが大きく開けた口の中は赤く、するどい牙《きば》が光っていた。森の主はたくましい手足を躍動《やくどう》させ、地響《じひび》きをたてて迫《せま》ってくる。すさまじい威圧感《いあつかん》が、突風《とっぷう》のように襲《おそ》いかかってきた。

どうして自分に向かってきたのか。一番弱く見えたからだろうか。考えている場合ではない。

平次は必死で逃《に》げた。

一歩ごとに濡《ぬ》れた土に足をとられ、なかなか速度があがらない。クマはあっというまに距離《きょり》をつめてきた。背後に息づかいを感じる。獣《けもの》のにおいが吹《ふ》きつけてくる。

はっ、はっ、はっ、はっ。

息が荒《あら》い。悲鳴をあげようにも声が出ない。

このままではすぐに追いつかれる。逃げ切れるはずがない。でも、どうしたらよいのだ。

すでで戦うのか？　とても無理だ。

平次は木の幹に手をかけて方向を変えた。まっすぐ逃げるよりはましだろう。何とかあきらめてくれないだろうか。

足がすべって転びそうになった。右手をついて、かろうじてこらえる。走り出す。

「これでもくらえ！」

秀蔵《しゅうぞう》が叫《さけ》んで、石を投げつけた。

石は見事にクマの後頭部に命中した。クマがいったん止まり、後ろ足で立ちあがる。クマはしばらくきょろきょろと辺りを見回していたが、再び平次を追いかけはじめた。

秀蔵はつづけて石を投げたが、今度は当たらない。忠敬《ただたか》は呼子を鳴らしたり、刀でさやを叩《たた》いたりして、クマの気を引こうとするが、見向きもされない。

平次がかせいでいた距離は、すでに失われていた。

クマが大きく腕《うで》を振《ふ》りあげる。爪《つめ》が陽光を反射してきらめく。

平次は前を向いていたが、殺気ははっきりとわかった。殺される。

背中に衝撃《しょうげき》と、するどい痛みを感じた。

つんのめって転びそうになったが、何とかこらえて駆《か》けつづける。クマが体勢をくずして、また少し余裕《よゆう》ができた。

「こっちへ来い」

忠敬が刀をかまえて呼んでいる。おびき寄せよ、というのだが、それで勝算があるとは思えない。その前に、たどりつけるのだろうか。それでも、ほかに選ぶ道はない。

背中がずきずきと痛む。きっと血が出ているのだろう。平次はかまわずに走る。

前方に倒木《とうぼく》があった。ひとかかえはある木が道をふさいでいる。

ふとひらめいた。

平次は倒木を跳《と》びこえると、そのまま身を伏《ふ》せた。体を丸めて、倒木にぴったりとくっついて隠《かく》れる。

クマの巨体《きょたい》が頭上を通りすぎた。影《かげ》の大きさに、あらためて恐怖《きょうふ》を感じる。

だが、ここが勝負どころだ。怖《こわ》がってかたまっている場合ではない。平次は身を起こすと、すばやく倒木を乗りこえ、走ってきた方向に転がるように下りた。そのまま地面に伏せて、倒木の陰《かげ》に入る。

これで、クマは自分を見失うはずだ。

平次は息をひそめた。走りづめだったのと緊張《きんちょう》とで、心臓は壊《こわ》れそうなまでに速く打っている。落ちつけ、と言い聞かせる。

クマはどうしただろう。獲物《えもの》が消えて、とまどっているだろうか。においでわかるものだろうか。もし見つかったら、一巻の終わりだ。

倒木の下にわずかにすきまが空いている。平次はそっと様子をうかがった。

「え!?」

思わず声を出してしまった。

クマが倒《たお》れている。手足をばたつかせているから、まだ生きているが、すぐに起きあがれそうにはない。

何が起こったのか。助かったのだろうか。

「平次！　どうやったんだ」

秀蔵が踊《おど》り出さんばかりに喜んで、駆けてくる。

「待て、近づくな！」

忠敬が声をかけた。

「平次、ゆっくり、静かにこっちに来い。今のうちに逃げるぞ」

うなずいて、平次は立ちあがった。ほっとしたからか、背中が猛烈《もうれつ》に痛んだ。そっと手を回すと、着物が濡れていた。ふれた指先に、真っ赤な血がついていた。

気が遠くなりそうになるのを、必死に耐《た》える。

「がんばれ、平次」

父のはげます声が聞こえた気がした。

平次はがくがくするひざをおさえながら歩き出した。ちらりとクマに目をやると、首のつけねに刺《さ》さった矢が見えた。

毒矢のわなだ。

合点がいった。アイヌがしかけたわなに、クマはかかったのだ。倒木が目印だったにちがいない。

しかし、安心はできなかった。小山のような大きさのクマが、一本の毒矢で死ぬとは思えない。

最後は小走りで、平次は忠敬と秀蔵のもとにたどりついた。

「アイヌのわなみたいです。まだ生きてますから、早く逃げましょう」

「おまえ、傷は？」

秀蔵が背中にまわりこんだ。血まみれの着物を見て、顔をしかめる。だが、平次としては傷にはかまっていられない。

「大丈夫《だいじょうぶ》です。かすり傷なので」

「手当ては村に帰ってからだ。できるかぎり、急ぐぞ」

忠敬が言って歩き出した。

「方角は？」

秀蔵がたずねた。平次もわからない。目印の大樹はもう見えないし、ぐるぐる回って逃げたので、自分がどこにいるかも不明だ。

だが、忠敬はそんなこともわからないのか、と言いたげであった。

「太陽が出ていれば方角はわかる。少し進めば道に戻《もど》れるはずだ」

忠敬は正しかった。

元の道に戻った三人を、クマが追ってくることはなく、無事に厚岸《あっけし》までたどりついたのであった。

一夜明けて、八月十三日、測量隊の一行は厚岸を出発した。

幸いにして、平次の傷は浅かった。血は派手に出ていたが、皮が切れただけで、肉までは達していなかったのだ。医師が言うには、本当は傷がふさがるまで安静にしたほうがいいらしいのだが、日程に余裕がない。熱が出るようなら、旅をやめて休む、という条件つきで出発が許されたのだった。

あの混乱の中で、平次は父の手紙をしっかりと持ってきていた。ただ、これは表に出すわけにはいかない手紙だ。

忠敬はこの件をだれにも話さないと約束してくれた。役人にも、師匠《ししょう》にも、堀田仁助《ほったにすけ》にも伝えない。もしロシア船に乗っていることが明らかになったら、どのような罰《ばつ》を受けるかわからないからだ。

「お心づかい、ありがとうございます」

平次が礼を言うと、忠敬は照れたようにそっぽをむいた。

「これ以上、面倒《めんどう》なことにまきこまれたら、江戸《えど》に帰れなくなるからの」

季節に追われるようにして、一行は旅をつづけた。霜《しも》が降り、氷が張って、ひどく冷える朝があった。手持ちの着物を全部着こんで、かじかむ手をすりあわせながら歩いた。

平次は歩きながら、これからの身の振り方について考えていた。そうするように、忠敬から言われたのだ。

「おまえが望むなら、しかるべき師を紹介《しょうかい》しよう。ただ、家の事情もあろうから、わしがああしろ、こうしろ、と軽々にすすめるわけにはいかぬ」

家、と聞いて、江戸に帰るのだ、とあらためて思った。もちろん、順調に行っても、江戸に着くまではふた月以上はかかるのだが、すでに旅は終わったという気持ちになった。帰ったら、まず兄に父の手紙を見せて、今後について相談することになるだろう。だが、父は表向きは死んだことになっているから、何が変わるわけでもない。平次が江戸に残って、だれかに弟子入りするなど、とても無理だ。先立つ物がない。やはり、国元へ帰されることになるだろう。寺にでも入って、僧《そう》の修行をしながら、学問をつづける。それが現実だろうか。どのような環境《かんきょう》でも、何歳《なんさい》になっても、学問はできる。父の言うことは真理なのだろう。でも、平次の年齢《ねんれい》でそう割り切るのは難しい。

「うちに来いよ」

秀蔵が軽い口調でさそってくれた。

「おまえは絶対おれより向いてるよ。きっとまた測量の旅があるから、それにも参加すればいいじゃないか。そうしてくれればおれも楽ができる」

それは魅力的《みりょくてき》な提案だった。忠敬もかまわない、むしろ歓迎《かんげい》だと言う。

平次としても願ったりかなったりなのだが、そこまで甘《あま》えていいのか、という思いもあった。いや、役に立つ自信はある。この旅で学んだことに加えて、さらに勉強すれば、測量の助手として計算できるようになるだろう。

平次は悩《なや》みつつも受け入れるつもりだった。しかし、歩いているうちに、気持ちが変わってきた。

蝦夷地《えぞち》を離《はな》れたくない。

背中の傷がふさがると、はっきりそう思うようになった。蝦夷地の開拓《かいたく》ははじまったばかりで、活躍《かつやく》の場はいくらでもある。アイヌの言葉や文化も学んでみたい。だれも見たことがない場所に行ってみたい。

もちろん、一番の理由は、父に会えるかもしれないという期待である。淡《あわ》い期待だが、江戸にいるよりは可能性が高い。

「蝦夷地に残りたい、とな」

おそるおそる切り出すと、忠敬は軽くうなずいた。

「なるほど、気持ちはわかる。そうだな……村上殿《むらかみどの》に相談してみようか」

途中《とちゅう》でたずねた村上島之丞《しまのじょう》のことである。その人の話は、平次も印象に残っていた。蝦夷地の自然に対して敬意を抱《だ》いており、先住民たるアイヌも尊重していた。ああいう人のもとで働けたらいいなと思う。

「そうしてもらえるとうれしいです」

「うむ。だが、きっと厳しい道だぞ」

「望むところです」

そうか、と、忠敬は自分を納得させるようにうなずいた。

順調に旅をつづけて、九月十日、一行は村上島之丞の屋敷《やしき》をたずねた。ところが、主人は外出中で会うことはできなかった。忠敬はやむなく、書き付けを残して、この日の宿である大野村へ向かった。

村上がたずねてきたのはその夜である。忠敬とふたりで話をしたあとで、平次が呼ばれた。

「蝦夷地に残りたいそうだね」

「そのように考えております。できるならば、村上様のもとで学びたいと存じます」

平次はかしこまって答えた。

「家のほうに障害がないのなら、こちらは大歓迎《だいかんげい》だ。ちょうど、人手が欲しいところであった」

間宮林蔵《まみやりんぞう》が箱館の役所で働くようになったので、人が足りないという。もちろん、それだけの理由では受け入れてくれないだろうから、忠敬が強く推薦《すいせん》してくれたにちがいない。

「ありがとうございます。恩に報いることができるよう、せいいっぱい努めます」

平次はふたりの恩人に対して、深く頭を下げた。

測量隊は箱館に三日とどまって、松前に向かった。津軽海峡《つがるかいきょう》を渡《わた》る船がそちらから出るのである。

平次は箱館で一行を見送った。

「また会おうな」

秀蔵が軽やかに笑う。まるで、また明日にでも会えるかのような気楽さだ。平次は涙《なみだ》があふれそうになるのを、けんめいにこらえていた。

「おれ、必ず立派な学者になりますから」

「そう気張らなくてもよい。先は長いのだから、ゆっくりとな。お父上の教えを守って歩むのだ」

忠敬には、兄への手紙をあずけた。江戸に帰ったら、直接届けて説明してくれるという。どれだけ世話になったか、考えるだけでおそろしくなるが、忠敬はおだやかに微笑《ほほえ》むだけだ。

「わしにもおまえのように出来の良い息子がいればなあ」

「ここにいるじゃねえか」

秀蔵が父の背中をたたいた。

それを無視して、忠敬は告げた。

「いつか、星に手がとどくといいな」

あの夜のことを思い出して、平次はついにこらえきれなくなった。両目からあふれた涙がほおをつたって落ち、かわいた土に黒いしみをつける。熱い涙であった。

「はい。しっかりと歩きます」

平次は涙をぬぐって誓《ちか》った。

このあと、しばしの安定をへて、時代は大きく動き出す。蝦夷地にロシア船があらわれたのは、予兆のひとつである。

そこで平次がどのような活躍をするのか、それはまだだれも知らない。

追記

伊能忠敬《いのうただたか》の業績について、解説で説明しました。ここでは、秀蔵《しゅうぞう》のその後について、簡単にふれておきましょう。

秀蔵は第一次から第六次までの測量隊に参加しました。蝦夷地《えぞち》から四国まで父とともに歩いたことになります。しかし、どうにも性格が合わないため、親子げんかがたえず、秀蔵は第六次の途中《とちゅう》で家に帰されてしまいました。

そして、ついには親子の縁《えん》を切られて追い出されてしまいます。文化十二年（西暦《せいれき》一八一五年）のことでした。

ちなみに、忠敬は長女も縁を切って追い出していますが、のちに仲直りして、非常に頼《たよ》りにするようになりました。秀蔵とも、いずれは仲直りができたかもしれませんが、忠敬はその前に亡くなってしまいました。

秀蔵は測量には打ちこめなかったようですが、好きな学問については、寝食《しんしょく》を忘れて熱中したと言います。

しばらく放浪《ほうろう》生活を送ったのち、文政《ぶんせい》七年（西暦一八二四年）、秀蔵は故郷の佐原《さわら》に戻《もど》りました。そこで村の子どもたちに読み書きそろばんを教えて、天保《てんぽう》九年（西暦一八三八年）に亡くなっています。

再び蝦夷地におもむいたかどうかは、記録が残っていません。


もし、本書を読んで、伊能忠敬に興味を持ったならば、よりくわしい伝記を読んでもらえれば、と思います。

また、佐原には記念館があって、伊能全図や測量器具などが展示されています。古い町並みが残る一角には、忠敬の旧宅が残されていて、当時をしのぶことができます。こうしたゆかりの地を訪れて、歴史にふれるのも、大きな楽しみです。

佐原にかぎらず、日本には、歴史の香《かお》りが残る名所、旧跡《きゅうせき》が数多くあります。ときにはそうした場所に立って、遠い昔に生きた人々の思いを感じてみてはいかがでしょうか。今を生きるヒントが見つかるかもしれません。

伊能隊《いのうたい》の測量道具

距離を測る

[梵天《ぼんてん》]

測点の目印として使われた。竹竿《たけざお》の先に短冊状の紙がたばねてつけられている。

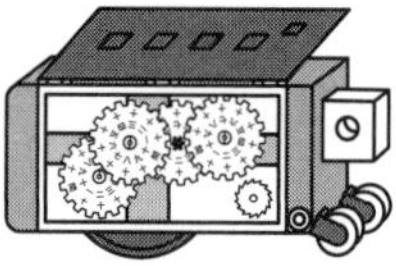

[量程車]

車輪を動かして距離を測る器具。歩くと車輪と連動して歯車が回り、測定距離が表示される。

[間縄《けんなわ》]

測点間の距離を測るための目盛りが書かれた縄。

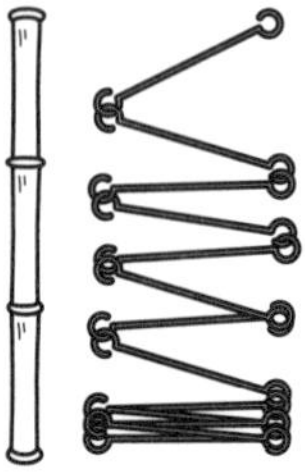

[間竿《けんざお》と鉄鎖《てっさ》]

間竿は長い竹製のものさし。鉄鎖は1尺（約30センチ）の鉄線を60本つないだもので忠敬《ただたか》が考案した。

方位を測る

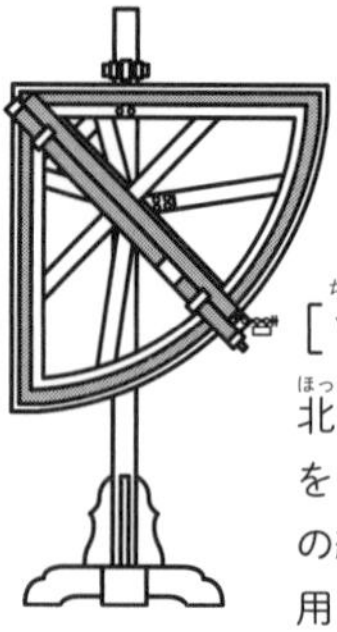

[中象限儀《ちゅうしょうげんぎ》]

北極星《ほっきょくせい》など星の角度を測る器具。観測地点の緯度《いど》を確認するのに用いた。

[彎窠羅鍼《わんからしん》]

導線法などで用いた方位盤。杖《つえ》の先の羅針盤は必ず地面と水平になるように工夫されていた。

[半円方位盤《はんえんほういばん》]

交会法などで用いた方位盤。中央の磁針で南北の方位を合わせ、半円の目盛りで方位を読みとる。

[小象限儀《しょうしょうげんぎ》]

道の勾配《こうばい》の角度を測る器具。傾斜《けいしゃ》の角度を測り、その値から地図に必要な水平距離を計算した。

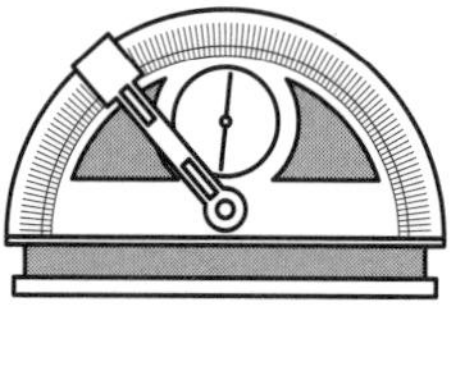

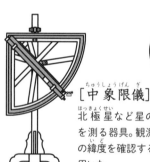

伊《い》能《のう》隊《たい》の測量方法

〚導線法〛

曲がり角ごとに梵天《ぼんてん》を置いて測点として、測点間の直線距離《きょり》と方角を間縄《けんなわ》や彎窠羅《わんから》鍼《しん》などを使って測定する。第一次測量は歩測が中心だったが、第二次からは、より正確な導線法を使った。

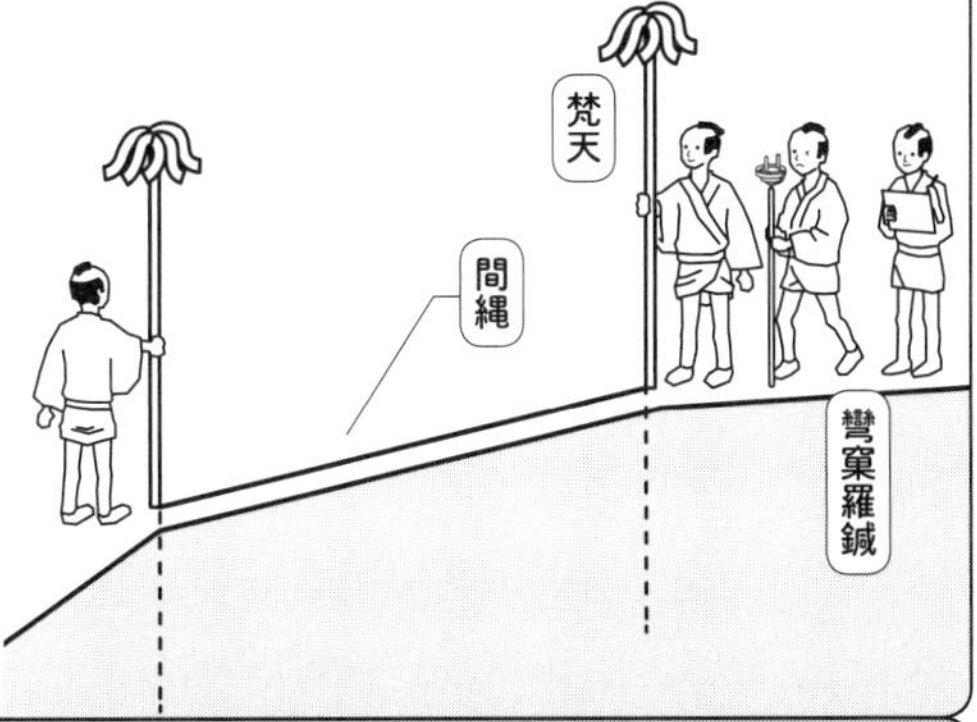

〚傾斜地《けいしゃち》〛

導線法で坂道を測量する場合、斜《しゃ》面《めん》を測ることになるため、測点間の距離が実際より長くなってしまう。この場合、小象限儀《しょうしょうげんぎ》で勾配《こうばい》を測定し、平面距離を計算した。

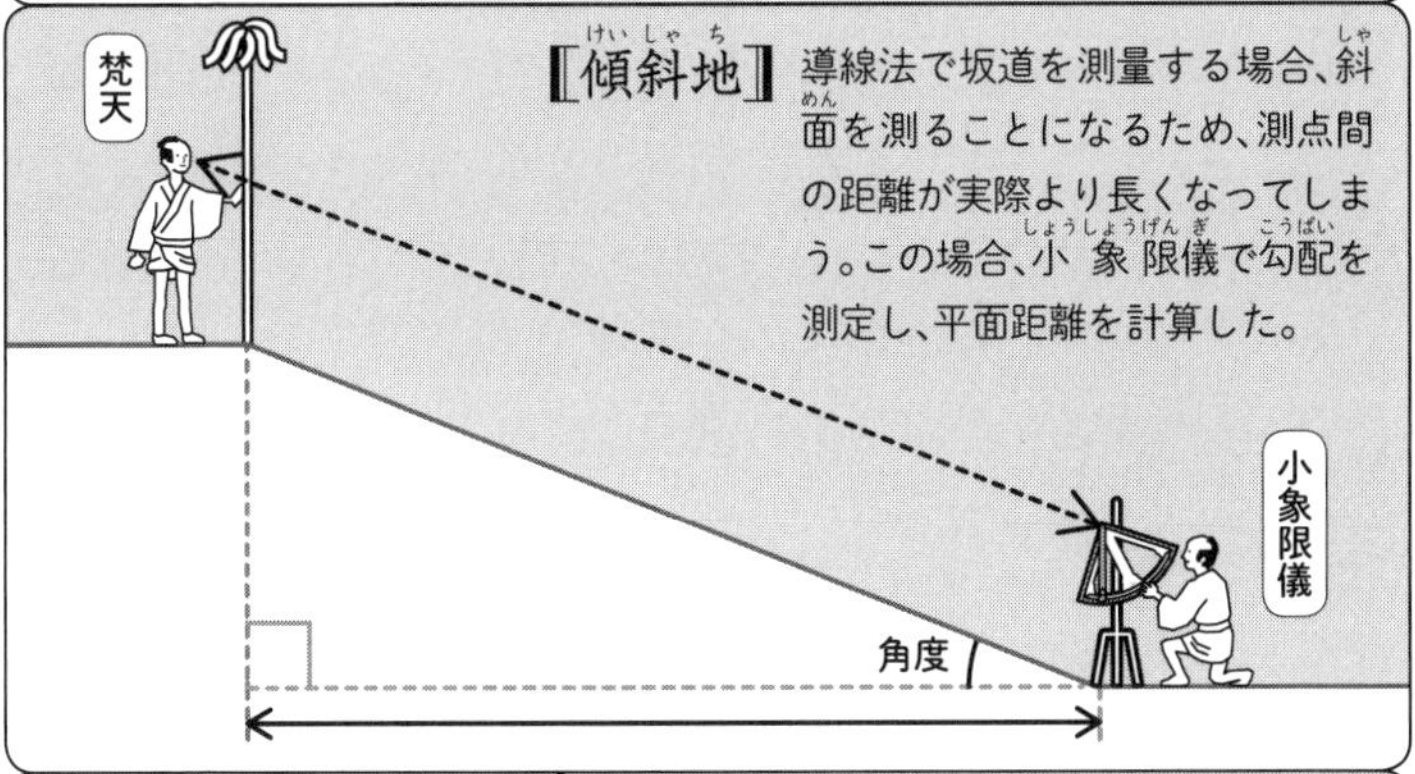

〚交会法〛

測量の誤差を修正するための方法。遠山の頂上など、各測量点から共通して見える目標物の方位を測定した。測定値が間違《まちが》っていた場合、下図を描くときに、目標物に線が集まらない。

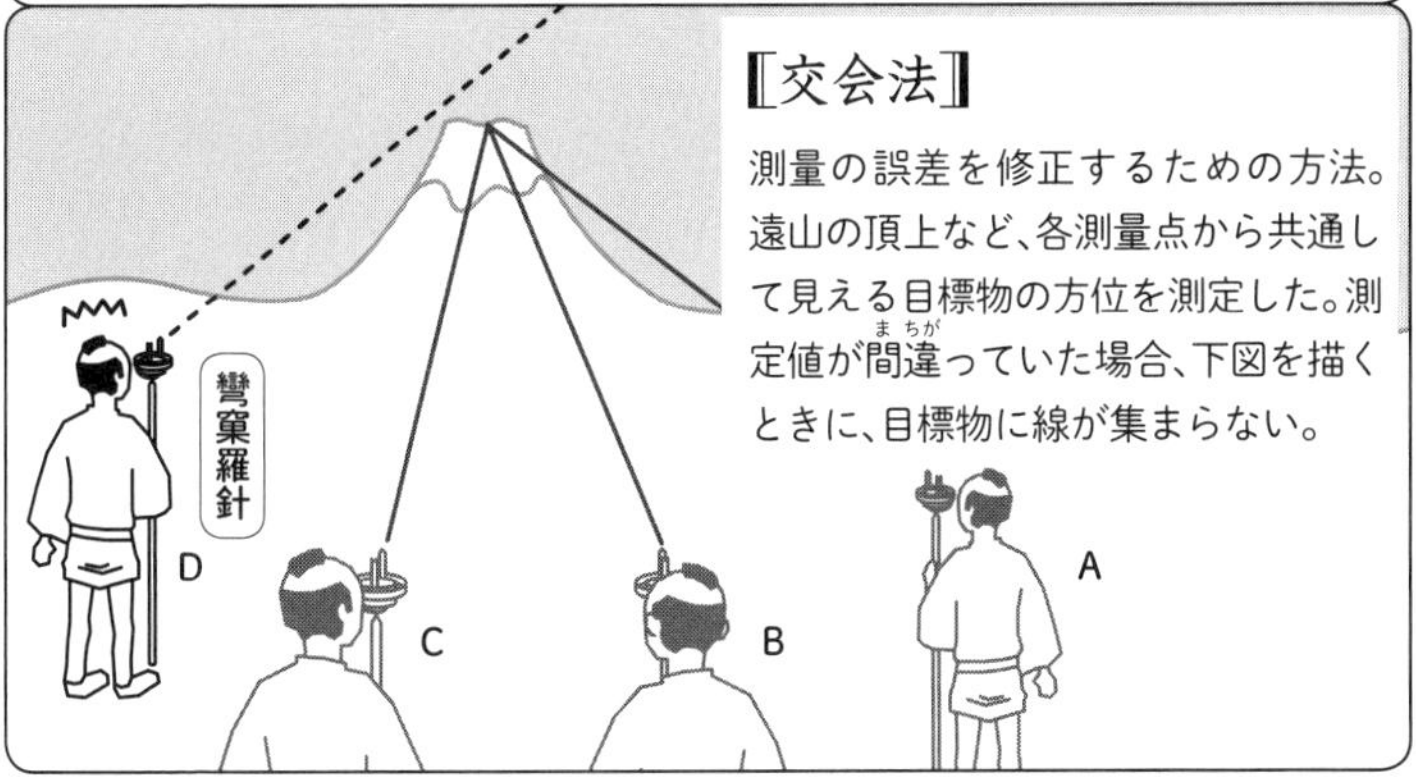

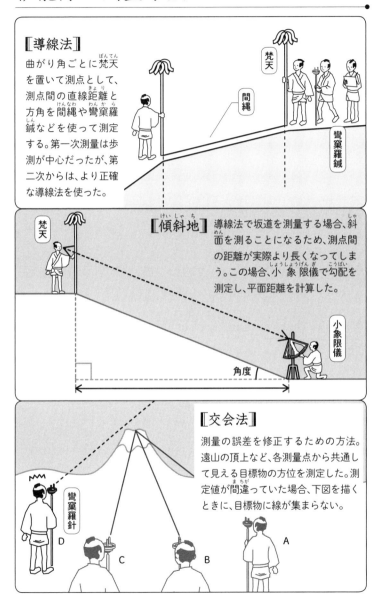

本書の小説部分は、史実をもとにした創作で、
平次と父親は架空《かくう》の人物です。

主要参考文献

織田武雄著『地図の歴史 日本篇』講談社現代新書、一九七四年
織田武雄著『地図の歴史 世界篇』講談社現代新書、一九七四年
川村優著『新しい伊能忠敬』崙書房出版、二〇一四年
渡辺一郎著『伊能測量隊まかり通る』NTT出版、一九九七年
渡辺一郎著『伊能忠敬の歩いた日本』ちくま新書、一九九九年
渡辺一郎編著『伊能忠敬測量隊』小学館、二〇〇三年
渡辺一郎監修『伊能忠敬測量日記解読』伊能忠敬e史料館
渡辺一郎監修、財団法人日本地図センター編著『伊能大図総覧（上・下）』河出書房新社、二〇〇六年

以下、ジャパンナレッジより
『改訂新版　世界大百科事典』平凡社
『日本大百科全書（ニッポニカ）』小学館
『デジタル大辞泉』小学館
『国史大辞典』吉川弘文館

作者
小前亮
こまえ・りょう

1976年、島根県生まれ。東京大学大学院修了。専攻は中央アジア・イスラーム史。2005年に歴史小説『李世民』（講談社）でデビュー。その他の著作に『三国志』『エイレーネーの瞳 シンドバッド23世の冒険』（理論社）、『賢帝と逆臣と 小説・三藩の乱』『劉裕 豪剣の皇帝』（講談社）、『残業税』『世界史をつくった最強の300人』（光文社）、「平家物語〈上〉〈下〉」「真田十勇士」シリーズ「西郷隆盛〈上〉〈下〉」（小峰書店）などがある。

星の旅人
伊能忠敬と伝説の怪魚

2018年12月21日　第1刷発行
2019年 4 月15日　第2刷発行

作者　小前 亮

発行者　小峰広一郎
発行所　株式会社 小峰書店
〒162-0066 東京都新宿区市谷台町4-15
電話 03-3357-3521
FAX 03-3357-1027
https://www.komineshoten.co.jp/
編集協力　オフィス303
印刷　株式会社 三秀舎
製本　小高製本工業株式会社

NDC913　20cm　281P　ISBN 978-4-338-08162-7

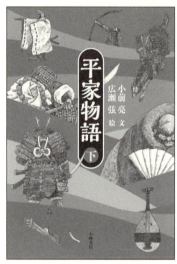

真田十勇士

知将、真田幸村と十人の勇者たちの
絆と冒険の物語!

1 参上、猿飛佐助

2 決起、真田幸村

3 激闘、大坂の陣

外伝 忍び里の兄弟